角落里的青春

浅末年华卷

花前月下，错过

回味青涩往事，
解密成长密码

主编/刘　勇

中国财富出版社

图书在版编目（CIP）数据

花前月下，借过/刘勇主编．—北京：中国财富出版社，2014.3
（角落里的青春·浅末年华卷）
ISBN 978-7-5047-5058-7

Ⅰ．①花… Ⅱ．①刘… Ⅲ．①短篇小说—小说集—中国—当代
Ⅳ．①I247.7

中国版本图书馆 CIP 数据核字（2013）第 280874 号

策划编辑	王秋萍	**责任印制**	方朋远
责任编辑	白　昕　白　柠	**责任校对**	梁　凡

出版发行	中国财富出版社		
社　　址	北京市丰台区南四环西路 188 号 5 区 20 楼	**邮政编码**	100070
电　　话	010-52227568（发行部）		010-52227588 转 307（总编室）
	010-68589540（读者服务部）		010-52227588 转 305（质检部）
网　　址	http://www.cfpress.com.cn		
经　　销	新华书店		
印　　刷	北京兴星伟业印刷有限公司		
书　　号	ISBN 978-7-5047-5058-7/I·0127		
开　　本	710mm×1000mm　1/16	**版　　次**	2014 年 3 月第 1 版
印　　张	15.25	**印　　次**	2014 年 3 月第 1 次印刷
字　　数	282 千字	**定　　价**	30.00 元

版权所有·侵权必究·印装差错·负责调换

目录

Contents

人约黄昏

月挂柳梢

繁尘锦夜

蔷薇红莲

浮生一剑

人约黄昏

想吃恐龙的男生遇见你

■ 岑桑

1. 哪种恐龙更好吃

嗨，陆子夏，在这个夏天到来之前，我忽然想起你了。因为有个男生坐在食堂里，大谈成都的美食。他唾沫横飞的样子，有一点点像你。

记得第一次见到你，是在高一寒假的补习班吧。休息的时候，你坐在我旁边，也是在说吃的。不过，你谈论的主题，比较霸气。你和后排的大宇说："哎，你知道哪种恐龙最好吃吗？"

有时真搞不懂你们这帮男生，这么无聊又无意义的事，还能争个你死我活。大宇坚称凶猛的霸王龙和大眼鱼龙最好吃。而你对此不屑一顾。你用非常内行的口吻说："霸王龙是食肉类，身上会有各种寄生虫。鱼龙生活的环境有大量石油，肌肉容易被氧化。知道被氧化什么后果吗？就是一股腐烂味儿。你喜欢吗？"

你的这套暴强的恐龙肉理论，让大宇倍感无力。他说："那你说什么恐龙好吃？"

你摇头晃脑地说："你不知道了吧。只有爱运动的食草类的恐龙因为慢肌纤维干净鲜嫩又多汁，所以，生活在白垩纪晚期的似鸟类恐龙才符合条件，更好吃。"

尽管你胡诌的理论更充分，但大宇仍然不屈不挠地做抵抗。于是你们两个，叽里呱啦地争论起来。最后，你拉我进战团。你歪着头问："嗨，同学，你觉得哪种恐龙更好吃？"

我被你们吵到头疼，转头说："两只蚂蚁讨论大象好不好吃有意义吗？一脚踩不死你们。"你抽了抽鼻子说："唉，没有想象力的坏脾气女生。"

2. 听到妈妈的唠叨是件很幸福的事

你知道的，其实，我不是没有想象力，也不是真的坏脾气。只是那段时间，我比较没心情。妈妈在公司例行的身体检查中，发现了肠肿瘤，我们全家都深受打击。

好吧，我承认，我的“全家”只包括妈妈和我。但我们还有一只花斑猫，两只珍珠鸟和一缸小金鱼。

妈妈从医院回来的那天，把自己关在屋子里整整一天。我知道她哭了。但她早晨拉开房门的时候，脸上却看不见一丝泪痕。她像往常一样叫我起床，给我做早餐，只是嘴角没有了以往亲昵的笑容。

我坐在餐桌边，低声地说：“妈，你还好吧？”

妈妈沉默了一会儿，说：“只要你学习好。我就可以安心了。”

妈妈的口吻，有种遗言腔了。我听着心里格外难受。如果妈妈真的不在了，我一个人怎么办？可我不想，也不敢在妈妈面前掉眼泪。她已经够难过了不是吗？我不能再给她添麻烦。那几天，我做什么都心不在焉。上课也打不起精神。而你却渐渐成了补习班里的一宝，总是在我身边，嘻嘻哈哈说笑个没完。一会儿你会把两支笔插在嘴里扮僵尸，一会儿又和大宇侃 DOTA。

一次课间，你在我身边玩着手机游戏得了高分。你一边拍着桌子，一边大呼小叫。我忍无可忍地说：“喂，你花那么多钱来上补习班，是为了来玩的吗？”

你说：“拜托，是我妈逼我来的好不好？你不知道我妈有多烦人，每天逼着我看书……”我发现，你真是个话唠。一个问题，也能引发你无数吐槽。那天，你把你妈妈的种种“恶行恶状”向我倾情大控诉。什么起床非要叠被子了，不冷也要穿上棉毛裤了，听课要认真了，做题不要马虎了……而我在你喋喋不休的控诉中，默默地哭了。

那是我知道妈妈得病后，第一次掉泪，好像心里一直坚持的壁垒，一瞬间坍塌了。

你不明所以地看着我，问：“怎么了？我说错什么了？”

我擦了擦眼泪说：“你知道吗？能永远听到妈妈的唠叨是件很幸福的事。”

3. 似鸟恐龙类的后代很好喝

陆子夏，要我怎么说你呢？你就好像一道复杂的多元方程，有 N 种解题方案。

那天放学，你追着要请我吃“鲜芋仙”。

我问：“干吗？上课还没气够我吗？”

你却用最爱的甄嬛体说：“回娘娘的话，虽然我做事极是诡异，但人品却是好的。方才不知何故，惹得娘娘落泪，令我寝食难安，倍感自责。”

我积压几天的阴郁，在你“毕恭毕敬”的回话中，“噗”的一声笑喷了。我说：“说人话。”你立时又恢复了嬉皮笑脸，说：“亲，为什么伤心啊？和我说说呗。”

也许是你笑嘻嘻的样了有丌朗心情的功效，总之我大方地让你请我吃了芋圆4号。然后和你说了妈妈的事。你一直默默地听着，最后一本正经地说：“嗨，美食可以改善心情，你要不要试一试？”

说实话，真没看出来，你这个大男生竟然会做饭。你陪我先去超市买食材，又去了我家，手把手地教我熬鸡汤。我被你指挥得手忙脚乱。我看着小火炖着的鸡汤，嘀咕着说：“这个我妈会喝吗？”

你挤了挤眼睛说：“放心吧，鸡可是似鸟恐龙类的后代，保证好喝得一塌糊涂。”

这天晚上，妈妈很晚才回来。她一进门，就闻到了鸡汤的味道。我小心翼翼地盛了一碗放在桌上说：“妈，尝尝我为你煮的汤。”

她用一副不敢相信的眼神着我，轻轻尝了一口说：“为什么花时间做这个而耽搁看书？妈妈想喝，自己会弄的，你现在的精力都要放在学习上……”

陆子夏，算你说对了。虽然妈妈一直在埋怨，但她的嘴角却悄悄地扬起了漂亮的弧度。

那是我这么多天以来，第一次看见她的笑容。我轻声说：“妈妈，要加油哦。”

妈妈喝着汤，没有回答，只是用闪亮亮的眼睛望着我，用力地点了点头。

4. 失踪的“天使”

对于“吃”的研究，据说是《中华小当家》启蒙了你；《神厨小福贵》恶心了你；《舌尖上的中国》教育了你。你立志要做一名超级厨神。不过，这个梦想被你的母亲大人封杀了。于是，我家的厨房成了你心爱的练兵场。

你找来N多养生食谱和抗癌菜单，补习结束的午后，和我一起做美食。你还时不时大言不惭地说：“你觉不觉得我就是上天派来拯救你的天使？”

我夸张地做着呕吐的表情，说：“哇，有长得像你这么难看的天使吗？”

尽管我嘴上不肯承认，但是看着你站在烟雾缭绕的厨房里，我会觉得，你真的就像是一个天使。冬日的暖阳，薄薄地铺在你身上，如同一颗温暖的芋圆，出现在我最艰难的生命里。

只是我一直以为你这个爱吃的“天使，”永远不会有烦恼。然而，就在开学的第三天，我就听到了关于你的新闻。

陆子夏，你承认吗？你真不够朋友，玩失踪这种事，你竟然对我守口如瓶。还是大宇打来电话询问你的下落，我才知你离家出走了。据说，你带着1300元的学费出门去，然后消失在茫茫人海中。

你的新浪微博截至2月22日，QQ空间更新到2月25日。你在DOTA最后的上线时间是2月28日。你究竟去了哪里？连大爱的游戏也不玩了。

我开始有点儿担心你了。社会这么乱，在网上看到各种可怕的新闻，都会让我想起你。

我在所有能留言的地方给你私信和小纸条，甚至发起网络“通缉令”，发动网友人肉你。可你就像被施了隐身咒的透明人，始终没有你的消息。

5. I'm fine就是我不好

收到你寄来的书。已经是一周后了。是那本很有名的《滚蛋吧，肿瘤君》。

书的扉页上，是你比较难看的字。

你说：“别担心。I'm fine!”

看来你美剧看得太少了。I'm fine，早已经不是I'm fine了。它意思是，我不好。

于是，我在周末开始了搜索活动，耗时8小时25分，找到了你。

那正是午后时分，你蹲在一家火锅店的门前晒太阳。蓝色的工装，有点脏。我走过去说：“嗨，陆子夏，休息呢？”

你吃惊地看着我，结结巴巴地说：“你……你怎么找到我的？”

哈！我就等着你来问我这个问题呢。我就可以炫一下自己的推理全过程。“虽然你寄来的书没有地址，但是你贴的邮票可是8毛的，那就说明你没有离开本市对不对？全市共有四个区，你一定不会在学校这一区，也不会选你爸上班的那一区，市中心这样热闹招摇的地方，你也一定不会去，所以只剩下一个区了对不对？最后再拿出你寄来的书，用力地闻一下——一股麻辣牛油味儿。这还用问吗？一定是川味火锅店！你那么爱玩手机，剩下的，不用我说也懂吧？下载大众点评的APP，一路查找火锅店，就找到了你。”

你嘟囔着说：“算你狠！可是我不会跟你回去的。我想当超级厨师，回

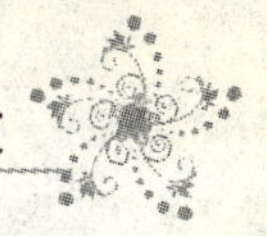

去我妈肯定不让。”“可是，陆子夏，对不起哦。我远远看见你的一刻，就已经给你妈妈打了电话。”

你尖叫着说：“你想害死我啊！”

可是你承认吧，现在的你，是不是要感谢我当初的告密呢？

因为每一个妈妈都是渴望自己的小孩成功的。你认真地和她分析自己的爱好和前景，她又怎么会一定逼迫你学最不擅长的数理化？

6. 乐观 everything、勇敢 anything

你在微博说，如果没有我，你一定还是继续躲在火锅店里，一边洗锅，一边做着遥不可及的“大厨梦”。可是，陆子夏，我有一点儿后悔了呢，尽管你拿到了厨艺大赛二等奖，但你却奔赴很远的城市去读厨师专业了。

知道吗？画《滚蛋吧，肿瘤君》的熊顿，在 11 月去世了。但我的妈妈，却在那本书的鼓励下，越来越乐观。她做了手术，效果出奇的好。我每天都会按着你传授给我的独家养生配方，去熬一锅美味的汤。

妈妈对我说：“原以为我病了，咱们这个小家就完了。没想到你却一下子长大了。”

我告诉她：“那是因为我认识了一个想吃恐龙的男生。”

不是吗？陆子夏，有时候我常常想，我们在补习班中相遇，就是传说中人品大爆发吧。你教会我乐观地面对 everything，我教会你勇敢面对 anything。即便我们现在，远隔不同城市，但谁也不会忘记，我们曾经一起走过成长的迷惘。

我的月光王子

■ 落雪·无痕

雪花略带着几丝失落，慢慢地滑落天际。

莫小安手捧着一杯冒着热气的珍珠奶茶，小心翼翼地向那家花店走去。带着满满的希望，还有无限的伤感。

“请问……”小安推门便问，还没等把话说完。

“臭丫头，你怎么又来了。”

男生的眼睛弯成月牙儿，他一脸笑容，灿烂如冬日的阳光，除了两颗小虎牙，很甜蜜的样子。

“新洛，很冷吧？这是送给你的。”小安递上奶茶。

“你女朋友还真是贴心啊。”一旁的小崽打趣说着，在他眼里看来，这对小情侣真是甜蜜。

“对了新洛，今晚陪我看最新的电影去吧？”小安在一旁撒娇说。

终于，在磨唧了很久之后，新洛轻轻地“嗯”了一声，轻得比窗外的雪还轻，可这不重要。重要的是，小安听到了。

就在小安活蹦乱跳地出了店，新洛的眉头紧紧地皱了起来。

在茫茫的雪中，小安回头对着花店轻轻地叹了一口气。

“希望这次不再是空欢喜一场了。”小安小声地嘟囔着。

晚上七点。

雪依然下着，却有一些匆促。

小安站在电影院门口，用力对着双手呵着热气，全身都快冻僵了。

她觉得漫天的飞雪，就和自己的委屈一样密集。

从相遇到相爱，为什么只是她一个人在付出。她一直小心翼翼地维护着他们之间玻璃般易碎的爱情。

莫小安眯着眼，为了不让眼泪掉下来。眼前的一切却依然不争气地逐渐模糊起来。

当初，当初明明是他在月光咖啡馆先吻了她，是他拉着她非要她做他的女朋友。

那天，她在喝一杯加了甜甜奶昔的拿铁，时不时歪歪头看看坐在窗口的那个男子。对于莫小安来说，这个男子有着超乎寻常的魔力，因为他有一双好看的单眼皮，还穿着她中意的蓝布格子衬衫。

他那么迷人，让她一下子就深深地陷入他深情的眼神中，她想着，我梦中的王子出现了。我的月光王子。

她出神之间，却突然发现男子朝着自己走过来，柔柔的声音听起来很舒服。

“你是在看我吗？你看了我很久了。”

莫小安马上缩回荡漾着的目光，歪着头说：“没有啊，我喝咖啡……习惯歪着脖子……”

说完自己都为之气结，这算哪门子理由嘛。

他笑了：“可以坐吗？”

莫小安惊慌失措，这算是一种搭讪吗？

“这，我……我歪着脖子，我怕会撞到你。”

莫小安说完就后悔，这句话听起来是像是一种拒绝。

谁知道，男子却爽快地说：“没关系，我感觉那像是你靠着我。”

莫小安回头，发现他的眼睛像月光一样迷人。

那个男人就是新洛。

没多久，又是在咖啡馆，新洛就跟莫小安提出了做男女朋友的要求，莫小安抱着咖啡杯答应了，然后痴痴地笑，笑得咖啡都溅到了衣领上。

他们很幸福。他对她真的很好。

他跟莫小安说：他的前女友走了，他要报复，他要活得幸福，让那个女人后悔。

她曾经撒娇着问他：“如果，我和你的前女友同时掉进水里，你会先救谁？”

他笑了，淡淡地笑了。

“小傻瓜。”他轻轻地拍她的头，一脸宠溺。

可终究他没有回答。

她曾天真地以为，新洛会救的女孩子会是她，因为他叫自己小傻瓜。

莫小安是直到很久以后才知道，第一次在咖啡馆碰面的那个时刻，新洛刚刚失恋。新洛注意到了眼前这个歪着脖子看着自己的女孩，于是决定把她当做自己的出气筒。

那一个电话，打破了一切，打破了他一切的伪装。要不是那个电话，莫小安还不知道他那么爱那个女人。

那是医院的急救电话，她出了车祸，医生在她的手机里只找到了他的号码。

他疯了似的冲向医院，他的眼神是灰的，就像全世界都成了废墟。

莫小安终于知道，当初那个女人因为选择了学业而和他分手。他到咖啡馆消愁，才遇到了她。

原来所谓的甜蜜和幸福只是一个悲伤的假命题，那么虚伪，那么无助。

是他的电话，她颤抖着按下了接听键。

“她死了。”

她没有看到，却仿佛听到全世界的雨水都落在了电话那头的世界。

电影院的人稀稀拉拉地出来了，是最后一场电影散场了。

她的心紧紧地揪了起来，他果然还是没有过来。

“嗨，关门了，你快点回去吧。”

售票员从售票处出来，看到捧着奶茶杯的莫小安，于是让她快点回家。

莫小安点点头，奶茶是冰凉的，可是手心却好烫好烫。

“你没事吧?”售票员走了过来，是个有点儿胖的中年女子。

“我没事。”

“天太黑了，有人接你吗?”

“我有人接的……我、我这就给他打电话……”莫小安抽泣着摸出手机，她歪着头看着手机上的电话号码，心里有一个强烈的声音响了起来：“傻瓜，你还要自取其辱吗？你真的以为他叫你傻瓜，是因为喜欢你吗？他其实真的只是把你当做一个傻瓜而已，傻瓜。”

莫小安拨通了他的号码，却好像点着了炸药一般马上按掉了。

售票员露出狐疑的眼神。

莫小安吐了一口气，冲着售票员挤出了一丝笑容：“我男朋友会来接我，这是我们的……暗号。”这算是个谎言吗?

售票员点点头走开了，莫小安忍不住冲着她喊：“我男朋友叫新洛!”

售票员回头冲着她说：“加油。”

莫小安点了下头，眼泪哗地就流了下来，心里想着：这是她第一次跟陌生人说新洛是自己的男朋友，这也是她最后一次跟别人说新洛是自己的男朋友。

她蹲在地上抬头看着天空，雪花很重很重，好像压得自己都快要死了。她感觉自己像只无家可归的甲壳虫，而现在自己的壳正在被剥开。

壳里面会是什么，她希望那是自己仅剩的一点点自尊。

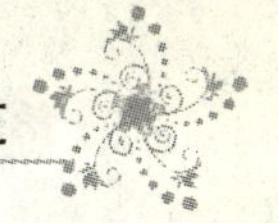

新洛在月光咖啡馆找到莫小安时，她已经喝得烂醉如泥，这个喜欢歪着头看人的女孩儿居然点了一瓶红酒，还喝了个精光。

“小安，我们回家吧。”新洛拍拍她脸蛋。

莫小安睁开眼，歪着头看着新洛：“我们分手了，你找你的子蓄去吧，你别管我了。”

小安知道，子蓄是他的前女友。

“什么分手?”

“我给你发短信了。”作为她仅剩的尊严，她能做的就是自己提出分手。

新洛没好气地拿出手机：“这是你所谓的分手短信吗?”

莫小安凑上前，扑面而来的酒味差点儿把新洛熏倒。

“662hgsue＊＊8”

“乱码。”莫小安总算看清楚了，自己发过去的只是一串乱七八糟的数字。

莫小安说：“什么乱码？那是密码！我告诉你……”

她的“你”还没发完音，就趴在桌上睡着了。

哪怕睡着的时候，她的脖子还是歪着的。新洛没好气地想。

第二天，新洛醒时，旁边睡熟的小安还没醒来。

新洛摸着小安的脸，心里有一种说不出来的感觉。

小安微微地睁开眼睛，发现新洛正抚摸着她的脸，他干净的嘴角漾起一抹忧伤。

那一刻，小安的心狠狠地疼着，她知道，自己深深地爱着他。无论如何她都不会走，她都要陪在他身边，不离不弃。

不过——

“啊!”的尖叫声还是要发出的。

“我怎么在这里?”

“昨晚你喝醉了，我背你回来的。没地方去，只好委屈你在我家住一晚了。放心，这是客房……”

昨晚……小安的思绪一下子拉了很远很远。

“阿嚏!”一个喷嚏又把小安拉回到了现实世界来。

“你又来干吗！我们都分手了。”

“用你那串密码吗?”

莫小安一阵脸红，她记起昨晚的事情了。

小安跳下床，用力地跺着脚穿鞋子。

“我不管，反正分手就是分手。我不想再丢人了，你就陪着你的子蓄吧，我再也不要做她的替代品了。”

新洛的脸一下子阴沉了下来，沉默了片刻他才再次抬起头来。

“昨天是她的忌日……”

莫小安突然心里痛了一下。

“对不起，我……”

“我去陪她了……没来得及赴约。”

“对不起，我不知道是她的忌日。”

“小安，那天你问我，如果你和她同时掉进水里，我会先救谁。现在就告诉你。如果是在那时，我会选择她。但现在，我一定会选择你。”

莫小安这才发现，今天的阳光特别明媚。她歪着头看着新洛。

“我不够聪明。”

“笨点可爱。”

“我也不漂亮。”

“又不是去选美。”

“可是，你不怕我歪着头撞到你吗?”

新洛笑了：“傻瓜。”

他搂住莫小安的肩，莫小安的头真的刚好歪到了新洛肩膀上。

原来，真的是靠着他的肩膀啊，这感觉真好，我的月光王子。

莫小安笑着想。

宝贝，你的左鞋带松了

■ 依子

1. 相遇

他和她曾在一个地铁里擦肩而过，只是太匆忙，谁也没有看清楚谁。只是他抱着一把吉他，她轻轻地瞥了他一眼，他有着常人没有的淡淡忧郁。或许歌手，都是如此吧。

她的鞋带刚好松了，她蹲下来系鞋带。这是他们的第一次见面。或许那时候，他还没有注意到她。而她，也只不过是刚好路过而已。

她有着一头长长的头发，她喜欢把头发放在一边，圆圆的脸蛋上挂着一副黑色边框的眼镜，有着漂亮的大眼睛，鼻梁不高却很有灵气。她总喜欢带着淡淡的笑，总是一副从容不迫的样子。她是校园里，男生和女生茶余饭后最喜欢拿来闲谈的人物。十指纤长的她，弹得一手很好的钢琴。虽然刚来到这所学校，可是她一点儿也不觉得陌生。只是，唯一不好的一件事就是，所有的女生都把她当做敌人一般。虽然她很低调，可还是招来了不少闲言碎语。

他，眼睛不大却很有神，有着淡淡的忧郁，仿似一个艺术家。高高的个子，有些小小的帅气，据说也是校园里的新闻人物。不是因为他长得帅，而是因为，他有别人所不具备的才气。他从来不笑，也从来不对女生感兴趣。他的眼里只有书、笔、画纸、颜料和吉他。其余的任何东西，仿佛都与他无关一般。

再见他，是在画室。那天她刚好去画室报到，她站在讲台上，远远地就看到了那个坐在画室角落里认真地画着画的他。

她轻轻地走过去，一头长发倾泻而下。

“你好，学长。我叫林琴语，能认识一下你吗？”

若是换作平时，他一定会毫不犹豫地走开。或许是她的微笑感染了他，那一尘不染的笑，让他突然觉得，认识一下也无妨。

他伸出手，握上林琴语的手：“你好，我叫叶凌。那个，两点水的那个凌。”他说话的语气略有点紧张。或许是很久都没有跟人这么近说过话了吧，应该是很久没跟一个女生说话了。

她笑了笑，扫视了一下四周的环境。“这里很不错，很宽敞，也很明亮。我是来报到的，老师让我来找室长，不过，不知道室长是哪位啊?”说着，她嘟了嘟小嘴。

他愣愣地看着她，她的气质，充满了纯真，让人有一种无法抗拒的力量。这个女孩就是刚来不久便掀起了一股轩然大波的林琴语吗？她看起来比她们嘴里说的要好很多。应该说，和她们嘴里的林琴语根本就不是一个人。

许久，他才回过神来。“那个，我就是室长。”

她回过头，大大的眼睛看着他。她突然觉得，他似乎有点眼熟，不过不记得在哪里见过了。

“这么巧儿啊，呵呵，有没有空？陪我去认识一下这所学校吧。这里太大了，我怕走丢。”她发出了邀请，也给自己时间想想到底是在哪里见过他。

“可以，等我一下。”

他匆匆地用他最快的速度收拾了画笔。见到她，他的心跳似乎有些慌乱。

他们走在林荫道上，他高兴地为她讲解学校所有有趣的事情。突然，她幽幽地问了一句：“叶凌，你会弹吉他对吗?”

他有些惊讶地看着她：“这，你也看得出来?”

他的表情有点儿逗，她吃吃地笑了：“在我记忆中，你好像会弹的。”

他愣了一小会儿：“记忆中？我们见过?”

他努力地回想，却怎么也想不起来。这么说来，他从第一眼开始，也觉得她很熟悉。

“或许吧。”她淡淡地笑着。

秋天的落叶总有些翩然，淡淡的清风，有些凉爽。八月的桂花，在校园里飘着淡淡的香气。她轻轻地闭上眼睛，细细地感受这一切。

他看着她的侧面出神。

或许，有一种缘分叫做命中注定。她就像天使一般，突然闯入了他的生活。她不食人间烟火，不论听到了什么看到了什么，她都毫不在乎。别人说什么不好听的话，仿若从来与她无关。他渐渐地沉迷在这个八月里了。

这一天，他们从早上画到了晚上。两人边画画，边聊天，过得很开心。

从画室出来时候，已经很晚了。月光洒满大地，他回头看着她笑了，原来叶凌，还是有其他表情的。

“琴语。”他叫她，隐隐地感觉到有些激动。

她回头，定定地看着他微笑：“还有事吗？”

“那个，明天我们继续？”叶凌说话间有些轻微的紧张。

“好啊。”她点点头，“不早了，你快回寝室吧。那我们明天见。”

她往前走了一步，回过头看他。

他往前走了一步也回过头看她。四目相对，他们都笑了。

她笑起来是那么美，叶凌突然觉得前所未有的轻松，他飞奔而去。

林琴语看着那抹背影笑了笑，也许，有种缘分叫做命中注定。

第二天，学校的消息炸开了锅。所有人都在说：“从不答理女孩子的叶凌却被那个新来的大一新生林琴语给搞定了。”

“而且，人家叶凌还主动约她的呢。真是岂有此理，我们守在这里这么久，都没有和叶凌说过一句话，凭什么她一来就把叶凌给摆平了。”一个打扮得花枝招展的女孩儿，在一旁愤愤不平地说着。

“就是。”旁边的女生附和着。

“那女的，明摆着就是个狐狸精，咱们可得小心点儿。”一个女孩子捧着一束鲜花恨恨地说着。

林琴语刚好就从这些人身边经过，她放慢了脚步却没有停下来。

林琴语坐在草地上，抬头看了一眼蓝蓝的天空，长长地伸了一个懒腰。她静静地躺着，有丝丝微风经过。八月的天空依然艳阳高照。

叶凌早早地就看见她，轻轻地来到她的身边递上一杯豆浆：“吃过早点了吗？”他的语气很温柔，有点淡淡的沙哑却很好听。

林琴语看着他摇了摇头笑道：“兄弟，你都快被唾沫淹死了还来找我啊？”

“这是什么话？我才不管那些闲人说的闲话呢。你介意啊？”叶凌原来并不像他们说的那么不近人情啊。

林琴语笑了笑击出一记粉拳，正好落在叶凌的心口上：“我什么时候介意过啊，就是怕你会有影响罢了。”

叶凌轻轻地捉住林琴语的拳头：“琴语，那些闲言碎语我倒是不介意，但你瞧瞧，你的拳头落在什么地方，这可不能乱来啊，会出人命的。”

林琴语被他的幽默逗笑了，完全没管人家在他们身后挤眉弄眼、吹胡子瞪眼的。

“琴语，今天我想带上我的吉他，我们去明日湖看看好不好？”叶凌说着，像是在征求她的意见。

她微笑着："甚好。"

"那就这么定了，你在这里等我，我去去就来。"说着，声音留下人却已走远。

2. 明日湖畔

林琴语和叶凌在校园里悠闲地散着步，叶凌抱着那把他心爱的吉他，走在林琴语的身边。在这条去往明日湖畔的路上，时不时地传来他们的欢声笑语。

秋天的落叶幽幽地有些泛黄，清风中落了一地。

当走到一棵大树下时，落叶飞落着，很美。

琴语抬头看着，一时沉醉。一粒沙不合时宜地掉进了她的眼睛里，她轻轻地揉着却怎么也睁不开眼睛。

他轻轻地捉住她揉着眼睛的手："别这样揉，会把眼睛揉坏的。你今天怎么没戴眼镜呢？"他温柔地为她吹去落在她眼里的沙尘。

她看着他，淡淡地笑了，她笑起来像一朵盛开的百合。不戴眼镜的她，给人另一种感觉。

她总是出人意料地给别人带来惊喜，第一次靠她这么近，叶凌的心跳有些慌乱了。她很美，清丽脱俗。

"谢谢你。"她淡启朱唇，皓齿明亮。

他小愣了一会儿，脸微微地有些泛红。该死，这种时候怎么还发呆呀。

"我们走吧。"他匆匆地往前走去，她看着他，总觉得有些好笑，他看起来就像是一个犯了错的小孩子一般。

明日湖畔，隐约地散落几缕零星的阳光。太阳倒映在湖面上，很圆，很亮，很美。

吉他响起了旋律，她的头发在清风中有些凌乱。

他投入地弹着，她静静地听着。他们的影子，淡淡的，重叠又分开，分开又重叠。

他忽然放下吉他。对着她微微一笑。

她安静地拿过他放下的吉他，微笑着："现在你来听，我来弹，怎么样？"

他有些惊讶："你也会弹？"

"你教我啊。"她纯真地笑了，粉红色蕾丝裙在风中飞舞着。

叶凌点点头：“没问题。”

“那我先弹，有问题你指出来。”她轻轻地拨动琴弦，一曲一曲地弹着他刚刚弹过的所有曲子。曲子里面加上了他不曾赋予的灵动。

他听着又惊又喜。所有的曲子弹完已是黄昏，他惊讶地看着她：“琴语，你学过吉他?”

她笑了笑，伸出弹得鲜红的手指，上面是一条条的血痕。她说：“没有弹过，只是刚刚看你弹，学了一下。”

他轻轻地拿过她的手，一道道的红痕，那么刺眼，心里却忍不住激动：“琴语，原来你真正的是一个音乐天才。”

他心痛地轻抚她纤细的指尖，却忽然注意到，她左手无名指上的那颗痣，他的右手无名指上也有。同样的位置，同样的形状，同样的大小。

她也看见了，一笑说：“有人说，无名指上有痣的两个人是天生的一对情侣。那颗痣是上辈子你死的时候，那个爱你的人流下的泪滴化成的痣。为的就是来生能找到那个他曾经最爱的人。这是一个传说，不知道可不可信。”

“我相信。”他抬起头看着她，“因为我遇见了你。”轻轻地揽她入怀，却没发现他们的身后站着一个英俊的少年，眉宇间有些深深的愤怒。

这个男孩儿，他叫曼宇。

3. 指上的痣

曼宇在林琴语的宿舍门口等她，夜到了。终于，他看到了林琴语熟悉的身影。

“琴语。”听见有人叫她，林琴语回过了头，随即笑了起来。

“曼宇，你回来了!”

“是啊!”他笑了，随后板着脸，“听说你跟一个男孩子在谈恋爱了。”

她淡淡地笑：“是啊，他人很好。”

“知人知面不知心!”

她笑：“我不会看错的，放心吧。倒是你，回来了怎么不和我说一声，你知道我转来这里后，听过多少女生提起你这个出国比赛的全校第一帅哥啊!”

“我不相信你的眼光。”

曼宇嘀咕着，突然看到远处叶凌躲在阴暗处的身影，他嘴角一笑，一把将林琴语抱在怀中，在琴语耳边轻轻说道：“别动。”

“你干什么?”林琴语惊讶道。

“等一下。就一下……”

林琴语惊慌失措，随即她也看到了远处的叶凌，她一把推开曼宇，叶凌却已经消失在了黑暗之中。

“叶凌!”

林琴语大叫着想去追，却被曼宇一把抓住:“你别去。这个交给我。”

曼宇说着，朝着叶凌消失的地方走去。

叶凌拼命地跑着，手里紧紧抓着刚才买的药膏，如果不是为了将药膏送过去给林琴语，也就不会看到这一幕了。

叶凌一边骂着自己傻瓜，一边没有方向地乱跑。

“嗨。你要跑去哪呢?”

叶凌停下脚步，他看到了站在面前的就是那个抱住她的男生。

“你滚。”

曼宇笑了:“第一条不合格，说话没有礼貌。”

“你胡说八道什么!”

“第二条不合格，做事不够稳重。”

叶凌更加生气了，上前抓住曼宇的衣领:“你个混蛋，告诉我，你究竟和琴语什么关系?”

“第三条不合格……”

“混蛋!”

叶凌一拳打在了曼宇的脸上，曼宇后退了两步，擦着嘴角的血笑了:“第三条不合格，力气不够，怎么保护好心爱的女人!”

“你……”

叶凌刚叫了声，就被曼宇打倒在地，两人于是在地上厮打起来。这时候林琴语的声音响了起来:“你们在干什么!”

两人停下了动作，曼宇首先反应过来，咧嘴一笑，却因为牵动伤口，那笑容看起来好像在哭。曼宇说:“琴语，他四项都不合格，真不明白你怎么会找了这样一个人做男朋友。”

“曼宇，你闹够了没有?!”琴语上前伸手要扶叶凌，却被叶凌推开。

“感动就抓住嘛，你自己又爬不起来，娘娘腔!”曼宇这时候还不忘嘲笑他一句。

“够了!”林琴语这时真的生气了，“你可以走了！不然回家告诉老爸!”

“好好好，我知道了。”曼宇拍拍衣服，回头对叶凌说，“兄弟，算你走

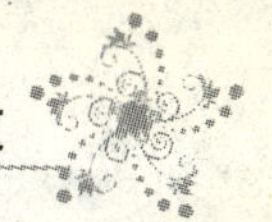

运。虽然在我这里你每项都不合格，但谁叫我姐喜欢你呢。”

“啊!”叶凌愣住了，姐……

看到曼宇走掉，林琴语才扶起了叶凌：“他是我弟弟，林曼宇。他刚才其实是在试探你，因为他担心你对我不是真的好。”

林琴语给他擦着嘴上的伤口，他兴奋地一把捉住她的手：“这么说来的话，刚才你们并不是，并不是……”

“当然啊，傻瓜，他刚才一定是看到你了，故意逗你的。”

“太好了，太好了。”叶凌突然像个孩子一样大笑起来，随即因为疼痛又捂住了嘴巴。

“傻瓜，别这么大动作。”

“知道了，对了，我给你买了药膏……”叶凌看了下自己，随即笑了，“不过看来更像是给自己买的。”

“是啊。”她也笑了。

“不过……”

“不过什么?”

“不过你真的觉得我合格吗?”

叶凌看着她，她的微笑在月光下那么美丽，他很担心会失去这美丽的微笑。

林琴语伸出手指：“你合格，我也合格，因为我们本来就是一对。”

两个人的手指凑到了一起，两颗痣，心连心。她的泪，正好落在他右手无名指上的那颗痣上。

加拿大有一百八十三个雪天

■ 第五乘风

一

慕阳刚进学校报到那天，因来得比较晚，交通又很堵，到校门口时，就差不多过了报名时间。他忙飞奔到报名地点，那个时候报名都是由班主任亲自主持的，看着气喘吁吁的慕阳，班主任皱着眉头问："同学，怎么这么晚才来啊，知不知道报名时间快过了？"

"对不起，老师，路上堵车了。"慕阳擦了擦额头上的汗珠。

"哎呀，现在的学生啊。真是让人没办法啊。"班主任叹息道。

"真是不好意思，我不是故意的，是家离这比较远，而且初来乍到，对这一带不太熟，所以……"慕阳忙着解释，手都不知道该怎么放。

"好了，好了。办正事，同学，你叫什么名字啊？"

"李慕阳！"

班主任拿着点名册，从最后一个找起，认真地翻着，似乎找了很久。

"老师，其实我的名字是第一个。"

"……"一丝疑惑从班主任眉宇间划过，要知道这点名册是按成绩排名的，慕阳是第一个，说明他是班上的第一名，班主任这时还以为慕阳是最不爱读书的那几个人中的一个呢。

"哦，我知道啊，我班的第一名我还不知道吗？好了，在这签个字，交两百元充饭卡，明天过来交学费就行了。"班主任一口气把要说的事全说了出来，掩饰自己的一时大意。

做好一切，慕阳和班主任说了声再见，转身向门外走去。在门口转弯时，恰好碰上一个女孩儿和一个四十岁左右的中年男子来报名，慕阳愣了一下，忙微微一笑，女孩也对他报以一笑，就擦肩而过了。

她像个天使，慕阳心里想。

"老师，我来报名了。"很甜美的声音。

"怎么还有这么晚的啊？！"又听见班主任那分辨率非常高的声音。

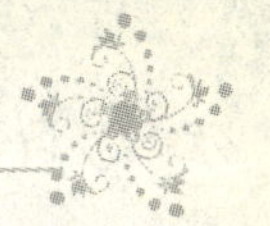

一会儿，“是你啊，快过来坐，呵呵，把名签一下就可以了。”又是班主任的声音，只是好像来了个一百八十度的转弯，刚刚那强硬的口气似乎变得有些谄媚。

不管啦，赶紧去吃饭，再把宿舍整理下，不然晚上又不好过了，慕阳心里想着，就跑开了。

二

同学们陆陆续续来到教室，慕阳这次好像又迟到了，教室都差不多坐满了，只有后排偏左的地方留了两个座位，只能坐那儿了，慕阳心想。

刚坐下，那臭脾气的班主任就来了，今天似乎脾气不臭了，换了副笑脸。

“向同学们介绍一位新同学，她就是叶素芳同学，大家欢迎！”

“啪啪啪”，掌声响了起来，慕阳抬起头，居然是她，那个微笑的天使，原来她叫叶素芳。

班主任望了望，“素芳，你就坐那个位子吧。”指着慕阳旁边那个座位说道。

叶素芳走到慕阳边上，对他微笑着伸出手：“我叫叶素芳，很高兴和你成为同桌。”

“哦，我叫李慕阳，我也很高兴。”慕阳红着脸回答。

“呵呵，你脸红了？”素芳笑出了声。

“啊，没，没……是天气太热了。”慕阳忙不安地解释，素芳只是静静地笑着。

三天后，老班宣布要重新编排座位。一来，方便同学们认识更多的同学；二来，按高矮顺序坐方便上课，这是老班的理由。老班当然是班主任了，但他并不老，只有四十二岁，但他总是很啰唆、固执、古板，一句话要讲三次，而且从不带感情色彩。

“老师，我还是想和李慕阳同桌。”快排座位时叶素芳站起来说道，老班想了想，什么都不问就答应了。

“老师，我也想还是和林翔同桌。”同寝室的王超也站起来说道。

“老师，我也想……”好多人都站起来说。

老班大怒，好像他的权威受到了动摇，大手往讲桌上一拍，全班立刻安静。接着，只听见他大声说道：“除了叶素芳的请求我答应外，其他人的都不行，谁敢犯法，休怪我大刑伺候!”老班就像电视里演的那种不是很有用的县官宣判一般，小丑一样的表演，每个人都想笑，可就是谁也不敢笑。

老班走后，教室里炸开了锅，有的哈哈大笑，有的学着老班的口气把刚才的话又上演一次，有的怪老班太无情，有的怪老班太偏心。

“老师对你好像很好。”

“是啊。”

“为什么呢?”

“不告诉你。”素芳俏皮地回答。

三

一个学期就快要过去了，马上就到圣诞节了。今年的冬天好像比往年要冷得多，十二月的寒风吹在脸上，会让人怀疑这张脸是不是自己的，因为冷得失去知觉了，要不是顾虑着还要呼吸，真想把脸全蒙住。

阳光是个很奢侈的东西，也是个可爱的东西，在这个时候，每个人都希望太阳是自己的布娃娃，可以每天抱着它。

圣诞节，是个很西方的名词，却被包裹了东方的韵味。我想，东方人也是很喜欢圣诞老人的，因为他会给我们带来礼物和惊喜。

圣诞前夕，平安夜。

素芳对慕阳说：“把眼睛闭上。”

“干吗？想谋财害命啊?”慕阳调皮地说。

“快点啊!”

慕阳把眼睛闭上，素芳从背后掏出一个包装精致的苹果，放在慕阳面前。

“好了，睁开眼睛。”慕阳看着素芳手上的礼物，很惊愕的样子，然后直直地看着素芳。

“送给你，我亲手做的。你不喜欢吗?”

“不，不是。我很喜欢。”慕阳激动地答道。这么多年，从来没有人送过礼物给他，更别说是女生了。爸妈每天总是很忙，虽然他们很爱孩子，但他们不知道，孩子多么希望能拥有一件礼物和关爱。而眼前这个人，自己第一眼就觉得很特别，像个天使的女孩儿，给他的比谁都多。慕阳想，自己是喜欢上她了。

“明天就是圣诞节，学校放一天假，晚上你送我回家吧？好吗?”素芳看着慕阳说。

“好啊，我还想知道你家在哪呢。”

“我家有些远，你骑我的单车送我回家吧。”

下了课来到车库，慕阳突然拉住素芳说：“本想明天送给你做圣诞礼物，明天又怕见不到你，就现在送给你吧。”说完，就把一双羊毛手套塞在素芳手里，然后迅速跑开去推车了。

冬天的晚上好冷，天也暗得较早，只有街灯默默地亮着。寂静的街道时时传来欢乐的笑声，为这个冬天平添了一道色彩。

素芳把手套戴在手上，暖暖的，心里更是暖呼呼的，想着想着脸上就泛起了红晕。

“慕阳，谢谢你的礼物。在这个寒冷的冬天，有了它我就不冷了。”素芳在单车后座上大声地对慕阳说。

单车飞快地在大街上行走。慕阳，你是否知道？素芳的意思其实是，在这个寒冷的冬天，有了它，我就会想起你，想起你我就不会觉得冷了。你当然不知道，爱情在懵懂时，其中的一个人总是后知后觉的。

“好了，停车，我家到了。”素芳跳下单车，就去敲门了。

“爸、妈，我回来了。”素芳撒娇地向开门的一对中年夫妇说。她爸爸我好像见过，慕阳心里想。

“哎呀，傻孩子啊，天这么冷回来，也不打个电话通知我们，好让你爸开车去接你啊。”她妈妈关心地抱着女儿说道，忽然看见门口还站着个人。

“哦，爸、妈，我来介绍下，这是我最好的同学，就是我经常和你们提起的慕阳。”

“叔叔、阿姨，你们好。”慕阳礼貌地问候。

“就是他送我回来的，爸妈放心吧，他对我很好的。”素芳看看慕阳又看看爸妈说。

“哦，小伙子，谢谢你送我们家素芳回来。来，到里面坐吧，外面挺冷的。”素芳的爸妈对慕阳说。

“不了，谢谢叔叔阿姨，我回学校还有事，我就先走了。”说着朝他们一家挥了挥手。

素芳也用戴着手套的手向慕阳挥去，看着自己喜欢的人，慕阳感到很安心。看到他们一家和谐、温馨的生活，心里不由一阵心酸，眼泪差点掉下来。擦了擦眼，慕阳转身走向夜色中……

四

元旦到了，按照传统，各班都忙着元旦晚会的召开，一年过去，新的一年又来，如此轮回，上演悲欢离合的话剧，有哭、有笑。

一场雪终于到来了，人们期盼了好久。在元旦下场雪，无论是谁都会认为这是一个好的开头，无论谁的脸上都会带着笑容。老班也不例外，他一大早就到教室说："同学们。元旦快乐，今天你们尽情地玩吧，晚上在教室举行元旦晚会，全班同学都要来参加庆祝，老天也不会忘记下场大雪表示祝贺。"我们跟着大笑起来。

"慕阳，你喜欢雪吗?"在教室的走廊上，素芳对慕阳说。

看着外面银装的大地和鹅毛飞舞的天空，慕阳认真地说道："喜欢，因为雪中有一位天使。"

"呵呵呵呵……"素芳甜甜地笑。

"对了，你为什么叫慕阳啊?"

"因为我是冬天出生的，爱慕着阳光，所以就叫慕阳。"

"哈哈……"素芳开心地笑着。

素芳，你可知道，慕阳并不只是爱慕着阳光，他本身就是冬日里的暖阳。如果可以，我愿意做你一生的暖阳，只为了可以每天照着你的微笑，静静地看着你。

"对了，你为什么叫素芳啊?"慕阳反问道。

"呵呵，我不告诉你。"素芳俏皮地刮了下慕阳的鼻子。

元旦晚会开始了。老班在一旁吃着瓜子，一边欣赏自己的学生的疯狂歌声与舞蹈。同学们也确实够疯狂劲爆的，或许是被昔日作业、试卷压迫得太可怜了，此时正想发泄一通。有的人抢了正在唱歌的人的麦克风，用自己五音不全的嗓子吼叫，还带着沧桑的感觉，真是要多难听就有多难听；有的人从后方插入正在跳舞的队伍中，没有节奏没有规律地唱着、跳着。

素芳对慕阳说："我们去合唱首歌吧?"

"可我不太会唱。"慕阳难为情地说。

"没关系，有我呢，跟着我唱就行了。"

素芳点了首 Tank 的《如果我变成回忆》。

音乐缓缓地流淌，素芳唱得很投入很认真，看着她的样子，慕阳也跟着唱了起来：

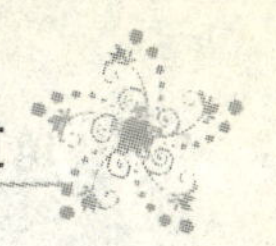

如果我变成回忆，退出了这场生命。
留下你错愕哭泣，我冰冷身体，拥抱不了你。
想到我让深爱的你，人海孤独旅行。
我会恨自己，如此狠心。
如果我变成回忆，终于没那么幸运。
没机会白着头发，蹒跚牵着你，看晚霞落尽。
漫长时光总有一天你会伤心痊愈。
若有人可以，让他陪你，我不怪你……

一曲终了。素芳靠在慕阳的肩膀上痛哭起来，在一起这么久从没见素芳哭过，慕阳不知所措，只能轻轻地拍打着素芳的背表示安慰。

班长带头说："生命流逝飞快，又有多少人懂得珍惜；那些失去的种种，到头来我们只会很遗憾地忘记；有多少日子不再回来，有多少时光我们已牢记；有多少人在我们的生命中匆匆走过，我们又是否留得住那个想要的人。"

慕阳当然不知道班长为什么会说这些话，也不知道自己经常在梦中喊着素芳的名字，也不知道自己的事早已被同寝室人知道，全班人都知道了，他也不知道班上所有人都看好他和素芳，也真心地祝愿他们。

在场的所有人都哭了，老班也在擦拭双眼，虽然他平时很严，但他是可爱的、仁慈的，我们都这样认为。其他班笑声不断，没有人能理解慕阳的班级为什么会全场人都在哭泣，慕阳也不明白。

真相那么明了，却又那么让人心痛。

第二个学期到了，回家过完春节的同学都回到了学校。见了面，每个人都对好朋友说新年好，似乎在想着办法把这个春节延长。

除了慕阳。上一学期结束，就再也联系不上素芳了，打她家里的电话总是打不通，去她家也没人开门，慕阳不知道自己做错了什么，素芳要这样不理他，甚至来不及向她说声新年好。

他去找老班，老班说："你不用去找素芳了，因为她已经走了，再也不会回来了，"

"你骗我，你肯定是骗我，我不相信，素芳不会不告诉我的……"慕阳抓着头哭喊道，颓废地靠在老班办公室的门口。

看着慕阳伤心的样子，老班不知道自己为什么不忍心。他是严禁学生谈恋爱的，连想法都不能有。但对慕阳却充满了同情，是慕阳的成绩，还是慕阳的痴情，还是他们童话般的爱情打动了他？老班自己也不知道，或许三者都有吧。

“素芳临走时说过，只要你去趟她家，如果有缘你自会明白的。”老班对慕阳说。

“谢谢老师。”听到这话，慕阳迅速地朝素芳家跑去。

风在聆听哭泣，云在诉说一段恋情。慕阳在风中奔跑，他只想尽快到素芳家去，不管有多远，不管有多累，他都要去，因为那里有他唯一的希望。

来到素芳家门前，门还是关着的，不知道敲了多少次了，期待的事如海中泡沫般可望而不可即。

慕阳无力地捶打着那扇无情的门，现在他终于知道，素芳对他来说有多重要，他有多想念她，眼泪簌簌地流下来，哭喊着素芳的名字。

此刻的他多像一个无助的孩子。风在哭泣，云也在哭泣，天空豆大的雨落下，砸向地面，“噼噼啪啪”，仿佛清清楚楚地诉说着爱情的悲伤。

慕阳从雨中抬起头，有一只落魄的彩蝶在雨中飞过，停在屋檐下的信箱上。

“信箱”，一个想法在慕阳脑海中闪过，他飞快地冲过去，彩蝶又翩翩然地从信箱上飞入客厅了。慕阳抱着信箱，最后一丝希望了，信箱果然没上锁，里面有一封信，还有一个水晶吊坠手链。

慕阳忙打开了信。

慕阳：

我一直在期待你能打开这封信，因为这样说明我们是有缘分的。

请原谅我的不辞而别，因为我无法面对你我分别的场景，那时我会哭到痛，痛到发不出声音，我怕我会最终无法选择。其实我更怕看见你哭的样子，那样我会心碎的，就让我安安静静地离开吧。

一直以来，我都没有对你说，我喜欢你，这是我最大的遗憾。也许我只是想让我走得不那么难过而已，你知道吗？我有多喜欢你，从见你第一眼就开始喜欢了。

还记得我们在一起的那些时光吗？我是从没有忘记过的，一点一滴都在我脑海里旋转、回忆。

你问过我，为什么老班会答应我的一切请求？呵呵，很奇怪吧？我告诉你吧：我爸爸是本市的首富，从事房地产生意，虽然我一点儿也不了解，但我知道我爸爸是一个很伟大的人，他在我们学校资助了两千万元，所以校长、老班都认识我，也很照顾我。当然还有一个原因，就是我的病情。

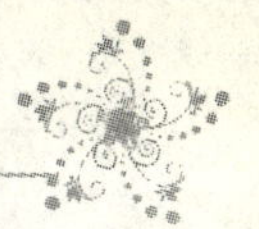

慕阳，对不起，我没有告诉你真相。我从小就患有一种罕见的疾病，爸妈为我寻医多年，仍然没什么效果，医生说我最多能活两年了，除非有奇迹发生。我从小就有一个心愿，就是希望能遇上一段童话般的恋情，遇见我最喜欢的人，所以我就要求去学校读书。

在最后一年里，我遇见了你，让我在有生之年不再遗憾。上天总会眷顾那些善良的人，所以我并不觉得我有多可怜，而是有多幸福。

慕阳，你真是个傻瓜，记得那个下雪天吗？你问我为什么叫素芳，“素”是纯洁的含义，就像雪一样白。我好喜欢雪，可我更在乎陪我看雪的人。“芳”是花草之名，也是生命途中等待花开之人之意，呵呵，原来我的名字都和你有关，我在乎陪我看雪的人是你，你也是让我生命花开之人。

那场元旦晚会，我把我的心声全部唱给你听，我忍不住去想我们的离别。那天，是你看过我哭得最厉害的一次，想着你当时不知所措的样子，我想笑，又想哭。

慕阳，我从来没有听你说过你喜欢我，也许这是我的一点点要求吧。不过我不介意，爱情里总有一个人后知后觉。我们两个人之间，那个人就是你。我能读懂你的眼神，它告诉我，你在乎我。

这里有一条手链是我送给你的礼物。传说，那颗水晶是天使的化身，它会满足人的愿望。我对着它许下愿望：希望我这辈子最喜欢的人戴着它的时候能感觉到我的存在，看着它时能想起我。

慕阳，我也许很快就要离开这个世界了。现在我在加拿大治疗，在这些时间里，我会把你送给我的手套整天带在身边，因为加拿大好冷，有了它，我就不会觉得冷了；有了它，我就会感觉你在我身边，如果上天真的在乎我们，有奇迹出现，我一定会回来找你的。

加拿大一年有一百八十三个下雪天，我会在雪中想你。

念你的素芳

放下信笺，慕阳早已哭成了泪人。素芳是喜欢自己的，自己又何尝不是，想起在一起时的那些事，慕阳只想在雨中痛哭一场。爱情最甜美的就是我喜欢你有多少就像你喜欢我有多少一样，那一定是好多好多……

幸福为什么总是残缺的，那些古人赞叹的爱情故事，结局没有几个不是悲惨的。罢了，就当作是为幸福付出的代价吧。素芳走了，慕阳像失了魂一样，对着手链说：“你真的是天使吗？素芳也是天使，我求你再满足我一个愿望，请带走我的话，我喜欢素芳，这一生都不变。”

天空流星划过，我想它是带着慕阳的愿望飞走的。

“我要等她，她一定会回来的，一定会。”慕阳告诉自己，奇迹一定会出现的，上天一定会被感动的，如果奇迹是一个人的话，他也会被感动的，所以奇迹一定会出现。

生命中有多少人匆匆而过，我们又是否抓得住最重要的那个。

慕阳在等待，他相信素芳会回到他身边。

夏末，秋至

■ 没有梦的翅膀

一

那年夏天，如同往年一样，炎热的夏天如期而至，单薄的衣，烦人的知了，一切都没有改变。可是，有人的生活轨迹却悄无声息地发生了改变……

阑赫枫言学院，一座在红枫市几百年古老的高等学院。学院到处弥漫着独特的香气。学院中绿树成荫，古老的教学楼上的红漆砖尤为显著，学生们穿梭在这书香充斥的林荫小道中。

刺眼的阳光穿过树荫，零碎地撒在草地上，大树之下躺着一个人，是一个男生。他穿着阑赫枫言学院的深蓝色学生制服。一头浅栗色的碎发在阳光下显得格外的耀眼，细碎的刘海下是一张正在熟睡的脸，五官清秀却又带有一丝霸气，棱角分明。灼热的阳光，树荫草地，男孩儿睡得酣甜。忽然，树叶窸窸窣窣，发出声响，男孩儿还没有被吵醒。

“啪！”一个可乐易拉罐不偏不倚地砸中了熟睡中男孩儿的脑袋。男孩被从天而降的“武器”命中，给痛醒了。男孩摸着脑袋，怒气冲冲地站了起来寻找凶手。“谁?！谁偷袭我？给我出来！”男孩儿大喊。

一个女孩儿从旁边的草丛钻了过来，同样是阑赫枫言学院的学生制服。扎着歪在一旁的辫子，半斜的刘海，大眼睛，小嘴，不算高的身材，大概到男孩儿肩膀吧。女孩儿双手叉腰，俨然没有淑女的形象，对男孩儿说：“哟，我刚才扔的罐子砸到了你啊？真不好意思呀，我还以为这里准没人呢。”

男孩儿的脑袋胀了一个红包，双眼似有不满地说：“一句对不起就算了啊？没有这么简单……”

女孩儿不屑地对男孩儿说：“切！本小姐能说抱歉就不错了，能让我砸到是你的荣幸！”

呃……男孩儿的额头爆出了好几个“十字路口”，面对眼前这个刁丫头，咬牙切齿地吐出几个字：“臭丫头，报上名来……”

“本小姐叫柳言惠，高二组 14 班的，记清楚了吗？没必要我再强调一次吧?”女孩儿语气极横。

男孩儿嘴角一勾，冷俊地冲女孩儿一笑：“高二组14班的柳言惠，我记住了。我，叫做凌紫曦，记住，我，凌紫曦，迟早会找你的……”

叫做柳言惠的女孩儿头一甩，说：“哦，是吗?”

凌紫曦拍落自己身上的树叶，淡然一笑，英俊的脸上充斥着阳光，可眼神却诡异莫测。他看了一眼柳言惠，然后帅气的转身离开，在一个过道转角的时候，忽然回眸一笑——柳言惠，我记住你了！随后便消失了。

“哗唰!”柳言惠倒地——嘴角抽动，他干吗朝我放电?!柳言惠无语，这么一个帅哥，嘿嘿！好帅啊！原来柳言惠也会发花痴啊。

阑赫枫言学院高二组14班。

还没上课，教室内仍是一片混乱景象。黑板还没擦，繁杂的笔记依旧在黑板上面，聊天嬉笑的人还是居多数。

柳言惠郁闷地用左手撑着下巴，嘟着一张小嘴。

“呀呀呀！谁惹到了我们的柳大小姐啊?”是柳言惠的同学兼闺密的云燕。云燕的长发随性地披肩而下，笑着调侃柳言惠。

柳言惠皱着眉，强烈鄙视云燕后，仍是一言不发。

另一旁的好友刘晓妍也凑了过来，看到柳言惠的这一副苦瓜脸，也忍不住调侃起她：“哪位帅哥让言惠又春心萌动了吗?”

“啪啪!”柳言惠直接甩给云燕和晓妍一人一个大爆栗!

“哐哐哐，”老班走了进来。依然是那一脸严肃的大叔老班。“上课了，同学们坐好。”

局势瞬间改变，许多同学赶忙回座位坐好，而云燕和刘晓妍也各自回位置坐好。

“今天呢，从本组的16班转来了一个男生，他就是——凌紫曦。大家热烈欢迎他!”老班的话如惊雷般炸醒了正在发呆的柳言惠。

柳言惠猛然抬头起身，全班都同时转头看着她。柳言惠霎时呆住，抱歉地欠身，尴尬地坐了下来。

老班犀利地看了一眼柳言惠，吓得她害怕地深埋下头。老班说：“凌紫曦，你可以进来了。”

话音一落，一米八以上的凌紫曦，深蓝的制服扣子没全扣上，穿着水磨牛仔裤缓缓地走进了14班的教室。教室内刹那间开了锅，男的有的鄙视，嫉妒，感慨……而女的则个个发起了花痴，朝凌紫曦抛起了飞吻，只有柳言惠瞬间石化掉了。

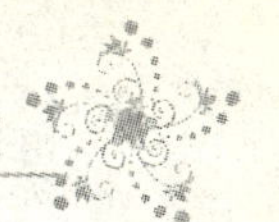

“咳咳……”老班咳嗽了几声，全班又安静了下来，“凌紫曦同学，你随便找个位置坐吧。”

凌紫曦目光环视四周，最后目光定格在柳言惠的身旁，然后又冲柳言惠一笑。柳言惠四周的女生皆因电压过大“晕”了。

“呃……不是吧?!”柳言惠有种天崩地裂的感觉——他不会是要坐在我旁边吧？他到底想干吗？

凌紫曦无视旁边的花痴女，径直地走到了坐在柳言惠旁边的一个男生旁边。“这位同学，介不介意我坐在你这个位置?”一贯的寒冷，霸道，语气中是强烈的命令。

“是……是……不介意……”这个男生被凌紫曦冷酷的眼神吓到了，拿着书落荒而逃。

凌紫曦冷笑一声，若无其事地坐在了柳言惠的旁边，坐下的时候还不忘朝柳言惠抛去一个微笑。

柳言惠如临大敌——全班女生一致朝她露出了羡慕嫉妒的眼光。

上课时间过了一半之后……

“呼呼呼……”

一阵与课堂不和谐的打呼声从柳言惠身边响起……搞什么嘛！这家伙上课睡觉?！柳言惠汗颜地看着熟睡的凌紫曦。由于坐在靠窗边，柳言惠被凌紫曦巨雷般的打呼声吵得上不了课，而全班同学和老班竟然完全无视凌紫曦!！柳言惠只好半靠在墙壁，看着窗外的景色。

夏天真好……知了叫得真大声……

柳言惠对着窗户发呆……

“柳言惠同学，请你起立……”老班略带怒气的声音传入了发呆中的柳言惠的耳中。

唰！柳言惠条件反射般起立：“是……是。”

“柳言惠同学，请你朗诵一下老师刚才提到的段落。”老班说。

柳言惠支支吾吾地说：“是……是……”柳言惠赶忙寻找帮助，朝周围的人使眼色，希望他们能提示自己。可……可是，似乎气氛很奇怪，竟然没有人提示自己，而晓妍和云燕又离自己太远了。

此时此刻，坐在旁边的凌紫曦竟然睡醒了，而且竟还出乎意料对柳言惠悄悄地说：“第二十五页第六段……”

柳言惠像抓住了救命稻草一样，赶紧把课本翻到二十五页，找到了第六段，然后大声地朗诵了起来：“然后，他找到了……”

“哈哈哈……”全班顿时哄然大笑。

“柳言惠！你到底有没有在听课！我是叫你读第三十二页的第一段，你给我读到哪里去了？”老班大叔脸上的皱纹显得好可怕。

柳言惠顿时烧红了脸，目露凶光地盯着凌紫曦，而凌紫曦则捂着嘴笑，幸灾乐祸中。此时此刻柳言惠有种想揍人的冲动。

终于放学了，柳言惠怒气未消，一个人走出了班级，云燕和刘晓妍立马跟了上去。

“言惠，只不过上课发呆被批评了嘛，没啥大不了啊。”云燕揽着柳言惠，安慰她。

“是呀是呀。”刘晓妍也跟着附和。

柳言惠双目火焰迸发，“可恶！那臭小子敢害我！迟早找他算账！”柳言惠气愤地握紧双拳，挥动着拳头。

“啪！”柳言惠的拳头无意识地砸中了一堵“肉墙”。柳言惠猛地一抬头，正与一高大的男生目光相撞。

“……啊……是上官学长啊……”柳言惠瞬间脸红，赶忙躲开了上官学长的目光。

“嗯，是啊。”上官谨微笑地对柳言惠说。细碎的刘海，白皙的脸，明亮的双眸，上官谨拥有一副细致的脸庞，又是高三组的尖子生，是阑赫枫言学院里大多女生的标准男友。“言惠，刚才气嘟嘟的，是谁惹你生气的？告诉学长，学长帮你解决。”

柳言惠脸红地摇摇头，尴尬地说：“没，没有呀……”

上官谨微笑着，露出了一排洁白的牙齿。他用手摸了摸柳言惠的头，笑着说：“哦，是吗？呀……”

“怎么了，学长？”

“学校最近的一个舞会快到了，你找到了舞伴了吗？”上官谨说。

云燕突然冲了进来插嘴：“言惠她怎么会记得？上官学长，我还没有舞伴，你可以邀请我做你的舞伴哦！”云燕双眼就像两个桃心。

“是呀。学长，我也还没有舞伴……”刘晓妍也挤了过来。

上官谨一贯的微笑，但微笑中有一丝尴尬。上官谨直接忽视云燕和刘晓妍，对柳言惠说：“言惠，可以做我的舞伴吗？不用现在回复我，你可以考虑一下。”

呃……柳言惠的脑袋瞬间短路！上官学长要我做他的舞伴?！柳言惠呆住了。

“记住哦，要考虑一下。”上官谨笑着离开。

云燕和刘晓妍惊愕地看着柳言惠，发现柳言惠正在两眼无神地流着口水，一副标准的花痴状态。

这条走廊的另一端，凌紫曦的目光一直都没有离开过柳言惠他们。“学校的舞会吗？似乎挺有趣的……”凌紫曦嘴角滑过一丝笑意。

二

柳言惠独自一人走在回家的路上，空荡荡的街道上，只有依稀的几个路人。黄昏的余晖若隐若现，天气似乎有点不好。

“啊！”一块石头绊倒了柳言惠，柳言惠发出一声惨叫。

“今天是走什么霉运啊？这么倒霉！”柳言惠吃痛地想爬起来，发觉膝盖擦破了皮，痛得失去了知觉，变得有点麻木了。

一只修长的手出现在了柳言惠的面前。

“起来吧。”是凌紫曦。凌紫曦的栗色头发逆着余晖，细碎的光洒满视线。

柳言惠有点半信半疑地看着凌紫曦，他会有这么好心？是有点儿不敢相信，但是柳言惠还是伸出手握住了凌紫曦的手。

凌紫曦拉起了柳言惠，手紧紧地握住了柳言惠的手。

好温暖的手……柳言惠竟然握住凌紫曦会有心跳加速的感觉。我是病了吗？怎么感觉心跳得好快？柳言惠被凌紫曦扶着坐到街道旁边的一排长座椅上休息。

“你病了吗？”凌紫曦奇怪地看着柳言惠说：“你呼吸困难吗？怎么感觉你心跳跳得好快？”

被发现了吗？“没……没有……”柳言惠赶紧转过头躲避凌紫曦的目光。

“那个……对不起……”凌紫曦突然转移了话题。

“啊？怎么了？”柳言惠疑惑。

“貌似椅子油漆还没干……”凌紫曦出乎意料地对柳言惠说。

“啪！”两人同时跳离了椅子，柳言惠赶忙察看自己的身上有没有油漆。天啊！柳言惠发现制服上和裤子上都染上了一大摊的黄色油漆。“今天怎么这么倒霉？难道我招惹了霉神？”柳言惠哭丧着脸仰天长叹。

柳言惠和凌紫曦两个人竟然沉默地走到了一起。两人身上一大摊的油漆着实吸引了路人的目光。

“没想到你家离我家这么近……”柳言惠先打破了沉默。

“嗯，是啊。”凌紫曦双手插在牛仔裤的口袋里，缓缓地走在柳言惠旁边。

柳言惠实在不知道该说什么。

“上午上课的事不好意思哦，只是想捉弄你一下，希望不要记仇哦。”

柳言惠发现此时的凌紫曦少了那一丝霸道和冷俊。“没关系。那种小事早忘了！”柳言惠的笑容拉近了她和凌紫曦的距离。

凌紫曦淡淡地一笑。

“呀！凌紫曦你的笑也挺好看的嘛！应该多笑笑，别整天板着一张脸装酷。”柳言惠大大咧咧地拥着凌紫曦大笑地说。

凌紫曦被柳言惠揽着肩膀，暴汗无语。这女的……真会动手动脚。

“轰隆隆……”一声闷雷劈头而下。凌紫曦抬头看了看忽然变色的天气。只是黄昏将近，天空却显得浑浊，乌云瞬间布满天空。

“不会突然下雨吧？”凌紫曦问道。

“呃……凌紫曦你这个乌鸦嘴……”柳言惠心中暗自祈祷，“千万别下雨，现在下雨的话会变成落汤鸡的。”

一个乌鸦嘴，或许不是乌鸦嘴；但是两个乌鸦嘴的话……也许真是乌鸦嘴了。

“不会真下雨吧？”柳言惠也怀疑地问。

“轰隆隆轰隆隆……”“哗哗哗……”一阵响雷之后，一阵倾盆大雨哗然而下，刹那间淋湿了凌紫曦和柳言惠。

柳言惠反应很快，下一秒，她用手握住了凌紫曦的手，“快！我家比较近，到我家避雨！”柳言惠“拖”着凌紫曦往家里冲。

还未等凌紫曦反应过来，他已经在恍然之间被柳言惠拖走了，凌紫曦看着拖着他的柳言惠在大雨中奔跑，雨浸湿了她的制服，雨水拍打着她的后背——雨还真是大！

柳言惠一个女生拖着一个高她大半个头的男生在大雨中狂奔，这情景可真是风头十足！一路上，路人们皆向他们两个投去羡慕的眼神——感觉像是在看一对情侣。

柳言惠站在自家的屋檐下，气喘吁吁地说：“到了，这就是我家……”

“……”

柳言惠见凌紫曦突然静下来，转过头看他，忽然发现他很尴尬地傻愣愣地站着……呃！原来柳言惠还很“忘我”地紧握着凌紫曦的手……貌似舍不得放开的感觉……

唰，柳言惠下意识地赶紧松开凌紫曦的手。凌紫曦也忽然意识到尴尬，手也往回缩。柳言惠扭过头，脸火辣辣的。

“那个……那个……”凌紫曦有点反应不过来，“那……真巧啊！我家竟然在你家对面!?”凌紫曦手一指这条街的另一旁，真是意外！凌紫曦的家就在柳言惠家的对面，柳言惠痴痴一笑：“真的呀?!”

凌紫曦冲过去，说：“拜拜！先回家了!”

雨淋湿了他的制服，头发上的雨珠缓缓滑落，凌紫曦的背影有一丝的熟悉。柳言惠的脑袋中闪过一个儿时的伙伴的背影，是个胖胖的小男孩儿的背影。

难道……柳言惠的脑中浮现出一些奇怪的想法，她一回神，甩一甩满是雨水的头发，算了，别想那么多了，先回家！柳言惠推开大门，进屋去了。

雨依然在下，雨声占据了整个听觉，这场有点儿突然的雨拉近了柳言惠与凌紫曦的距离。

柳言惠换好衣服，坐在书桌前，发起了呆。她用手扶着下巴，脑海中都是今天在大雨中与凌紫曦的场景，柳言惠的双颊不自觉地浮现出红晕。

书桌上的一张小小的大头贴吸引了柳言惠的注意力，大头贴上有一个胖胖的小男孩儿和一个扎着朝天辫的小女孩儿。男孩儿的头歪在一旁，一脸不愿意的表情，女孩儿稚嫩的脸庞上绽开了笑容。一刹那，柳言惠的脑海中出现了许多零星的记忆碎片……

在一个小小的花园内，几棵无名花旁，一个胖嘟嘟的五六岁的男孩儿正蹲在泥地上斗蛐蛐，而不远处一个扎着朝天辫的四五岁的女孩儿无聊地坐在一张小凳子上。女孩儿忽然跑到男孩儿身边，把男孩儿拉起来，说：“快点过来，帮我摘一朵花。”对于女孩儿的要求，男孩儿虽一脸的不情愿，但他还是半推半就地随女孩儿到花园的另一边。“看，就是那朵，你去帮我摘下来。”女孩儿指着长在围墙树藤上的一朵花，花略带浅紫色说不上名字，也谈不上好看。男孩儿不肯，可女孩儿却大吵大闹，眼泪哗哗地从眼眶中滚落。女孩儿不依不饶地缠着男孩儿，男孩儿很无奈。花长在半墙上，虽不高，但对于五六岁的他还是有难度的……男孩儿一咬牙。爬上墙——这可是他人生中第一次爬墙呀！男孩儿踩住墙上凸出的石头，手勉强地能够到花，这可是一两米的高度，男孩儿略微颤抖地碰了碰花，还是采不到！男孩儿一踮脚尖，终于把花摘了下来，男孩儿望望女孩儿，高兴地笑了！真是乐极生悲！没几秒的刹那间，男孩儿的双脚一滑，不慎滑落在地！女孩儿被突发的情况惊呆了，男孩儿摔下来的时候左手腕割破了一道很大的口子，血不停地往外冒。女孩儿吓呆了，可男孩儿却表现出一副若无其事的样子，忍着痛，用右手把花递给了女孩儿。女孩儿笑着流下眼泪，女孩儿紧捏着花，哭得很大声，哭声引来了大人。大人们一赶来，便赶忙把左手还在流血的男孩儿送往医院……

男孩儿自从那一次失足摔伤后，女孩儿便很少再遇到他了。听父亲说，似乎男孩儿全家都搬去了美国……还好，女孩儿还偷偷保留着刚开始见面便被她拉去一起照的大头贴。女孩儿不知为什么，刚开始见面便强迫男孩儿与她照大头贴，也许是冲动吧！女孩儿再也没有见过男孩儿了……

柳言惠傻傻地笑着，呆呆地看着桌上和男孩儿的大头贴。柳言惠推开窗户，似乎是凌紫曦。

他家就在对面呀……果然，从窗户望去，不远距离的一幢房子，正好有一扇窗户正对着柳言惠的位置。凌紫曦家的那扇窗户虽说是关着的，但是开着灯，有一个人影在窗的那端移动着。

“莫非是凌紫曦?”柳言惠透过窗户看着对面的那扇窗户中的人影。

正当柳言惠疑惑的时候……“啪!”对面相对的那扇窗户猛然地拉开了!!!

“呃……”柳言惠瞬间石化……

因……因为，一个熟悉的人脸在黑夜中锁定了柳言惠……果然是凌紫曦!!凌紫曦在黑夜中一眼便看到了柳言惠，他的头发湿漉漉的，还滴着水，看来是刚洗完头。凌紫曦朝柳言惠抛去一个浅浅的微笑……

忽然柳言惠看到对面的窗里的凌紫曦不见了。他走了?

下一秒，凌紫曦又出现在窗户里，手里还拿着一张挺大的白纸。白纸上用荧光笔写了几个字……

柳言惠努力睁大眼睛，缓缓地读出了那几个字：“不要偷窥我!!”

柳言惠再一次石化!

“谁偷窥他了！那家伙!”柳言惠从抽屉里找出一张白纸，找出了一根很旧的荧光笔。她咬牙地写下几个透着荧光的字。谁偷窥你了？是你偷窥我吧?

柳言惠把这几个字举在窗户沿上，发现凌紫曦捂着嘴在偷笑。

“你在干什么?”

呃……柳言惠一阵停顿，总不能告诉他自己在想他吧?

“没干什么……”

“难道你是在想我吗?”似乎在闪烁的荧光字刷刷地映入柳言惠眼中。

凌紫曦这家伙不会有读心术吧!

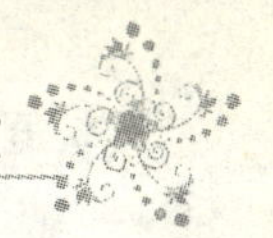

“算了，不聊了，明天还要上课。”柳言惠写下了这句话。

只见凌紫曦挥了挥拜拜的手势。

柳言惠也点点头，“啪”关上窗户。柳言惠一个纵身跃起扑到了床上。

三

“啪啪轰轰！”一阵噪声从柳言惠窗外传进来，柳言惠有些清醒，本能地用被子捂住耳朵继续睡觉。

“铃铃铃叮叮叮……”柳言惠的手机这时也响起来了。柳言惠闭着眼睛按掉了，没几秒，手机又响了……按掉，再响，再按掉，又响……如此一遍遍地重复着。柳言惠终于彻底从睡梦中醒了过来。

“哪个王八蛋一直吵我？……”柳言惠语气有些许怒气。

手机又响了起来，柳言惠按下了接听键，大声吼道：“你是谁啊?！你还吵！”

一连串的狂轰滥炸，手机的另一端忽然没了声音，对方霎时沉默。

“……”柳言惠一下子清醒了，她呆了一会，条件反射地看了下手机的号码——是一个陌生的号码。柳言惠不知是该挂断还是继续等对方的反应。

十几秒的双方僵持后，手机中终于缓缓地传出声音：“这个……那个……我……我是凌紫曦哈……”尴尬的语气。

“轰”！柳言惠脑中闪过一声惊雷！貌似自己刚才“吼”了凌紫曦……

“刚才叫你，你都没反应，所以……所以我就给你打电话了。”凌紫曦的声音不仅从手机中传出，楼下似乎还有他的声音。

“……你怎么会有我的手机号？”柳言惠反应过来后的第一个反应。

凌紫曦思考了一下，似乎在找理由回答柳言惠的问题。“我从云燕和刘晓妍那里拿到的。”

云燕和刘晓妍那两个丫头，又出卖自己的手机号，那两丫头一见到帅哥就没有抵抗力！“呃……哦。找我什么事？”

“有事找你……你能出来吗？”

“有事呀？等我十五分钟，十五分钟我就出去——在我家旁边那条街等我。”柳言惠摸摸自己乱糟糟的“鸟巢式发型”，先打扮好再去！

“滴答滴答滴答”……十五分钟过去了，可柳言惠依旧没有要出门的迹象……三十分钟过去了，柳言惠依旧无影无踪……凌紫曦不耐烦地在街道边等着柳言惠，已经九点二十七分了，柳言惠不是说十五分钟就下楼吗？都已经半个小时了，连个影儿都没见到！

经过四十五分钟的如风卷残云般的梳洗打扮，柳言惠脱胎换骨般华丽地出现在早已等得耐心全无的凌紫曦面前。

今天的柳言惠果然没少下工夫打扮——穿着白色的T恤，半短的牛仔裤，斜刘海，微斜的辫子。

尽管如此，凌紫曦虽然第一眼看到柳言惠时有眼前一亮的感觉——但是……他已经等了一个小时左右了，等得极不耐烦了！

“有什么事？说吧。”柳言惠无视凌紫曦那饱含幽怨的眼神。

“……”凌紫曦抛掉不耐烦，好像想起了什么重要的事，说：“学校的化装舞会只剩五天了，你该准备的事准备好了吗？”

是指选择舞伴的事吗？柳言惠迟疑了几秒。

凌紫曦看了看手表，已经将近十点了啊！凌紫曦不等柳言惠作出回答，猝不及防地紧握住柳言惠的手，拉住了她往街道上跑。

柳言惠被他突如其来地捏住了手跑了起来，一时间反应不过来，任他拖着狂奔起来。柳言惠望着凌紫曦狂奔的背影，有点儿熟悉的感觉。

穿过一条街，又穿过一条街……凌紫曦拉着柳言惠狂奔不知穿过了几条街，一晃而过的景象只留下残影。或许，此时此刻，有种私奔的恍惚感……

终于，凌紫曦在一家名为“Magic Girls”的店门口停了下来。柳言惠相较于凌紫曦略显瘦弱的身材被凌紫曦拖着跑了好几条街，难免累得喘不上气来。

“Magic Girls”，不大的一间挺奇怪的店铺，粉红色的招牌，小华丽的感觉，还真看不出到这间“Magic Girls”店是来干吗的。

柳言惠还没从刚才那剧烈的狂奔运动中缓过来，吃力地吐出几个字：“来这店干吗？”

“嘿嘿……”凌紫曦诡异地一笑，说：“进去就知道了！”

凌紫曦话音刚落，就强拉硬拽，把柳言惠带进了“Magic Girls”店里。

“哇”——店里到处都是奇特的衣服、面具、假发……还有一股淡淡的花香……更好的是还有好几个帅哥！柳言惠刚才还是不想进来的，这会儿就犯起了花痴！

好像这几个帅哥都没有凌紫曦帅呀……柳言惠的脑中忽然闪过这个念头。

其中一个似乎是“老大”的帅哥朝凌紫曦和柳言惠走过来。柳言惠下意识地躲到了凌紫曦身后。

“哟，紫曦，今天怎么突然大驾光临呢?”那个帅哥有几分帅，优点就是皮肤挺白。他上下打量了柳言惠一下，又说：“还带女朋友来了?”

柳言惠的脸刷地一下子红了，想辩护，可又不知该说什么反驳他。她随即转过头去看凌紫曦的反应如何，可是凌紫曦似乎对“女朋友”这个称呼并不反感，甚至还有一些享受。

“今天来呢，其实是替我身后那位挑一些我们学校即将举办的化装舞会要用的道具。”凌紫曦说。

“哦，原来如此，你自己去挑吧!”帅哥很开心地笑了。看样子他跟凌紫曦关系不错。

凌紫曦拉着柳言惠往店里深入，店虽不大，意外的是，这店里的东西很杂，各种奇装异服、各种颜色的假发，还有贴在墙上的不同的动漫海报……这到底是什么店?

凌紫曦似乎看出了柳言惠的疑惑，说：“这店叫‘Magic Girls’，就是‘魔幻女孩’，是一家主题为‘魔幻化妆’的主题店。专门为像我们学校这种化装舞会准备道具的店。”

柳言惠似懂非懂地点了点头。

这家店的东西还真是五花八门，从吸血鬼骑士的衣服到清纯罗莉的装扮。只有你想不到的，没有他不卖的!

凌紫曦和柳言惠逛了几圈，柳言惠原本对这些东西没多大兴趣，怎奈平时看着没多少话的凌紫曦竟然如此地闷骚!!! 那闷骚男竟然找了一套低胸护士衣和一条超短牛仔裤要给柳言惠穿?! 要不是柳言惠极力反对，大吵大闹，才把那套暴露装给拒绝了!

经过一番折腾，凌紫曦那家伙，柳言惠原本以为他会选择帅气的吸血鬼骑士或者是叛逆的鲁鲁修。没想到啊没想到! 他竟然是选择了混搭型!! 笑得很奸的银边面具，一对狐狸般的长耳朵，纯黑色的铠甲，磨得发白的浅紫色牛仔裤!! 这是什么造型?!

而柳言惠呢? 选了一个粉红色的假发，一对兔耳朵，一件米黄色的连衣裙，还有一对纯白的翅膀。

凌紫曦和柳言惠两人表情各异地从“Magic Girls”出来，前者神情愉快，后者闷闷不乐。

柳言惠提着一大袋的东西，步伐缓慢地跟在凌紫曦身后。

“化装舞会你的舞伴决定了吗?”

“呃……”该怎么回答，其实柳言惠心中还没有答案。

四

这时间呀，不经意间它就从身边静悄悄地溜走了。一晃间，已经五天过去了。阑赫枫言学院是越来越热闹，因为大家都很期待学院一年一度的盛大的化装舞会。在每一年的化装舞会之夜，学院的学生们都会一个个化上很奇怪的妆、穿上各异的服装，齐聚在艺术馆里。这一夜，没有人会认出他人是谁，只有梦幻般的外形装束；这一夜，所有的人都可以与那个自己选上的"陌生舞伴"一起狂欢，一起跳舞！

经过一番长途跋涉，柳言惠终于来到了艺术馆的大门前。她感慨地看着眼前的艺术馆，平时自己讨厌上的艺术课的场地现在竟变成了"舞厅"?！真是有点儿小意外，因为往年都不在艺术馆内举行的。

正当柳言惠万分感慨的时候，"啪!"一个人影不礼貌地撞了一下柳言惠，柳言惠没注意到，一下子被撞到一旁。柳言惠刚站正身子正想破口大骂的时候，却发现撞她的人早已不见踪影了。

"哪个混蛋撞了我?"柳言惠的面具被撞到了地上，灯光暗暗的，柳言惠弯下腰找面具，可惜，面具早就不知道被撞到哪个角落了。

再不找到，舞会就快开始了。眼看着舞会近在眼前，可是面具一时半会儿又找不到，柳言惠心里说："算了，豁出去了！不戴面具了!"

于是出现了这样的一幕：在场所有人当中，只有柳言惠一个人是没戴面具的!

"哇！好帅啊!"柳言惠看到了不远处一个王子装扮的人，无比的花痴。

银白的花纹式面具，只遮住了上半张脸，那双眼眸充斥着澈亮的光，欧洲复古式的宫廷王子服，闪着寒光的佩剑。

"王子"朝柳言惠缓缓地走了过来，他脚上的铁靴发出沉重的压地声。柳言惠意外地退了几步。

"我美丽的蝴蝶公主，谨以致礼。能否与我共舞一曲?"一个厚重的声音从面具下传进柳言惠耳中。

柳言惠的小桃心扑通扑通地跳着。可是为什么自己在犹豫呢？柳言惠竟然没一下子答应邀舞请求。

王子绅士地半弯着腰，伸出左手，做出邀请的手势。

"不……"

一声如惊雷般的话语在柳言惠耳畔炸开。

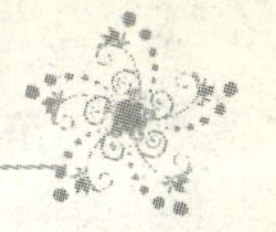

柳言惠下意识地一转身……

黑色地狱的恶魔，黑色长礼服，左肩上有一个闪着诡异之光的骷髅头。黑色恶魔的左半脸面具，闪着银光的银白色长发，一双如鬼魅般的娇媚双眸。

这是男人吗？如恶魔的漂亮的妖媚的帅哥吗？

“你，今晚只属于我。”

不容拒绝的命令口吻。

“你，有问过她的意愿吗？”王子的微笑一直没有停过。

“这个……”柳言惠哑言，不知该怎么办。

突然，一双手紧紧地握住了柳言惠。柳言惠一不小心便被拉到舞池中。

竟然是王子。

因为灯光稍暗，看起来便像是柳言惠自愿选择了王子。柳言惠挣不开紧握她的手，她转头时，看到了恶魔——他双眸中闪过一丝低落。

“对不起……”王子与柳言惠跳起了传统的交际舞。

“呃……”面对如此帅的王子般的男生，柳言惠也不太好意思说他，“呵呵，不要紧。”

一个转身侧转，王子随着舞曲踏着舞步。

柳言惠笨拙着跟着王子的脚步。

此时此刻，舞池中的男女们尽情享受着无与伦比的欢乐——一种享受舞的乐。

一首普通的交际舞曲响完，随即又开始缓缓地响起新的华尔兹舞曲。

现在，是随机交换舞伴的时候了——也就是第三个舞步的时候。

舞池内的大家都很默契，一个集体的左转身舞步内，舞伴都换了。“啊，是你！”柳言惠吃惊不小。因为随机换来的舞伴竟然是先前的“恶魔小子”。

依然是那双妖媚般深邃的眼眸，柳言惠一碰上他的眼神，心中似乎被撞了一下。“火烧云”爬上了柳言惠的双颊，绯红绯红的。

他踩着缓慢的步子，脸慢慢地靠近柳言惠的耳旁，湿润的鼻息在她的发丝间穿梭。“我说过了，你今晚只属于我。”

柳言惠耳根火烫火烫的，还好灯光不是很亮，暂时遮掩了她的脸红。

跟“王子”所不同的是，王子身上散发出一股说如阳光的吸引力，而眼前的他，是一股说不出的吸引力。

冥冥之中，柳言惠似乎猜出了他们两个是谁了……

“今晚你好漂亮。”

“嘿嘿，那当然了！”柳言惠臭美起来。

“能不能答应我一个要求？”

“什么？”

他再次靠近柳言惠，贴着她的耳朵说：“当我女朋友好不好？”

嗵！柳言惠呆了一下，不知该如何回答。

他缓缓地摘下面具，果然，果然是他——凌紫曦。他注视着柳言惠的反应。

柳言惠不顾众人的眼光，直接抛下凌紫曦，落荒而逃。

只是留下了落寂的凌紫曦和角落里的上官谨。

五

夏末的夜晚，不知是谁，扰乱了风的去向。

几天后的中午，柳言惠恍惚地发呆着，独自一人在幽静的街道上乱逛。果然，夏日结束了，稀少的行人身上已添上了衬衣。

“嘀嘀……”柳言惠口袋内的手机振动了起来，有信息来了。柳言惠掏出手机，“惠，有空吗？我有事找你。”

柳言惠看了一下发信人，是……是凌紫曦。她眼前浮现出他那晚如妖魅般叹为天人的帅气，脸不由自主地红了起来。

“干吗？”柳言惠快速地发了信息过去。

一分钟后……

“嘀嘀嘀……”——“来‘汀兰花园’”简短的一行字，柳言惠一看到汀兰花园，脑海中似曾相识，有种莫名的熟悉感，柳言惠抓了抓脑袋。果然，脑袋不经常用就是不灵光，这一时半会儿还真想不起来。

汀兰花园。

簇拥锦至的花，居多的是兰花，白净的兰花瓣透过阳光，碎影满地。虽名为花园，却有些大——这，是花圃。成群成群的兰花扰乱着人们的双眼。

柳言惠有些迷离地恍若置身于兰花群中，兰花淡淡的香味扑进她的鼻中。“呼呼……”柳言惠张大嘴巴贪婪地吸吮着花香。

圃园中有一处被岁月侵蚀严重的地方，那里有一堵墙，墙砖上是陈年的朱漆，漆体早已是旧得剥落了。墙上缠绕着藤蔓，青绿的苔藓显得如此格格不入。

一阵微风拂面，黑发披肩的她，立于花中。忽然，一阵很熟悉的男式香

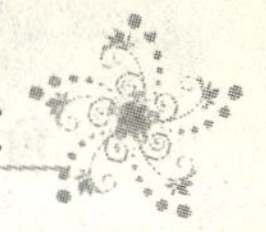

水味随风吹来。

“你，还记得这里吗？”

“我……”这么美的地方，自己怎么感到很模糊，拼命地搜寻脑中残留着的记忆。

凌紫曦小心地避开花，缓缓地走到了柳言惠的身边，他注视着她被风吹散的发丝，有些出神，“我是不是造成了你的困扰？”

确实，柳言惠极其恍神地度过了这几天。她的一举一动时刻都在凌紫曦的眼中。

柳言惠拂了下飘在脸上的长发，说：“你怎么想到要约我来这里？”

凌紫曦不语，他眼中泛起的涟漪，却令人捉摸不透。

柳言惠见凌紫曦沉默起来，又问：“这里为什么叫汀兰花园？”

“刷刷……”花瓣被忽来的风一吹，竟有点凄惨地凋零而下，显得那么无助，零散的一两片花瓣飘落到了凌紫曦的肩头。他深幽地说：“汀，它的意思就是水边的平地，兰就是长在水岸边平地的兰花。”

柳言惠环视了下偌大的花园，花园中仅有一处小小的水池。“水岸？这里哪来的水岸？”

凌紫曦神秘地一笑，伸手轻轻地握住了柳言惠，柳言惠一慌神竟忘了甩开他的手。

“跟我来。”凌紫曦拉着她到了一处兰花盛开的墙边，他坐在地上，放松地依靠着墙角。柳言惠也没说什么，学着他放松地坐下。

“放松自己，闻着淡淡的花香，闭上眼睛，让身体被夏末的风肆意地吹吧。”凌紫曦说。

柳言惠无法抗拒凌紫曦那深沉磁性的话语，缓缓地闭上了双眼——夏末的风，好凉，似乎清凉的水珠细洒在脸颊上。风声轻轻地窜过耳畔的时候，自己似乎产生了错觉，自己仿佛坐在一片很平静的湖水岸边。

当凌紫曦很陶醉地徘徊在这幻美似真的景色中时，凌紫曦忽然感到旁边的柳言惠倒在了自己的肩膀上。

“借你的肩膀靠一下。”柳言惠轻语。

两个人就这样互相沉默着，但又互相依偎着对方。不知被凉风吹了多久，时间也不知消逝了多少，太阳渐渐地落到了山头。

“铃铃铃……”一阵急促的手机铃声从柳言惠口袋中传出，打破了这幅静谧的和谐景象。柳言惠一怔，刷地一下跳起来，跑到一旁接电话。

只见柳言惠的脸色一下子变得紧张起来，“呃……呃……那个……我家里有事，我得先回去了，有事下次再说。”

柳言惠抛下凌紫曦，只见凌紫曦如鲠在喉，话到嘴边又被生生地咽下去。此时，凌紫曦的眼中滑过一丝忧愁——难道是他的事吗？

夕阳镀金般的余晖，火红的火烧云嵌在半边天。街边处的转角，一个背影忽闪忽暗。

“你……刚才说的是真的吗？”柳言惠无一点淑女样子，汗水浸透了她的后背。

拐角，一个满含惆怅的身影，身边似乎镀了一圈金边。“嗯……我快走了，估计最慢也是下个礼拜便……要走了……”

“学长，能告诉我为什么会这样？”柳言惠一急竟紧握住了学长的手。

“下个礼拜，我便要作为代表学院的一名交换生，到英国的那所友联学院了。”上官谨的身影充斥着一种不舍，他高贵得令人望而却步。

柳言惠的心中泛起了一阵波动，自己最崇敬而又暗恋很久的学长就要离开了，到那遥远的大洋彼岸——自己还能多镇定呢？

上官谨怜爱地抚摸着柳言惠的发丝，眼中充斥着满满的温柔，“我就要走了，你不能再像以前那样任性了，要好好照顾自己，我不在的日子里记得想我哦。”

柳言惠忽然感到鼻子酸酸的，这到底是什么样的一种感情？不像是爱情，但又深深牵动着自己的心。

“能不能让我抱一下？”

柳言惠轻轻地点点头。

上官谨小心翼翼地拥抱了柳言惠一下，很轻很轻的拥抱，但又是那么的温暖。拥抱完之后，上官谨释怀地对柳言惠一笑，说：“我先走了，时间比较紧。”上官谨见柳言惠不言不语，转身缓缓地离开。

就在上官谨走开几步时，柳言惠冲了过去，从后面给了他一个大大的拥抱。平时嘻嘻哈哈的柳言惠，此时竟被泪水模糊了脸颊，“学长，你对我的关心我不是视而不见，但是……”

上官谨转过身，用手拭去柳言惠似堤坝涌开时的泪水。“我懂，你的心并不在我这里，我把你当成我最疼爱的妹妹，哥哥关心妹妹是天经地义的。”上官谨的脸上露出一丝苦笑。

“呜呜呜……”柳言惠像个受了委屈的妹妹，蜷在哥哥的怀抱中抽泣着。

老天爷似乎也受了柳言惠的影响，逐渐地沉下了脸——乌云慢慢地拢聚过来了……

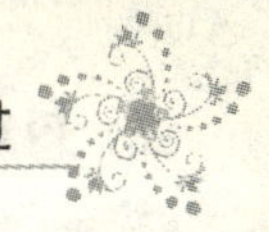

“哗啦啦……”一阵大雨倾盆而下，瞬间淋湿了相拥中的柳言惠和上官谨，他俩的脸上，不知是泪水还是雨水。

“啪！”雨声中传来一声东西掉在地上的声音，显得如此的刺耳。

上官谨一惊，赶忙推开了柳言惠。柳言惠似乎猜到了什么，猛地一回头——身后的拐角处，伫立在雨中的，是凌紫曦！他的双眸中布满了忧伤，雨水顺着他的刘海滴落而下，衬衫完全被雨浸湿了，地上躺着一把掉落的蓝色雨伞。眼前的一幕完全刺痛了凌紫曦的双眸，雨水让他的心凉了一大截，好像有一把刀在一刀一刀地剜着他的心。很痛，很痛……

空气中传来心碎的声音。柳言惠一下子心乱如麻起来，语无伦次地向凌紫曦解释：“我……我和学长……我们真的没什么……”

凌紫曦在雨中沉默着，眼中的光芒一点一点地黯淡了，直至消逝。

柳言惠看着凌紫曦那如死灰般的双眸，心竟然痛了起来，像被什么东西触动着。“我们真的没什么，我和学长只是在……”

“在干吗？我不想听你的解释。”凌紫曦打断她的话，“真抱歉，打扰到你们两个，你们继续，我离开！”

凌紫曦毫不依舍地转身离去。一双手抓住了他，是上官谨，他说：“别太过分了！”

“唰！”凌紫曦用力地甩开了上官谨的手，他阴沉地吐出一句话：“我的事情还轮不到你来管！”

“啪！”上官谨一拳砸中了凌紫曦的脸颊，凌紫曦一个踉跄，上官谨说：“你有没有考虑过言惠的感受？”

柳言惠无助地站在雨中，她拉住上官谨。

凌紫曦拭去嘴角的一丝血迹，冷冷地一笑，什么都没说，仍旧转身离去。

肆虐的雨幕中，凌紫曦刚转身离去的地上，竟有一张模糊的影子，柳言惠伸手捡起从凌紫曦身上掉下来的一张陈旧的照片，照片已被雨水淋湿。但照片依稀可以看出——一个男孩和一个女孩的合照。

这……柳言惠脑中闪过一幕幕熟悉的场景，小男孩？难道……见凌紫曦已远去的背影，柳言惠终于还是追上去了。

上官谨捡起地上那把凌紫曦掉落的雨伞，苦叹了一声，撑起伞，独自一人离开了。

大雨仍旧下个不停，昔日人声鼎沸的大街上，却已不见几人来往。

六

凌紫曦颓废地坐在街边早已关门的商店门口的台阶上，自己真的能忘记这一切吗？凌紫曦陷入了回忆中……

小时候，自己只是一个胖嘟嘟的小男孩儿，自己为了一个女孩子受了伤进医院，家里人知道了这件事，便再也不让自己和那女孩儿见面，甚至还搬家了……自己仍是忘不了她，忘不了那个小女孩儿纯洁天真的笑容，也忘不了那个花园——那个叫“汀兰”的花园里的自己为了女孩儿爬墙摘花的事，那朵花真的很美，就像那女孩子一样美。到最后，自己只留下一张照片，还是被那女孩强拉过去拍的……

凌紫曦从回忆中出来，是的，那个女孩子便是柳言惠。但是，凌紫曦又想起了柳言惠和上官谨拥抱的场面，心中便溢出了无法言喻的醋意。“滴滴”手机一直振动着，凌紫曦一看手机，手机上有好几个未接来电，是上官谨的电话，凌紫曦把手机放回口袋。

夜很漫长，孤寂无人了解……

翌日清晨，一大早凌紫曦便收到上官谨的信息，上官谨约凌紫曦出来见面。凌紫曦累得很，直接发了一条信息拒绝上官谨。

“铃铃铃……”手机铃声响起来，是上官谨打来的。

“下周我就要去英国了。”

“你现在是在跟我告别吗？”凌紫曦反问。

上官谨语气有一丝忧虑，“昨晚的事，只是言惠她跟我的告别，我一直都只是把她当成我的妹妹。”

“……”凌紫曦沉默。

“你知道吗？昨晚她哭了一整夜，现在她在家里因为淋雨发着高烧！”上官谨的声音有些嘶哑。

“嘀嘀……”上官谨听到手机中传来挂断后的忙音。

“嗵！”门被重重地撞开了——是凌紫曦。他以火箭般的速度冲到了柳言惠的家。凌紫曦一冲进来，只见柳言惠脸色苍白地站在客厅里，似乎在准备吃药。

“你怎么来了？”柳言惠有气无力地说。

“你真的病了……”话还没说完，凌紫曦便拉着柳言惠走出家门，柳言惠挣扎了一下，怎奈有病在身，只好跟着凌紫曦走。

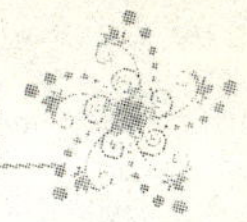

这次，凌紫曦拉着柳言惠到了不远处的汀兰花园里，他带着她来到了花园深处的一处陈旧的高墙前。

“这里是……”一幕幕昔日温馨的场景浮现在柳言惠的脑海中。

凌紫曦靠近柳言惠的耳畔，说：“对不起，那晚是我错怪你了。”

柳言惠撇着嘴，不理凌紫曦。

“你还记得吗？在这里，曾经有一个小男孩儿为了一个小丫头，爬上墙。”凌紫曦笑着说，随即便一个纵跃爬上了那堵墙——昔日的小男孩儿已经变得这么敏捷了。

凌紫曦伸出手，柳言惠转过头不理他。“丫头，上来。”

柳言惠一蹙眉，说：“臭小子！本小姐虽然病了，但还不至于爬不上去吧！”柳言惠终于再一次露出笑容，爬上了墙，与凌紫曦一起坐着。

“做我女朋友好不好？”凌紫曦问。

“才不要呢，本小姐才不要做你女朋友呢！”柳言惠撇嘴，她想了一会儿，嘟着嘴说，“其实呢，我一直很想问，你为什么对我那么好啊？”

凌紫曦温柔地看着她：“傻丫头，从第一次在学院的草坪里见到你的时候我就知道我们小时候见过面，你就是那个小女孩儿。”

“那你还一直捉弄我！”柳言惠假意生气。

凌紫曦趁柳言惠一失神，紧紧地抱住了她，柳言惠没挣脱开他，脸“唰”的一下子红了，全身像棉花糖一样软在他的怀抱中。

凌紫曦在她的耳边缓缓地说道：“因为我爱你啊，所以我从始至终一直对你很好，这个理由够了吧？”

“轰轰……”蔚蓝的空中驶过一架飞机，在云际上滑过一道长长的尾巴——或许，或许，上官谨正在飞机上望着地上发生的一切，但，他只是留下了一个苦笑。

夏末秋至的风如此清冽，风，带走了思念，带走了悲伤。风中，满溢着浓郁而甜蜜的气息……

红了樱桃，绿了芭蕉

■ 草根情感

一片春愁待酒浇。江上舟摇，楼上帘招。秋娘渡与泰娘桥，风又飘飘，雨又潇潇。何日归家洗客袍？银字笙调，心字香烧。流光容易把人抛，红了樱桃，绿了芭蕉。

——蒋捷《一剪梅·舟过吴江》

看到这首词，忽然觉得，其实时间短暂如萤火，一眨眼就过去了，快乐的时间如是，悲伤的时间亦如是。小时童光，流离青春，乍一看觉得很长，可等到时间将尽，很多年过去以后，才会觉得时间其实很短暂。离别之际，犹在依依不舍，希望时间能再长一些。

一如那时，我和纯光，还有那一段蓝色的、白色的岁月是那么的短暂。流光容易把人抛，红了樱桃，绿了芭蕉。不知道是流光抛弃了我们，还是我们抛弃了流光。

时光抛不走的，是我对纯光的爱。

1. 十三岁那年，纯光在我心里是个英雄

纯光。

在我下定决心写下这些的时候，曾对于你的角色想了无数个美好的名字。可是，我绞尽脑汁才发现再怎么美好的名字都远远诠释不了你在我心中的分量。所以，请原谅，我用纯光这个简单的词语来称呼你。只因它是我所钟爱的所有的温暖。我爱它，如同我爱你。

我第一次遇见纯光的时候，是在 13 岁那年夏天。能够遇到纯光，很多时候我相信不是意外，更多的时候我想这是上天送给我的缘分。

整个六月好像一直在下雨，南方的六月是一个大风大雨的季节。几乎每天的天空都是一种灰蒙蒙的黑黛色，大雨把整座城市都浸润得像是水墨画里的风景。路边的柳树是翠绿色的，在暴雨里显得格外精神抖擞。虽然雨水有时让人

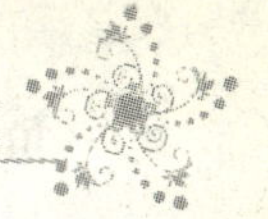

心烦，但是炎热的太阳挂在天上的时候，更让人心烦。

我顶着如火的太阳，疲惫地推着一架坏了的自行车走在狭隘的街道上，赤裸裸的光线直逼入我的瞳孔，汗如雨下。

太阳晒得我的脸，像粉红的花蕾。走了半条街，连个修单车的店都没有，这是什么鸟地方！我一边拖着疲惫得如同刚从地震里逃生出来的身子，一边无力地推着单车。此时此刻感到特别的无助。

后来，终于忍受不了了，我就把自行车停在一旁，然后我就在一间铺面前的台阶上坐了下来。我像一只狼狈的丑小鸭，湿漉漉的样子。躲避了太阳的烤打，突然觉得很舒服很清爽，似乎坐在清凉的水面上，那一缕缕的清风像毫无防备的瀑布从三千尺的悬崖上跌落，狠狠地砸在我的身上，很爽！

“小妹妹，怎么了？有什么可以帮到你的吗？”

一个少年站在我的背后，轻轻地拍了一下我的肩膀对我说。

青色的苍穹，有飞机嗡嗡地飞过，在云端上拖出径直的尾线。这个明亮的夏日午后，少年站在铅灰色的水泥地板上，风哗啦啦吹起他耳际的长发。那天我正好穿着一件淡绿色的衣服，我在炎热的夏天里，觉得自己像一条肥肥的菜青虫。而他穿一件灰白的衫衣，瘦瘦的，可真好看。

他叫我小妹妹，我愣了很久。他的声音很亲切，很有安全感，并没有半点粗糙，像有力强硬的磁铁，正在吸附着我，我感觉我的心在我的身体里慢慢地一寸一寸地往外抽离。

然后，我有点害羞地把脸扭到一边说：“我的单车坏了，推不动。”

他说：“那我帮你修一下吧。”说着他就走进屋子里面拿了几件维修工具出来。

他一手抓过单车，然后蹲了下去，手里拿着工具帮我检查单车哪里坏了。

天气很热，汗珠一下子就爬满了他的脸颊，晶莹剔透。他时不时转过来望着汗流浃背的我微笑。

他笑起来时柔软的眼神和咧开的嘴角，微微扬起下巴时那侧面的流线弧度真好看。

我微微地弯下腰，双手支撑在大腿上。我说：“哥哥你真是个好人啊！你叫什么，今年几岁了？”

他笑了笑说：“我叫纯光，今年 15 岁。”

纯光，纯光！多么好听的名字！

我在他身后静静地看着他手忙脚乱地帮我修车，我时不时地对着他密密的黑发，瘦削的背影咯咯地笑。

十几分钟过去了，他站了起来，一边用纤长的手指擦去下巴的汗水，一边对我说："小妹妹，你的单车修好了。"

他双眼看着我，让我有点害羞，不好意思抬头看他，我轻轻地对他说了一声："纯光，谢谢你！"

走的时候，我对他说："真的谢谢你，要不我就不知道这烂单车该怎么推回家。"

能把一辆快要推不动的单车修好的纯光，在我的心里顿时有了英雄的样子。

嗯！纯光在我的心里是个英雄！

后来，很多日子里，我总是在遇到纯光的那个地方的街角徘徊。我多么想在某个转弯处能够像毫无刻意的偶遇，然后他能清楚地记得我的名字和我的样子。

可是，他像消失了一样，我都没有再见过他。而之前的一切，他就像一个天使，在我遇到困难的时候突然出现，为我解难后又悄悄地离开。

大坡其实是个很小的地方，骑自行车不到几个小时就可以转完它。我如此想，我与你，便也是在同一个小小的镇里，看同一片天空，沾上你体温的风也抚过我的侧脸，我脚下的土地你也曾踏过。只是这样想着，我就觉得那个少年，还在！

而那些有关于你的样子，你叫我小妹妹的声音，你汗如雨下地为不相识的我修车，你对我笑……这些都在我的脑子里反反复复，兜兜转转。花开成荼蘼，上演一场盛大的荒凉。

2. 纯光，依然是个英雄

再次见到纯光，是在四年之后。在人潮汹涌的学校楼梯间，到处挤满了同学。在人海里，我看到了他的身影。

高中的开始，军训过后，学校举行开学典礼，全校六七千学生都要参加。瞬间，学校沸腾了起来，密密麻麻走动的学生，像到处乱飞的苍蝇。

开学典礼就要开始了，楼梯间往下走着很多同学，川流不息，像波浪一波又一波。我拖着我的凳子，好不容易才找到一个有空隙的地方，然后我就走了进去，跟着流动的同学们从六楼走下去。

走到三楼的时候，我隐隐约约地看到纯光，挤在汹涌的人群前面，那一

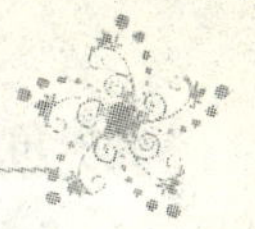

个侧脸，那一个身影，即使四年过去了，我依然记得。

当那个熟悉的身影从眼前闪过的时候，我有一秒钟的愣怔，然后迅速地回过了神，不顾手里拖着一把枯黄的木凳，我用力地拨开人群往前冲过去："让让！请让让！"

很快就到了一楼大厅，同学们像游鱼一样涌向入口。我追寻着他的背影，刚想要横穿过人群看清楚的时候却被挤得摔倒在地上。在倒地之前，我看到纯光走过操场，那是同学们看开学典礼的地方，他回头望了一眼，然后似乎有人叫他，他才又扭过头去。

我的手被行人踩了一脚，对方连忙道歉。可是我当时像是没有任何痛觉一样，完全不理不顾身上的伤和旁人担忧的询问。爬起来，泪眼通红，眼里只剩下纯光离去的方向，连背影都没有了。

自从再次看到纯光，平时没有烦恼的我却陷入了沉思里。

第二天早上化学课，我整个人一点精神也没有。化学老师抱胸站在讲台边，目光直视走神的我说："第一组第五排靠窗那个女同学，如果不想听课可以直接出去。"

很多人都扭过头来看向我，我的脸一下子涨得通红，手握紧了那支蓝色的水性笔，根本不理会老师的批评。

八月的阳光透过旧式玻璃窗户，照得化学老师那张喜庆的脸泛红光，越发像许仙的姐夫李公甫。学生们安静地看着漫画，传着可笑的小字条儿，或者像老牛反刍般无声无息地嚼着口香糖，就是没人答理他对化学物品定义的喋喋不休。

我依然低着头，在草稿纸上一遍又一遍地写着纯光的名字。

我多么希望还能再见到他。

纯光，四年过去了，你还是我心中的模样。我只是想起了你，想起了你带给我当年所有旖旎的过去。也许我很傻，这些年，我一直以为我很坚强，一直以为再也不会遇到你。不过是那年的一句话，就将我抽丝剥茧，所有的伪装都通通不见了，整个世界都成了你的样子。我多么想再遇到你。

自从那次之后，我开始更加地留意着从我身边走过的同学，我就不相信，一个大将中学能有多么大，即使掘地三尺，我也要找到你。

我站在学校的小卖部门口，一个个地打量着这些拥挤着买零食的同学。也真是的，学校那么多人，小卖部又小，卖东西的阿姨服务态度也不好，每次一下课小卖部就拥挤得像要爆炸。

我看到有一个女孩儿买了好几包零食，又迅速地给了几包站在她身边的一个男同学。然后对他说："这都是你喜欢吃的，特意买给你的，要把它吃完哦！"

原来他们是一对小情侣，我淡然一笑。世上最美的便是这样年岁的爱情，他的喜好，他的憎恶，他喜欢吃什么，他不喜欢吃什么，她都能记得。

就在我看得入神的时候，有一只充满了温度的手，拍着我的肩膀说："小妹妹，你怎么也来这里读书？"

我最讨厌别人在背后拍我，这样会吓得我心跳加快大失形象的。当时我生气极了，想转过身去给这个浑球一脚。

可是，等我转过身的时候，我开始对刚才的想法后悔了。我看到了他，纯光，是他拍了一下我。是那个四年前稚气，如今帅气的他。我瞬间脸红得要命，低下头……

其实，我当时没有想过遇到他后该说什么，该怎么样的表情，我连一句简单的台词都没想好。其实，我好想拥抱他，像电视剧里失散多年的恋人一样，突然相见，鼻涕和眼泪交加在一起，然后两个人开始深情地拥抱。

可是我不敢，看到他身边站着那么多的朋友我更加害羞。我像个傻丫头，笨拙地愣了好久才喊出三个字："大哥哥。"

纯光看到我嘴角隐隐的笑意，竟然有些害羞，脸迅速地潮红了。

过了好一会儿，他又笑了笑对我说："上课了，快去教室吧，我高二！"说完后他就和他的同学转身离开。

我又呆了一下，眼神还停留在他的笑脸里。好不容易回过神，才想起我还没有回答他问我的问题。我怕他听不到，我就第一次大声地朝着离我20步之远的纯光喊："就是！就是！我爸叫我来这里读，因为中考成绩差！所以才奔大将来的。"

话音刚落下，纯光就回过头来看着我笑了一下，我也看着他，四个眼睛顿时交汇在一个焦点上。

我完全不顾身边的同学正在看我如此失礼的样子在咯咯地笑，也不顾上课铃响，只觉得这个世界只剩下我和他在对望，深情而又不舍。

后来我的最好朋友小C在我的背后拍了我一下，然后就唧唧喳喳地嚷道："三八，人家都走远了你还盯着看？上课铃都响两次了……"

我回过头，带着玩笑般的态度用脚往她的屁股甩了一脚。

小C又不服气又委屈地说："人家在背后拍你你不踢，我拍你就踢我，重色轻友的家伙！"

那天，我知道他高二后，我每天都会站在我们高一的走廊上时不时地以

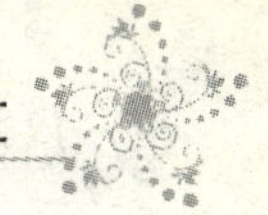

台风来了也吹不倒的身姿往高二的教学楼上仰望，我多么希望能看到他正好也在向下凝视。当然，这也是我想的最美好的事，想想而已！

自从见到纯光以后，小C常常对我说：“妞妞，怎么这阵子看到你特别爱笑，有点不正常，你中毒了吧！”

是的，我中了毒。小C不知道，是纯光给我下了毒，他一笑能让我开心好久，一看不到他，就会觉得很失落！

有一次吃饭的时候，我硬着头皮地跟着他一边逛校园一边吃饭。

大将的校园还算大，校园的四周都有树木，树下还有很多情侣在一起吃饭，树下的鸳鸯总是很多。

我跟在纯光的身后，我们一起穿过落满树叶的校园，空中还飘着秋天的花朵碎屑。纯光目不转睛地往前，不看多余的风景。而我却流连忘返地看看那些树下的情侣，再充满期待地看着走在我前面的纯光。什么时候你才能看到我的爱情？什么时候爱才会到我的手里？我安慰自己说，快了快了，秋天过去冬天过去，春天就来了，爱情就来了。

放月假的时候，我没有回家，和小C、小C的男朋友还有一个男生去玩，到处溜达，那个男生是小C男朋友的老乡。

那天玩得很晚，都快要到晚上十二点了，很困！后来小C的男朋友说去宾馆开房睡觉。双人房。

到宾馆上楼梯的时候，我才意识到，小C和她的男朋友睡一起，难道也要我和那个男生睡？就在我越想越慌乱的时候。那个男生向我表白了，他说他喜欢我。

那个男生高高的，平头，薄唇吐一口烟圈，狭长的眼在袅袅烟雾后闪烁着黑曜石般的夺人光芒。他抚着我面颊的时候，一边嘴角斜斜地飞扬，眼睛里有种天生的深情，他说他喜欢我，真的喜欢！

我顿时觉得更慌乱了，因为我根本不喜欢这个男生。

我想到了纯光，因为纯光也没有回家。我发了信息：“快来救救我，快点！在……”

过了十分钟，纯光出现在楼道里，站在那个光线不甚明亮的楼道口，背后是一片白光。他的出现好像拨动了大束大束的光线，带着它们一起拥挤进阴暗的楼道里，让刚才还背光的楼道在一瞬间就明亮起来。

突然觉得他特别的高大，肩膀也特别的宽大，像个勇士毫无畏惧，他不顾我身旁那个男生歇斯底里的叫喊声和充满不满的眼神，拉着我的手头也不回地大步向前走去。

他拉着我的手大步大步地往前走，他什么也不说，我也懂，他心疼我！蛋黄灯光下的纯光眉如墨泼，鬓如刀裁，身材挺拔，穿着悠闲帅气的格子衫和休闲裤，他手心放在我的手心的时候很温暖，他看起来真的又很俊朗，低头凝神时又有一种让人怦然心动的专注。

他一边走一边看着失神的我，只略微地挑了一下眉，那样宠溺的语气，那样温暖的掌心，竟让我失了心神。我像个傻子一样，任他拉着我走。他对我笑的时候，好像整个世界的花都为我开放了一样。

后来，快凌晨一点了。纯光看到发困的我说："走，睡觉去！不用怕，开的是双人房。"

天知道我哪根筋不对，毫不犹豫地跟着他走。

到了房间，我的两只手相互地握着，紧张得不停地互相翻弄着。就在这紧张之中，我并不是害怕，因为我相信纯光并不是坏人，不会乱对我怎么样，他是尊重我的。一个房间，两个人，两张床。我只想找一个话题来适时化解我们之间的尴尬："谢谢你，刚才。"

"不用，你怎么这么傻，以后放假如果不回家，晚上乖乖待在宿舍里。"

"嗯。"

他在我旁边的床上睡下了。那时天气微凉，他盖的是薄薄的被单，厚的他给我盖上了。他离我那样近，近到我微微一吸气，就可以闻到他身上那铺天盖地的皂香。我听到自己厚重如鼓的呼吸声，那每一下的跳动，分明就是满满溢出来的欢喜。当我听到"盖世英雄"这样的字眼，我便会不可自抑地想起你来。

看着他睡着的样子，我感到很安逸。

"对于一个濒临绝望的人，都希望能抓住一根可以救命的稻草。纯光，你就是我救命的稻草，晚安。"

3. 你英雄的模样不再是为了我，但在我心里，你依然是好样的

因为在夏天里遇到纯光，所以我特别对夏天有种满满的喜欢。明亮的耀眼光线，流动的灼热夏风，嫩绿油亮的梧桐叶子，树下的斑驳光影，十五六岁少女的荷叶领粉色衬衣，少年的板寸头，五毛钱一支的纯冰糖棒冰……喧闹的夏天里，有着那么多人，我还是能轻易地一眼就捕捉到他。他穿一件浅灰色的T恤，简简单单，却遮不住他的光芒。

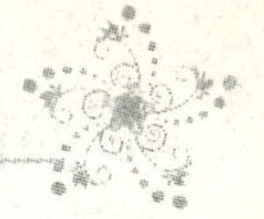

我喜欢上他喜欢的，我习惯了偷偷地看他在操场上走，也许这就是少女情怀。我不知道他知不知道我喜欢他，就像我不知道他喜不喜欢我。

直到有天，我站在教室的走廊外向操场看去的时候，我看到了纯光在树荫下行走，微微的阳光洒在他淡黄的头发上，纯光长大了，从一个少年变成了很多女孩儿喜欢的大男孩儿。我看到有个漂亮的女孩儿走在纯光的身旁，走得那么近，贴得那么紧，纯光时不时地微低下头对那个女孩儿笑，笑得很温柔，这么款款深情的笑却没有对我笑过，那么这个女孩儿是不是比我在他心里重要得多？

我一边想，突然间觉得胸口闷闷的，心情一下子失落了，像一颗完整的心，从六楼高的走廊上狠狠地砸在纯光的面前，然后血流成河，而纯光却看不见。天空上微醺的阳光，竟然晃得我眼睛都睁不开。我紧紧地闭着眼睛，其实我只是害怕一睁开眼睛就有泪水决堤："纯光，是不是她比我重要，还是我胡思乱想的？"

小C说："胡思乱想有什么用？去问下不就知道了！！"

到了晚上下自修的时候，我和小C走在校园里，那晚安静如水的夜，辰星微亮，晚风薄凉。星辰是永恒的，我也知道头顶的这片星空与故乡小城的星空无异，可是这异乡的星光却显得格外寒凉。

我又看到了纯光，他和早上看到的那个女孩儿两个人坐在树下，暧昧无比！

后来小C为了帮我证实，就硬拉着我去问一下。

走到他们的面前，虽然是晚上，虽然只有微弱的灯光，我从不知道一个人能漂亮成那样。即使这样，我仍看清了那女生的样子，面容精致，泪盈于睫，看到她我瞬间想起了放置在我床头的玻璃娃娃，一样的漂亮可爱。

站在他们两个人的中间，我尴尬无比，好不容易才挤出一点儿笑容说："嘿嘿，纯光，这是你的女朋友吧！？那么漂亮！"憋出这句话的时候天知道我有多么难过。

只见那个女孩儿害羞地握着纯光的手，然后纯光就轻轻地点了点头。

他这么轻轻点头的瞬间，好像一颗深水炸弹，在我的脑子里，波涛暗涌。我毫无防备地当着他们的面，眼泪跌落下来。没有任何利器攻击我的心脏，可它是那样钝痛，钝痛到我迅速地失语，只知道静默地掉眼泪。还好，夜有点儿黑，汇流的眼泪没有让你看到。

灯光透过树叶的刹那，一切都将归于寂静，渐成荒芜。

纯光和那个女孩儿默默地离开了，灯光渐渐地拉长了他们两个人一起远

去的身影，成了两条紧贴的地平线。他的背影挺拔，他的头发微黄，他的肩膀宽阔。我和小 C 在他们身后，我很认真地看着他的背影，眼睛却总是模糊。也难怪，我的眼泪总是不停地流下来，被凉风一吹，脸都跟着辣辣地疼。

以后的日子里，我连出走廊的勇气都没有了。我不想看到他们两个，我遇到他都会躲避着。渐渐地，我以为不看到他就不会有太多的难过，那一段只是对我来说刻骨铭心的时光似乎在心里淡成了一个影子。每每从梦中哭醒，那种无助的绝望感再次袭来，我才肯承认，也许还需要点时间……需要时间去淡然。而很多次当纯光从楼道经过出现在视野里，我就有种想要不顾一切追上去的冲动。那一刻，我忽然明白：还是放不下。

就这样，我和我自己僵持着。突然有一天，学校的领导在广播里说："我们经过讨论，将高二××班在校外聚众打架的纯光同学做劝退处理。"

我才知道纯光因为在校门口打架，被举报，学校怕影响学校的名声而把他开除。

从他同学的口里得知，他是因为那个女孩儿而被打的！因为有个男的，骂了纯光的女朋友，所以纯光就和那个男的吵了起来，结果那个男的吵不赢，就在放假的那天出钱请人在校门口和纯光打了一架。打纯光的那些人都是一个个长得圆头圆脑的男生，足有一米八的大个子，剃着寸头，粗粗的手臂和微黑的肌肤，看起来很像一头牛。听说纯光还被狠狠地踢了几脚。

后来在楼梯间我看到了他，他也看到了我。他什么也不说，笑了笑就从我的身边走过。我闻不到他的气味，我听不到他的心跳，即使他什么都没有跟我说，我仍能感觉到他心里的悲伤。望着他有些阴霾的脸，我的心竟然一阵阵地发紧。

他离开学校的那天，阳光特别的明媚，天空像过滤过一样，特别的蓝。我逃课了，我站在你看不到的地方看着你提着两包行李，你头也不回地走了，我也不敢和你说再见！我怕我会忍不了哭出来。我想这一次离开，不知道还会不会再见，曾经和你失散，隔了一个四年我才重新遇到你，那么这次呢？是不是还要四年？

陪我成长的那个少年，我心里一直深藏着的纯光，是你陪我成长到可以坦然接纳幸福的年纪。你的眉眼，是否清冽如昔？我忘了，你都没有想过和我说再见！

我苦笑一声，鼻子很酸，眼泪就落了下来。我连眼泪都不去擦，我怕错过看你最后一次。

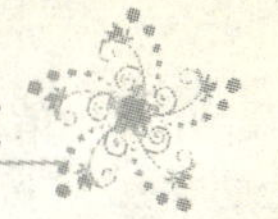

看着你毫无眷恋远去的背影，就在那秋日沉沉的校园里，我站在那棵不停有落叶飘落的樟树下，轻轻抚摸着手中微微发烫的掌心，这个暖暖的掌心你曾把它放在你的手里轻轻地拉着……我一直记得，那么你呢？

4. 流光容易把人抛，红了樱桃，绿了芭蕉

时间过得很快，我们也在沸腾的时光里轰然老去，很快我就高二了，纯光离开也有一年了。

他走后我变得很安静，整天让自己埋头课本，忙得连想念的时间都没有。生活里只有做不完的习题，一颗心记挂的只是前途和未来。再也不会梦见他或提起他。而他仿佛很多年前就已经在时光里老去。

说也挺巧合的，高二我刚好被换到你原来在的班级，我也极力地争取坐在你原来坐的位置。你的书桌很新，在课桌的中间有你用蓝色中性笔涂的四个整整齐齐的大字：风花雪月。然后下面还写着一行小小的字：我的青春里唯一的异性名字是：×××！这是那个女孩儿的名字。我突然明白了，多少年来，都只是我一厢情愿，是我没有说出来的爱。我的世界在那一刻天旋地转，内心残存的最后一丝希望熄灭成灰。

也许吧，像小C说的一样，他根本不属于我，又怎么算得了失去。我唯一遗憾的是，我连我爱你都不敢对你说。

请原谅我从来都默默不语。我始终相信，不能靠近的爱也会是一种信仰，会令我如葵花般坚定，执着地守候你的消息。

愿你一切安好。

我在书桌的左下角用黑色的圆珠笔写着上面的那段话，写完后，我连笔都丢了。

高二文理分科，我和小C都选择了文科。小C说想要忘记一个人，那么就得开始一段新的恋爱。

我藐视了一下小C后，把头一甩。转头间，窗边闪过一个熟悉的背影，俊朗而落寞，似曾相识，长得太像他了。恍恍惚惚地刺痛了我眼睛，那是真的吗？

那个男孩儿不知道什么时候站在我靠的窗前，他用明朗的声音说他叫小七，然后不知所措地往我的桌子上放了一封情书。这是我第一次得到情书，他折成心形的，看得出他很用心。

我看了看他，脸一下就红了起来，有点儿不好意思。后来小C帮我拿过

了情书。小七站在那里，呆呆地一动不动，一双眼睛，像忽然从睡梦中缓缓睁开，清澈的眼底闪耀着一股梦幻而柔软的光芒。阳光正好照进来，和煦地将他笼罩，他的头发、脸庞、眼睑，顿时染上一层金色的光辉。唯独嘴唇，殷红如樱。

这么漂亮的男孩儿，像过去的纯光！

过了一星期后，我回复了小七，我对他说，或许你说的爱仅仅只是一时的好感，如果这个学期过去了你对我的感觉还没有变，那么你再来找我。

小七听到后，顿时笑开了花。小七说：你等我！

我应了他点了点头。

朋友们都那么惊讶我会答应小七，他们问我那么快忘了纯光？我只是微微地笑着，静默不言。我不知如何跟她们说，一击即中的感觉是无法解释的，一见钟情便是如此神秘。

我告诉小 C 我不是中毒了，我是生病了，是心病，心病还要心药医。

小七，就是我的良药。

小七让我体会到疼爱，我肚子饿，他会马上去买东西给我。天冷了，他会啰唆地叮嘱我多穿衣服。他会哄我开心……每当我看到小七，我就再也不会去想起那条弥漫着炸油条味道的巷口街道，不会想起被棉花糖挡掉一半脸的他，不会想起他帮我修单车时候的样子。我都觉得，那么像老旧电影里的情节，失去也是一种新的得到的开始。

学期结束后，小七真的如约而来找我。

那天，在平南大桥下的防洪堤坝上，小七抱着一个大大的抱抱熊站在我的面前。我第一次那么清楚地看着他的脸，他的眼神，款款深情，一张让人看了绝对不会觉得胖但肉感有余的小包子脸，小巧的脸上是一对双眼皮的黑亮大眼睛，秀挺的鼻梁，唇瓣泛着粉色。

大桥上的车辆汹涌地来回不断地变换，飞鸟掠过的痕迹已找不到，只剩晃悠悠的浮云流逝时的支离破碎的天空。我接过小七送给我的礼物，青涩的泪水顿时像澎湃的江水防不胜防地大颗大颗地掉落，不是悲伤，只是悲凉了太久的心顿时得到温暖，我已不再是漂泊而没有天空的云，我有爱我的小七！

看着在深秋沉沦的日光下的滔滔东流的江水，好像是它载走了我的过去，载走了一直舍不得放下的纯光。我一只手抱着礼物一只手被小七紧紧地拉着走，走在长长防洪堤坝上，像两个经历了沧桑的年迈老人，正在缓缓地走向更远的地方，最后走成一个没有任何棱角的光点……我仿佛走到了校园的柳絮漫天飞舞，也仿佛看到了那年我们不羁的青春。

月挂柳梢

不管多久，我依然爱你这个笨蛋

■ 言小曦

有一个学校，有一个班级。有一个男孩儿，今年十五，长得一般，读书不好。有一个女孩儿，今年十四，长得很靓，读书很好。

女孩儿是男孩儿的小学同学，那时候男孩儿很喜欢女孩儿，不过那时候没有同班。那一天是白色情人节，男孩儿鼓起勇气问女孩儿可不可以做朋友，不过被女孩儿拒绝了。男孩儿也不知道女孩儿为什么要拒绝他。男孩儿想，因为自己长得不好看，读书也不好，跟女孩儿比起来根本就是癞蛤蟆想吃天鹅肉，男孩儿越想越难过。

时光很快，转眼间，两人小学毕业了。因为成绩的问题，男孩儿和女孩儿没有分到同一个学校。就这样他们就在各自的学校读书，女孩儿还是像平常一样。男孩儿上初中一段时间之后，他也被其他同学影响到了，变得认真起来，成绩也变得越来越好。

短短两年的时间，男孩儿变得特别帅。男孩的成绩也升到了他们学校的第一位。就这样，很多女孩儿都很喜欢这个男孩儿。就这样，男孩儿每次收到情书的时候，他都拒绝了，就像当年女孩儿拒绝他一样。

男孩儿辛苦了三年，他相信努力一定就有收获。就这样，男孩儿考到了重点高中。不过命运还是让他们相遇了，女孩儿也一样考到了重点高中，更巧合的是，他们竟然是同班。

第一天走进了教室，他找了个空位坐了下来。因为是第一天，所以班里还挺安静的。

班主任走进了教室，让大家自我介绍。他先自我介绍，介绍完之后，男孩儿以为没事了就趴在桌上睡觉了。

不过班主任随后就拿了成绩单看了看同学的成绩，就叫了莉莉做临时班长，因为她成绩最好。班主任叫她上讲台，点一下班里的人的名字，莉莉走到了讲台，拿起点名本，就点了起来。

“某某。”

“到！”

……

莉莉点到了最后一个没有回声，就再叫："李翰?"

班里还是一片安静，然后同桌就叫醒了他，他惊讶地站了起来，问："怎么了?"

于是班里一片笑声。

李翰脸红起来，莉莉也微微地一笑，莉莉看着他说："李翰?"

李翰低着头害羞地说："到!"就坐下了。

点完名后，班主任就说："我们就来换一换位置，高的坐后，矮的坐前。"半个钟头后，因为他们俩的身高差不多，所以李翰和莉莉就成为同桌了。

那时候男孩儿变了好多，女孩儿也变了好多，姓名也改了，所以没认出对方来。

排好之后，男孩儿就问："班主任！我有个问题。"班主任说："什么问题?"

男孩儿就说："我不和女生坐在一起!"

班主任说："为什么?"

男孩说："不方便，会影响我学习!"

班主任说："那先坐一段时间看看，有问题我再来换!"

班主任都这样说了，男孩儿只能答应了。然后男孩儿没再说什么，拿起书本静静坐着看他的书了。

这星期男孩儿和女孩儿没说一句话。星期五了，轮到他们俩值日，他们俩各自忙忙碌碌地打扫。

六点多了，太阳也下山了。他们各自背起书包要回去。

就在这时，男孩儿的朋友有事叫他，女孩儿背起了书包走了。几分钟后，男孩儿也随后回家。

男孩儿经过一条小巷，看见他同桌的女孩儿被几位社会青年调戏，男孩儿跑过去说："住手!"

一位青年说："她是你的谁啊?"

男孩儿说："她是我同桌!"

一位青年男子走过去狠狠地推了男孩儿说："你给我滚开吧!"

男孩儿被推倒在地上，那几位青年男子继续欺负女孩儿，男孩儿随地拿了一块砖头向一位青年砸去，几个青年都愣住了。

男孩儿随后很快地牵着女孩儿的手跑，一直跑，直到跑到人多的地方。那些人就没继续追了。

女孩儿哭着说："刚刚谢谢你，要不是你及时赶到，我……"

女孩儿哭得很大声，男孩儿说："用不用借你肩膀?"

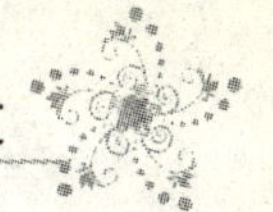

话没说完，女孩儿扑过去抱着男孩儿哭得更伤心了。

然后一个小孩儿从他们身边走过时就说：“妈妈，他们怎么了？”小孩儿的妈妈说：“可能是朋友之间矛盾很多吧……”

几分钟后，女孩儿停止了哭泣，男孩儿于是说：“还是我送你回家吧。”

女孩儿点点头说：“嗯。”

男孩儿就牵起了女孩儿的手，走在大街上。一路上太多人看着他们说：“他们好相配喔。”

男孩儿和女孩儿都觉得很害羞。几分钟后，到了女孩儿家，男孩儿放开女孩儿的手说：“你家到了，我先走了。”

女孩儿说：“嗯，慢走。”

男孩儿就转身走了，女孩儿看着男孩儿的背影，感觉好熟悉，好像是相识的样子。就这样，男孩儿的身影从女孩儿的视线里慢慢模糊了。

第二天，女孩儿早早就带着满脑子的疑问来到了班里，静静地坐着等着男孩儿。

五分钟……十分钟……二十分钟都过了，还不见男孩儿身影。

女孩儿急得站起身来走出教室，在门口跟男孩儿撞到了，女孩儿被吓了一跳。

男孩儿说：“没事吧？”

女孩儿回男孩儿说：“没事。”然后两人就走回班里坐着了。

过会儿，女孩儿深呼吸了一口气问男孩儿：“你有女朋友吗？”

男孩儿回答：“问这干吗？”

女孩儿说：“只是好奇。”

男孩儿就说：“没有。”

女孩儿觉得很奇怪，又问：“像你这么帅，应该有很多女孩儿追你呀！”

男孩儿说：“有是有，不过全被我拒绝了。”

女孩儿觉得更好奇就说：“为什么？”

男孩儿说：“小时候喜欢一个女孩儿，不过最后还是被拒绝了，所以从那以后就没谈过恋爱了。”听男孩儿这样说了，女孩儿也不知从何开口了。

时光流逝，慢慢地，他们俩就很熟悉了。他们时常一起讨论问题，说说笑笑的。

一天上课铃响了，老师跟李翰说：“现在你和某某换一下位了吧。”

李翰说：“为什么？”

老师说：“你不是说和女孩儿当同桌会影响你的吗？”

李翰说：“不会了，习惯了。”

老师说："那好吧！"

日子久了，他们感情更好了，男孩儿喜欢叫女孩儿"傻瓜"，女孩儿也喜欢叫男孩儿"笨蛋"。他们喜欢一起坐下来谈心，喜欢郊游。他们好像有点喜欢上了对方，是因为他们有点像小时候的那个他（她）。他们更喜欢小时候的那个他（她），所以他们依然还在等待着他（她）。

每次轮到他们一起值日的时候，他们会认认真真的，把整个教室都打扫得很干净，然后一起回家，因为女孩儿很害怕像那次一样。女孩儿习惯了和男孩儿一起回家，男孩儿也习惯了陪女孩儿回家。

那天，又到了星期五，又轮到了他们值日。

下午李翰没来上课，女孩儿去问，班主任说："李翰生病了，下午请假。"

女孩儿听了很着急，下课铃响了，女孩儿今天下午一个人扫地。因为是一个人，所以比平时晚了半个钟头才弄好。

女孩儿背起了书包，走到了这条小巷，她感觉很不安。女孩儿越想越害怕，加紧了脚步往前走。

不过最害怕的事情还是发生了，她又遇到了那几个人。

于是女孩儿很害怕地往回跑，不过后面又来了两个人，女孩儿被吓哭了。

男孩儿吃了药在家，睡得迷迷糊糊时，忽然想到了女孩儿。

男孩儿拖着病体就跑来找女孩儿，当男孩儿跑到这条小巷的时候，女孩儿正在被调戏，男孩儿跑了过去，就和几位青年男子打了起来。男孩儿被打得很惨，然后一个青年男子拿着砖头向男孩儿的头砸去，男孩儿倒在血泊里。

就在这时，一个大人经过这条小巷，大喊："你们在干吗？"

几位青年被吓跑了，女孩儿走到了男孩儿的身边，抱起了男孩儿哭着大喊："救命啊！"大人就拿起了手机报了警。

男孩儿在女孩儿的怀里微微一笑说："我好喜欢你，你知道吗？你跟她的性格真的好像，不过那次被她拒绝了。你知道我为什么一直没说喜欢你吗？因为我还在等待她，她叫小梅，以前我们一起读过某某小学，不过那时我们没有同班。"

女孩儿惊讶地问："你以前是不是叫李承？"

男孩儿微微一笑："嗯。"

女孩儿哭着更大声说："我就是小梅，高中时爸妈给我改名叫莉莉了。"

男孩儿听到这句很开心地说："如果还有下辈子，我还再会等你的。"

女孩儿哭着说："我不要，我不要。"

这时的男孩儿躺在女孩儿的怀中已经轻轻地走了。男孩儿是带着甜甜的笑走的，他终于还是等到了那个叫李梅的女孩儿。

花开半夏，各自苍凉

■ 安然那夏

一

苏槐锦在十六岁那年认识了那个叫洛荷的女子，在十七岁那年认识了那个叫古默的男子。

那时的苏槐锦单纯地以为，只要他们愿意，三个人就可以一直无忧无虑地在一起且关系坚不可摧。

洛荷曾问她，为什么说他们的关系会是坚不可摧。当时她笑得很开心，用一副“这你不知道啊”的表情看着洛荷煞有其事地说，你不知道三角形是最具有稳定性的吗？你看我们刚好是三个人，正好三足鼎立不就是坚不可摧吗？

可是她忘记了这世间还有“三角恋”这几个字，忘记了有些事不是自己想怎样就能怎样的。这世上总有那么多身不由己的事情，也总有那么多突如其来的事情，让人措手不及，还没反应过来就已成定局。

二

苏槐锦是个很相信第一感觉的人，她一直认为第一感觉会决定一个人跟另一个人的关系。对于她来说第一感觉好那人多半有可能会成为自己的朋友，第一感觉不好，那人就多半不会与她有任何的交集。

苏槐锦是在上高一的第一周认识洛荷的。

当苏槐锦第一次在校门口看到披着染成栗子色长发的洛荷时，她便有种强烈的感觉：她们不会只是擦肩而过的路人，她们还会再见面的，她们之间一定会生出千丝万缕、藕断丝连的情感。

那种强烈的感觉让苏槐锦自己都有些惊讶，她并不是不相信自己的感觉，只是她不曾想到会对一个陌生人有那般强烈的感觉。

一周后，苏槐锦果然又见到了洛荷。这一次是在学校的画室。

午后的阳光肆意地透过宽大的玻璃落在地上，勾勒出一片巨大的光影。

苏槐锦面带微笑地推开画室的门，门刚打开她就看到了背对着门站立的洛荷。当时洛荷手中拿着一支碳笔，抵着下颌正微微地发呆，在她的正前方摆着一张未完成的素描。

苏槐锦略微愣了一下，随即迈开脚步在洛荷的身后站定。“你就是洛荷学姐吗？我叫苏槐锦。”

话刚出口她就后悔，人家学姐都没开口她那么急着介绍自己干什么，而且人家还不一定就是洛荷呢。槐锦彻底被自己这一冲动的行为给打败了，她不住地吐了吐舌头站在洛荷身边，等待着她的回答。

而洛荷着实被身后突兀出现的声音吓着了。她身子一僵，愣愣地站在那里心中有些疑惑，思绪飞快地转着。在她的意识中中午这个时候一般都不会有学生来画室，就算有肯定也是因为落下了东西回来取。洛荷因为十分喜欢画室外的那片春秋各异的枫树而十分喜欢待在画室中，而刚好在中午这一小段时间待在画室人最少最安静，所以洛荷理所当然地喜欢中午的时候待在画室之中体会这难得的寂静。

洛荷缓缓转过身来，阳光随着她转身的动作被挡下，在地上拖出了长长的人影。

“啊，是你呀！”

苏槐锦惊讶地盯着女生一动不动，虽然她的直觉告诉她她和洛荷还会再见，但她没有想到仅仅才一周时间她就又见到了她。

“你认识我？”

洛荷半眯着眼睛打量着槐锦，眼中是毫不掩饰的疑惑，我不记得我认识你。

苏槐锦微微摇头，淡淡地开口说：“我们本来就不认识。只是我在刚开学就见到过你，那一瞬间你让我有种特别的感觉，刚刚见到你就想起了一不小心就说出来咯。”

她说完还若有所思地嘟起嘴，表示她的无辜。

洛荷一时间无语。

“洛荷。”她淡淡地吐出两个字，兀自地转过身去，开始在洁白的素描纸上勾勒着什么。

“你的名字我知道哦，每天到画室都能听到同学谈论你呢，她们说你画画得很好人又长得漂亮，刚开始的时候我还觉得她们是在开玩笑呢，没想到还真是这样呢。”

苏槐锦也不管洛荷理不理她是否在听她说话，她只是自顾自地说着，走到她的身边，看着她在洁白的纸上勾勒出明朗的线条。

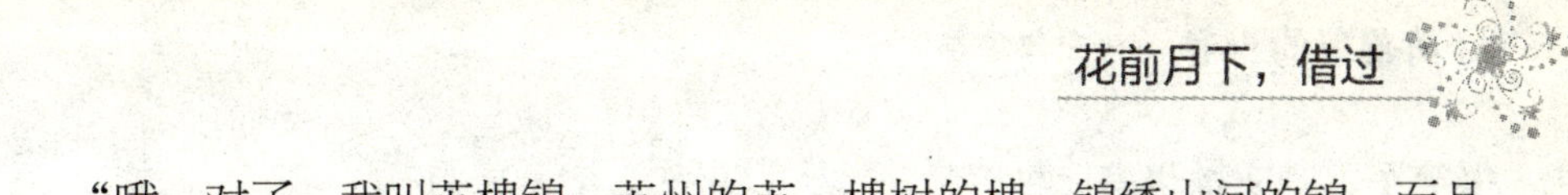

“哦，对了，我叫苏槐锦。苏州的苏，槐树的槐，锦绣山河的锦，而且我也在学美术哦……嘿嘿，我们可以成为朋友吗?”

洛荷听着苏槐锦有一搭没一搭地说着，也倒没觉得她很吵，所以她也不做声，只是静静地听着，有种感觉从内心深处萌发，暖暖的。

此时洛荷不知道，就这么一抹暖意竟会成为她心中永远无法释怀的结，让她觉得温暖的同时还痛苦着。

她偏过头看了看苏槐锦没答应也没有拒绝。

苏槐锦笑，“我们一定会成为很好的朋友。”

“为什么这样认为?”

“直觉啊。我是个相信直觉的人，你给我的第一直觉就是我们会成为朋友，所以就算如此我们还是会成为朋友的啊，这只不过是迟早的事罢了。和你说哦，我的直觉可是很准的哦。”听完苏槐锦的话洛荷不由得笑了，她摇了摇头把精力都放在了手下的画上。

苏槐锦见洛荷把精力都放在了画上也不再开口。她把自己的画板在架在洛荷的旁边，静静地思考。

一时间画室安静了下来，只剩白纸和碳笔摩擦的声音。

时间静谧地流逝，一下午两人都没再开口说一句话，安静地摆弄自己的手中未完成的画。

“终于完了。”洛荷突然开口。苏槐锦急忙转过身看向她。

“画完了?”

把目光移到了洛荷前边的画架上，在视线接触到碳笔勾勒的线条上时便再也移不开目光。

倾泻而入的阳光，染上浅金色的白色棉布裙，面带淡淡微笑逆光而站的短发女生。明明只是用碳笔勾勒的画苏槐锦却能从中感到被阳光拥抱着的感觉。

她的眼中出现了毫不掩饰的喜爱和羡慕，偏了偏头，咂咂嘴。“学姐，你画得可真好，我真羡慕你能画这么好，都羡慕到快要成嫉妒了哦……”

“送给你的。”依旧是那副不怎么答理人的表情，眼中却能看到丝丝柔和。

“真的。”

“当然。”洛荷从画架上取下画递给苏槐锦，“以后不要叫我学姐了。”

“嘿嘿，收到。”她开心地接过画端详着，很久才小心翼翼地把它放到自己的画夹中。

她的样子和那些专家看到自己喜欢的作品时的样子如出一辙。洛荷不由得笑了，其实她也有一种感觉，她会很喜欢这个丫头的。

三

闹钟不停地响着，苏槐锦不情愿地从被窝中伸出一只手按掉了，翻了个身继续睡。直到门外响起苏母不耐其烦地催促的声音才一个鱼跃，迅速地跳了起来，急急忙忙地开始换衣服、刷牙、洗脸。

苏槐锦从家中出来的时候洛荷已经在楼下那棵高大的梧桐树下等她了。她迅速吃吃完手中的面包，朝洛荷不好意思地笑了笑，“实在是起不来，就多睡了那么……一小会儿……明天一定早些。”

洛荷白了她一眼，“你可天天这么说，真正做到的又有几天?”

苏槐锦吐了吐舌头，转移了话题。“快走吧，不然真的要迟到了。”

拉起洛荷的手向学校走去。

此时她已上了高二，洛荷也上了高三。她和洛荷也认识了一年，两人的关系早已变得无比要好，让苏槐锦觉得认识洛荷也许真的是天意。

阳光从窗口透进来，被窗棂切割成了两个巨大的平行四边形。苏槐锦头靠在墙上眼睛盯着窗外，瓷砖上浅浅的凉意透过枕在头下的浅绿色窗帘传到额头上，让她觉得很惬意。

今天洛荷月考，中午没去画室。她觉得一个人无聊也早早地回到了教室。

中午的教室里一个人也没有，比画室还要安静。苏槐锦觉得自己都快要睡着了，而这时门“吱呀”地响了一声。她下意识地抬头，便看到了斜挎着书包，带着温暖笑容的少年。

这个人正是古默。

苏槐锦只觉得自己在看到那个少年时心咯噔地响了一下。少年扫视了一圈教室，目光落在苏槐锦身上，愣了一下，朝她微微地颔首。

“同学，你干什么?”苏槐锦立即站了起来，礼貌地问道。

“我只是来看看我的新教室，没有任何事。”古默打断了她要说的话，朝她挥了挥手，向外走去。

苏槐锦迷茫了……

和洛荷一起走在回家的路上，苏槐锦把中午发生的事说了一遍，末了还加了一句，“洛荷，我有感觉，他会和我们成为朋友呢。”

洛荷呵呵地笑了，她说：“你又开始直觉了? 不过你的直觉也真够准的。”

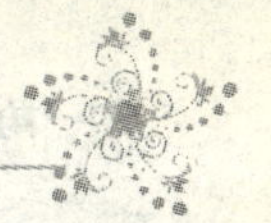

“是啊，我不是给你说过我直觉准吗？就是这样咯。”

“呵呵，走了。明天见。”洛荷向她挥手道别，向前走去。

苏槐锦也慢慢悠悠地上楼去。刚到家就听到有说话声从屋内传来，苏槐锦正好奇是不是家里来了客人，苏父就拉开门走出来。

“爸，你到哪儿去?”

苏父这才看到站在门口的槐锦。

“小锦，回来了啊，快进去，家里来客人了，我再去买点菜。”

看着苏父消失在楼道中，苏槐锦这才慢悠悠地向屋里走去。

“妈，我回来了。”

苏槐锦本来打算直接进自己的房间，到门口时不经意朝客厅望了一眼，正好对上了一道清澈的目光。

在苏槐锦看清目光的主人时愣住了，因为这目光的主人正是她中午在教室中遇到的那个少年。

这是苏槐锦第二次见到古默，在她家中。

苏槐锦朝他微微笑了一下，推开门进了自己的房间。

他怎么在这里，难道他就是那个客人？什么情况。

她郁闷地抓了抓头，呈大字形躺在床上盯着天花板发呆。直到吃饭的时候苏槐锦才从房间里出来，也才知道古默是母亲好朋友的儿子，而且就住在楼上。

晚饭后，苏槐锦和古默坐在沙发上看电视。苏槐锦看了眼身边这个总带着笑的少年，缓缓开口，“嗨，我叫苏槐锦。你叫什么?”

“古默。”他偏过头向槐锦扬起了一个微笑，“似乎我们会是同学呢。”

苏槐锦笑了笑，跟他有一句没一句地聊着。

古默说：“没想到妈妈回来任意找了一个地方住还能遇到多年前的好友，看来挺有缘的。”

“是啊……这种缘分太难得了。这世界每天都有那么的多人在分离，在相遇，有些人或许一个转身就是一辈子不见，能在分别很久以后随意找个地方就能遇见曾经的要好朋友的概率太小了，几乎微乎其微，她们能重新遇见真算是缘分了。”

“或许是吧。”

他呵呵地笑了：“怎么感觉你说的话那么沧桑呢？就像是经历了好多事似的。”

“有么?”

“当然，你没发现?”

“没有。”

“呵呵……我们既然同单元似乎又同班，不如以后就一起上学吧。”

苏槐锦没有立即答应，想了想，“我还有个朋友是和我一起的，我得问问她，她答应就一起吧。”

“嗯。她会答应的。”古默依旧笑着，那笑容就像午后的阳光，深深烙进了槐锦的心中。

“为什么那么肯定?”

“直觉吧……”

“……看来你也是个相信直觉的人。”

“是啊……”

于是两人都笑了。

四

当天晚上苏槐锦就和洛荷商量了一下，如古默所想洛荷真的是同意了。

她调侃道：“荷，你怎么这么容易就同意了，我还以为你不会同意呢，说你是不是有什么……嗯，不会是有什么内幕吧?”

洛荷在电话另一头笑，“内幕？当然有了，内幕不就是我见都没见过他吗!”

两人笑成了一团。

就这样两个人的组合变成了三个人。

槐锦本以为刚开始洛荷和古默两人不熟会很尴尬，但她万万没想到这两人居然是一见如故。

洛荷说：“真没想到这样也能遇见知己啊。”

古默说：“我真该早点跟我妈回来，我现在都后悔当初听到要回来的时候，要死要活地不肯。”

两人俨然一副相见恨晚的样子，苏槐锦翻了个白眼，“得了吧你们，有话以后说去，快上课了。”

三人不禁加快了脚步。

古默的座位在苏槐锦的右前方，苏槐锦只要一抬头就能看到他挺直的后背。她半眯着双眼望着古默的背影发呆，心中嘀咕着这世间怎么还有这么干净阳光的少年。苏槐锦摇了摇头，回过神才发现古默正微微偏头看着她，她的脸不由得一红，低下头去假装看书。

等她再抬头的时候一个纸团飞了过来，打开是古默清秀的笔迹：

“丫头，你在偷看我啊？我有那么帅啊？”

古默偷偷地笑着，因为憋笑肩膀不住地颤抖。苏槐锦一愣，立即换了副愤愤的表情盯着古默的背影在心里暗暗骂着他。

好不容易挨到放学，可那个可恶的老头似乎没意识到放学对于学生的意义，愣是拖了十多分钟。

一放学，苏槐锦就马不停蹄地想赶回家，谁知刚一起身，就发现这对璧人已经同时在门口候着了。

这是怎么了？苏槐锦跟着这对璧人走在回家的路上，顿时觉得好有压力，这个学校所有女生那充满妒忌的目光似乎都集中到了自己和洛荷身上。

更重要的是，她隐隐觉得，三人之间的关系似乎出现了一点裂痕。

五

那天早自习的时候，洛荷传来了一张纸条，上面画了一只十分可爱的猫，写的是：“你是不是在暗恋着古默呀？”

苏槐锦挠着头，不知道该怎么回答这个问题。因为她自己都还不是很清楚那种感觉，反正只要和古默在一起就会很开心，但是如果没有洛荷的话，感觉也会差很多。

苏槐锦于是告诉洛荷，“她最喜欢三个人在一起的感觉，她希望可以永远这样子。”

洛荷回了两个字：“傻瓜。”

那天一起回家的时候，洛荷因为有事要先离开，古默很义气地跟洛荷说：“放心吧，我会保护她的，就算来的是奥特曼，我也会变成小怪物哀求他们只打我，不要欺负苏槐锦的。”

洛荷哈哈大笑，随后对苏槐锦说：“古默对你就是比对我好！”

洛荷说完就离开了。苏槐锦和古默并排走着，走了一会儿后，苏槐锦才觉得洛荷说的话，听着让人不是很开心。

她抬头问古默：“古默啊，你说洛荷那话究竟是什么意思？”

古默支支吾吾了会儿后说：“其实我对她挺好的。”

苏槐锦说：“我觉得也是啊。”

“是不是你最近对她不好了？”

“才没呢。”

“对了，认识你这么久了，还不知道你和洛荷到底是什么关系呢？”

哈哈哈。苏槐锦说到这个就打开了话匣子，叽里咕噜地就把两人的缘分给说了一遍。

“嗯。”古默摸着下巴说：“看来你们缘分不浅啊。那你和我呢？你觉得我们有那种百年修得同船渡的缘分吗？”

“屁啊，谁跟你同船啊！要同船也是我们三个人一起呢，就像许仙遇上白娘子啊。”苏槐锦脸红了，慌忙扯开话题。

古默也尴尬地笑，随后意味深长地看着小跑向前的苏槐锦，轻轻说：“你就是我的白娘子……”

六

“我说我喜欢上古默了。”洛荷再次跟苏槐锦强调，那时候苏槐锦正在给洛荷做着自己亲手画的生日贺卡。

苏槐锦突然就说不出话来了，这句话她早就有预感了，可是怎么听到的时候心里会那么不舒服呢。

“小锦，反正你也不喜欢古默，那我就当仁不让了。”

“嗯”，苏槐锦点点头，然后把做好的贺卡放回到了课桌里面。

洛荷抱住苏槐锦的肩膀，“你真是太善解人意了。”

苏槐锦又只能点头说：“嗯。”

不过她知道自己是不甘心的。但是她也觉得，洛荷和古默很般配。每天看到他们俩站在一起的时候，她就会产生真是金童玉女啊的感觉。再看看自己，那真是差得十万八千里呢。

况且，苏槐锦一早就说过，无论如何三个人在一起才是最快乐的。

“那晚上我们一起吃饭吧。”洛荷又过来说。

“还是你们吃吧。”

“不行呢，古默说你不去他也不去，求你了。”既然洛荷这么说了，苏槐锦也就不能不去了。

吃饭的地点选在了一个西餐厅，也不是很贵的那种，古默带着苏槐锦去吃过一次，但是古默当时说这个不能让洛荷知道。

洛荷兴奋地点了菜，然后就跟古默聊了起来，古默没有太说话，只是听着，要是古默这会儿说几句话也能让苏槐锦插插嘴。

苏槐锦觉得自己这个电灯泡当得真是太敬业了，这瓦数估计可以照亮整个餐厅的人了。

苏槐锦小声问洛荷：“那个说了没有？”洛荷说：“还没呢，我觉得他也喜欢我，相信我，没问题的。”

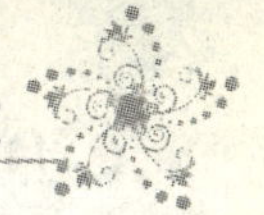

苏槐锦说："嗯。"然后抓了个圣女果丢在嘴里。

洛荷清了清嗓子说："古默，要么我做你女朋友吧。"

之前刚聊到古默还没女朋友，洛荷就乘着这个机会说出来了。

苏槐锦看着古默，等着他的回答。古默却刚好也在看苏槐锦，这让她感到很紧张。

但是不会的，古默不会喜欢自己的，古默喜欢的人就是洛荷嘛。

苏槐锦记得自己曾经试探过的，当时古默就说："我不会喜欢你的，放心吧，我要喜欢也会喜欢洛荷那样的人，你的思想年龄太小了，什么都不懂。"

苏槐锦当时觉得很受打击，然而古默还在看着她，她脸上都有点红了。

"你倒是说你答应不答应吧？"洛荷看出了异样。

古默说："我不答应，洛荷，我们还是做朋友吧。"

"为什么？"洛荷声音变大了。

"我有喜欢的人了。"

"是谁？"

"苏槐锦。"

苏槐锦惊呆了，她看到洛荷和古默都在看着自己，她张大着嘴却说不出话来。

古默继续说："我喜欢苏槐锦，我不喜欢你，洛荷。如果你非要我说出来的话。其实我不想说的，因为我知道苏槐锦最想看到的，还是我们三个人以好朋友的方式生活下去。"

洛荷哭了："你为什么喜欢她，却不喜欢我？"

古默说："我第一眼看到她就喜欢上她了，就像你们第一眼看到对方，就明白对方和自己一定会建立永远的联系一样。洛荷，这是命运，我们躲不过的。"

洛荷看着苏槐锦，说："那你呢，你也喜欢古默吗？"

苏槐锦摇着头，说："我们，我们还是好朋友好不好？"

古默说："不好"，洛荷居然也说："不好"。

苏槐锦突然觉得这个最稳固的世界瞬间崩塌了，而罪魁祸首居然还是自己。

七

苏槐锦问古默："真的是第一眼就喜欢上了我吗？"

古默告诉她："其实我是骗人的，但是既然苏槐锦和洛荷是第一眼确定的缘分，自己要加入这个铁三角，当然不能主动认输啊。"

苏槐锦听了就笑着打他。

"可是你还是不能超过我和小锦的缘分的。"洛荷不知何时走了过来。

古默马上认输："当然当然，你们才是天造地设的。"

"知道就好。"

洛荷最后还是想通了，他们三个人要成为最坚固的铁三角，现在这样就可以了。

洛荷拉起苏槐锦的手，两人冲还在后面卖萌的古默一起喊道：

"喂，都说是三角了，敬业点啦，缺了你可不行哦。别光在那装傻卖萌了。"

你知道云的前身吗

■ 佚名

一

张泰格是个很鬼扯的男孩。有一天下午的课堂上，老师因为有事提前离席。他便上讲台拦住了要出去撒欢的大家，在黑板上写下这样一行大字：

你想要一段什么样的爱情？

很多男生起哄说："要一见钟情的。"

"要渐入佳境的。"

"要和欧洲妞……"

女孩儿们都抿着嘴笑，然后收拾东西匆匆离开。剩下的几个说："韩剧一样纯情的，携手到老的，轰轰烈烈的，新鲜有趣的，能够结婚的。"

张泰格都在小本子上一一记下。

后来大家都哄笑着离开，只剩下女孩儿珈蓝一个人坐在中间的位置，摊开英文课本，预习功课。

张泰格厚着脸皮走过去问她："同学，你说一说吧。"

那时，张泰格并不认识珈蓝，这门课是大班上课，在差不多两百人的大教室，他们并不同系。但那天之后，他便彻底认识她了，并且永远忘不掉。

珈蓝头都没抬地骂了一句："去你妈的爱情，和我有什么关系。"

"太豪放了，太豪放了。"

张泰格独自走出教室，看到几个同宿舍的男孩子看着他坏笑。

二

张泰格在追求一个女孩子，女孩子是他在暑期打工时认识的邻校女生。他们一起发过几天传单。并且又有那么几天，他们一起穿着大狗熊的衣服站在植物园门口迎宾。

张泰格一直记得那天，天气特别热，他们穿着塑料的小衣服都要热疯了。那女孩子从熊衣里跳出来的时候，浑身湿淋淋的样子，特别性感，让他

心动。那时的张泰格还是个从来没有恋爱的小处男呢。

张泰格想过很多追求她的方式，比如俗套的玫瑰巧克力攻略，看电影攻略，都不行。那女孩子太忙了，每天都在不同的地方打不同的工。

据她所说，她甚至做过美院的裸模。

张泰格问她为什么要这样辛苦，她说我缺钱。张泰格说，我愿意和你一起打工，帮助你。她摸了摸张泰格的脸说："小伙子，你赚的那一丁点儿，还是自己留着买冰激凌吧。"

张泰格很苦恼，所以便在课堂上问了大家那个关于爱情的问题。

而那时的珈蓝，也处在暂时无法超脱的痛苦之中。她初恋的男孩儿，比她大了5岁，是表哥的同学。她一直暗恋他。可恨的是，就在前些天，他在路上遇见她，跟她借了9块钱，带着另一个女孩儿去领了结婚证。

那天晚上，她给他打电话，问他为什么要跟自己借9块钱，他连9块钱都没有吗，他是不是男人？

他说，那是个小迷信，用借来的钱办结婚证，婚姻就永远不会破灭。

他竟然想和那个龅牙姑娘永不破灭，他竟然信誓旦旦说一辈子。

三

见到的次数一多，张泰格便鼓足了勇气和珈蓝说话。他总觉得，他们有着相似的苦闷。20岁，谁不为情所困？

张泰格在遭遇两次白眼后，脸皮更加厚了。

第三次，他开门见山就说："同学，我并不是想追求你，你别抗拒。我只是想说说我自己的心事。我很苦恼。"

果然，苦恼的张泰格把自己的苦恼全都告诉了珈蓝。

珈蓝揉揉太阳穴说："你这算什么倒霉事儿，我的更离谱。"

在珈蓝讲完后，张泰格吃惊地问："借钱领证是真的吗？以后我也这么干。"

"白痴啊你。"珈蓝气呼呼地扬长而去。

人的友谊很容易产生于同病相怜的境遇，所以张泰格和沈珈蓝从此成了无话不谈的好"哥们儿"。至于为什么两个人从来没有因为相处久了而生出感情，好事者曾经问过他们。他们的回答一致："他（她）根本不是我喜欢的 style。对他（她）完全无感觉。什么？我们两人在一起？你不如让我去爱一只青蛙。"

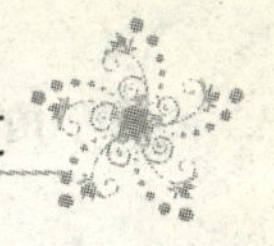

四

事实上，大学四年，他们连青蛙都没有机会爱上，那四年的情感空白让他们想起都一声叹息，感觉丢人。

珈蓝问："我们在人生最该恋爱的时候干了什么？"

张泰格拿出一张纸写下了下面的字：

看了两场演唱会，一场张学友，一场蔡依林。

一起看电影57次。

一起旅行4次。

一起吃喝玩乐无数次。

一起复习去图书馆无数次。

给对方介绍对象7次。（全都失败。你眼睛长在脚指头上去了吗）

那时，他们毕业了，在学校附近的小区租了一套两居室，开始了异性同居生活。每天下班回家，你做饭我洗碗，你清扫我洗衣，然后一起坐在沙发上看美剧。

这样的关系，他们感觉很安心。偶尔遇到他只穿内裤，她只穿三点时，也不会大惊小怪，心跳如脱兔。他们认识时令他们苦闷的男女各自早有了归宿，只有他们两人吵架时才会提起。

"怪不得你的大叔不喜欢你，你这么男人婆，从来没当过罗莉。"

"哼哼，你的性感姐姐宁愿做裸模也不愿接受你的帮助，你好像更丢人吧？"

"你个老处女。"

"你个老处男。"

……

珈蓝一般是常胜将军，胜了的一方可以霸占电视机并把声音开到超大，输了的一方只能跑回卧房，对着电脑生闷气。

可是有时，他们之间又是那样友爱。珈蓝会买适合泰格的衣服回来。

"张泰格，这件灰白开衫你试试，我觉得挺好看。你穿着它，说不定能弄个妹妹回来。"

"沈珈蓝，我在胜利广场，带你最爱吃的剁椒鱼头回来。"

五

那天的珈蓝要参加一个酒会做迎宾，她穿了一件有些低胸的晚礼服，回来的时候醉醺醺的。泰格给她开的门，她就倒在了他怀里。

她说，她那天遇到特别靠谱的一位钻石王老五。那家伙还说她像某某明星。

珈蓝挺了挺自己的胸脯问泰格："你觉得怎么样，像不像?"

泰格不敢看，珈蓝逼着他："你看啊，你说像不像?"

珈蓝绝对是喝醉了，她竟然又说了一句："要不然你摸摸? 要不然我们凑一对?"

泰格刚想说好，就发现珈蓝已经睡倒在床上了。

泰格把珈蓝抱到床上，盖好被子，用热毛巾帮她擦了脸，感觉到内心无法控制的悸动。

他爱她。天啊，他爱她。他竟然这时才发现。他与她相拥时的那种幸福感不可能再有第二个女人能给予。

整个晚上，泰格都在胡思乱想着，泰格不知道第二天等珈蓝醒来会给他一个什么样的答案，是假装什么都没有发生，还是给他一个羞涩的微笑说："要不然我们凑合凑合在一起?"

六

第二天，珈蓝早早地收拾好自己离开了，没有吃泰格做好的早餐。

他连个对视都没有得到。

中午，他在 MSN 上说珈蓝："嘿，你中午怎么吃? 要不要我过去陪你?"

她没回，下线了。

泰格想，也许她比自己心里还乱，得给她时间。也给自己时间，好好整理一下这段仓促的改变。

接下来的一周，两人都处在令人尴尬的沉寂里。珈蓝总是很晚回来，回来了也匆匆躲进了房间。很多次泰格去敲门，都被告知："已经睡了，晚安。"

一周后，珈蓝的活泼才渐渐恢复。泰格也很高兴她愿意和他一起吃晚餐。

在他们最爱的餐厅，泰格先到，等着。等来的却是珈蓝和一个眉目俊朗的男子一起到来。

珈蓝介绍："同泽。张泰格。"

虽然看似其乐融融，珈蓝恢复了讲笑话的能力，可是泰格的每一次唇角的牵动，都是心的撕扯。

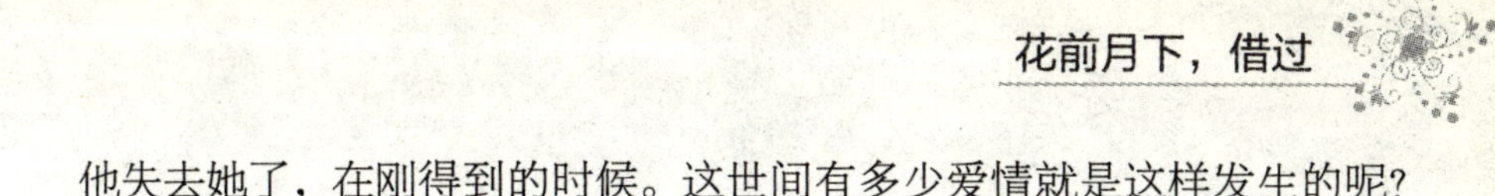

他失去她了，在刚得到的时候。这世间有多少爱情就是这样发生的呢？为什么美丽的螳螂要吃掉自己的爱人？雄性海马愿意怀胎生仔？白鹭一夫一妻，却在对方出去觅食的时候勾搭别的白鹭？

这个世界是奇妙的，爱情更是。泰格想不通便不想了。

回家的路上，珈蓝偷偷告诉泰格："他就是她说的靠谱钻石王老五。"

泰格点点头说："你们挺配的。"

七

10 月的云，像一片片闪光的绢。

那天三人又一起聚会，泰格躺在草地上看云，同泽就躺在他的身边。

同泽问泰格："这么久的时间，为什么不爱珈蓝？"

泰格悠悠地说："你能不能说清云的前身？它从哪里来？由什么变换？会到哪里去？"

同泽说："现在能看到它们很美就行了。"

泰格点头说："是。"回头看珈蓝，正在用租来的炉子烤鱼。阳光洒在她金光闪闪的脸上，那样美丽，他现在还能看到，多么幸运。

那件事从此变成一株带刺的蔷薇，从此隐在心尖，不会讲给任何一个人听。生命那么长，也许她会在兜兜转转后回到自己身边，不管怎么样，她快乐就行。

有个傻小子，借伞不还的

■ 浮生繁星

1. 遗忘的某些事情

程沈倩似乎忘记了，也记不起来到底什么时候旁边多出了这个傻小子。

好像是某天在下雨，那时候他们都还小还在幼稚园。中午乌云压境，瓢泼大雨直接砸在大地上激起一阵尘飞。程沈倩望着天空，妈妈还没来，看着其他小朋友都被爸妈接走，也许是小女孩儿的天性，于是泪水随着大雨一起下来。

“喏，我的雨伞给你。”

程沈倩发誓这是当时她听到最好听的声音，一个黑黑的小子，鼻涕还挂着，他笑着把雨伞递给她，努力倒吸了下鼻涕，然后傻傻地笑了。之后便消失在大雨中。然后的然后她就慢慢地忘了这个男孩儿。慢慢地模糊了，或许是忘记了。

2. 相识的简单

程沈倩顺利地考取了理想中的初中，这一切本就是顺理成章。报到的当天老天爷不知为什么在偷偷地哭泣，但并没有影响到孩子的憧憬，他们笑颜如花，手里握着那份录取通知书兴冲冲地前来报到，在爸妈料理完事情以后，就离开了。是的，今天就要离开爸妈独自生活。在前往的路上她仿佛看见一个熟悉的身影，却怎么也没有印象，于是便置之脑后。

程沈倩开始给自己购置东西，在雨中不停地穿梭。

“哎呀。”是的，有人被撞倒了，当然这声是来自于程沈倩，但是倒地的人不是她。

这个男生小小的，真的是一点儿都不显眼，就这样被程沈倩这个“大块头”给撞倒。

“呀，对不起。小弟弟你不该乱跑的，不要离开你爸妈，知道吗？他们会着急的。”说着便把这个男生扶起来，的确他的身形不像她们这个年龄段

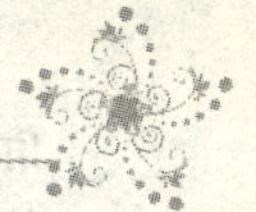

的人所应有的。

小个子男生站起来后，揉揉被摔痛的胳膊，很气愤地说：“谁是小弟弟？哼，我可是初中生呢！”然后就转身消失在雨中，没有打伞一瘸一拐的。程沈倩发呆地看着这背影仿佛在那里见过，这熟悉的身影又浮现脑海，只是很模糊。

忙完杂七杂八的事情，终于可以见到新同学、新老师了，总是很兴奋的。

一张张陌生的面孔，大家都很高兴的样子。老师简单地安排了下座位，是中间靠左墙的位置，她就是喜欢贴着墙根坐。也说不上为什么。

咦，她看到那个被自己撞到的男生了，就在她的后面。是前后座，这可真是有趣的一天。

照面后很友好地打了声招呼，一切都是那样自然，就这样他们认识了，然后一天天地过着日子。平淡的安静。

3. 噢，情窦初开

××××年××月××日　雨

某些事情令人感到莫名其妙，下雨的天气总是那样的令人讨厌。

记得很多年前，自己傻乎乎地把雨具借给了一个同学，已经忘了他（她）是男孩儿是女孩儿了，总之是把雨伞借出去了，忘记问他（她）名字了。依稀记得当时老师给我们讲，要向雷锋叔叔学习，要乐于助人。于是当时就发扬下雷锋精神。

可是当时回家后就一场大病，看来雷锋精神还是需要在合适的时间才可以发扬的。

今天那个女生，总有种似曾相识的感觉，但是被女生撞倒，丢人。没想到还是一个班的同学，还是前后座。

为什么会对她记忆这么深刻？噢，情窦初开！是一见钟情吗？额，电视剧看多了。

4. 为什么日记满是你

××××年××月××日　晴

日子一天天过，转眼一年仿佛就要过去了，我才发现日记里每页或多或少都会提到一个人。

为什么日记满是你？这个是个严重的问题，该怎么办？难道这真是喜欢她了？是这样吗？不是！不是吗？是吧？

到底是不是？我彻底搞不懂了，我该怎么办？怎么办？对她说？要说吗？不说了吧？她成绩那么好，算了吧。你配不上的！对！你配不上的，这样暗暗地喜欢也不是坏事呢。好，就这样吧！

5. 习惯

××××年××月××日　晴

阳光如此的明媚，我却如此的颓废。

分班有些日子了，分开了。没有和她在一个班级里。心里空荡荡的。

于是不知不觉中就养成了一个习惯，一个不知道是好是坏的习惯。每天都会在教学楼前的篮球架边的石凳那里看着她走出宿舍楼，走进教学楼，会在她值日的那天去值日，尽管不该我轮值。

于是慢慢养成了这个习惯，会被认为是偷窥狂吧？但是就是忍不住，然后她的身边多了一个他。她的笑容开始变得更加的明媚了。这多好啊。虽然心里怪怪的，但是看见她的笑，只要她幸福就好不是吗？

嗯，挺好的。然后要慢慢地改掉这些习惯。

会记着她的笑，是这盛夏盛开的花。

6. 消失

××××年××月××日　阴

她，突然消失。毫无预兆，让我措手不及。

也许从今以后就再也没有交集了。

世间最可悲的事情不是两条平行线永不相交，而是两条直线交于一点后，各自奔向不同的方向。

今天起，停止日记。封锁些许记忆。

7. 相遇

当再次召开家庭会议时，这是决定苏雨尘到底去哪所学校的会议。当然在所谓的采集个人意见和民主的号召下，他努力地为自己争取他所想去的学校，当然因为自己的朋友大部分都在那所学校。但是都被爸妈以合适的理由

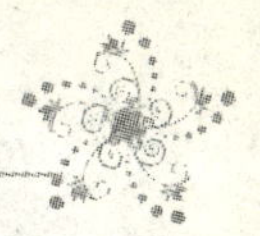

给枪毙了。当然这只是表面形式，以突显家长是多么的民主啊。

极不情愿地来到了这所高中。当然这里没那么多朋友。因为还有为数不多的孩子和自己一样，来到了这里，但是他们很欣慰，因为有认识的人要比一个人都没有好吧？尽管原来不熟悉，甚至只是一面之缘而已，但这足够了。

随着学校的变换，面积也越来越大，人也越来越多。

在到这里的第二天，苏雨尘路过餐厅。然后整个人呆住了。那熟悉的身影，熟悉的笑容，熟悉的气息扑面而来，虽然她没有看到自己。但这对苏雨尘来说是最好的消息。这活了十几年中最好的消息。虽然不知道她在几班。但这对苏雨尘来说能见到她就可以。然后苏雨尘发现自己原来没有忘记过，没有。

然后在入学的一个星期后的早晨，苏雨尘买过早餐匆匆赶往教室，而在这时正好与她擦肩而过。

是的，苏雨尘注意到她看到自己那惊讶的眼神，但是，苏雨尘只能假装没看到，匆匆而过。

因为心里一直有那么一种自卑心理在隐隐作怪。

在不知道过了多少天以后，在楼梯。程沈倩在前，苏雨尘在后。直到到了苏雨尘班级所在的楼层，程沈倩转身说："呀，苏雨尘，你还记得我吗？"

苏雨尘先是一愣，然后随即答道："你漂亮得让我认不出来了呢。"

程沈倩咯咯一笑，"我在上面，有事就找我去哈。"

苏雨尘，嘿嘿一笑说："好好，有事就去了。"然后仓皇地逃走了。

然后苏雨尘不知道什么时候又重新拾起了那个臭毛病，但是苏雨尘却感到这样就不错。自己是配不上她的。

文理分科。她选了理，他改文从理。

然后，他们做了邻居，两个班级只有一堵墙之隔。

苏雨尘看着她恋爱，看着她失恋，然后去安慰她。然后再看着她恋爱，再看着她失恋，再继续安慰她。

然后每次之后，自己总要心里难受好几天。特别是那次，短暂地在一起，又迅速地分开。当然苏雨尘知道程沈倩喜欢的不是自己，于是就放弃了，他认为他做得很对，既然自己给不了她幸福，就不应该绑着她。但是，这次程沈倩伤得更狠，他开始反思自己当时的决定到底是不是对的。

于是，那是苏雨尘第一次大醉，醉得不省人事，他自己哭着，虽然已经不知道自己的情况。大川心里很难受，怎么可以看着自己兄弟这样难受。

然后，在苏雨尘酒醒后大川第一次用严肃的口吻对苏雨尘说："你认为这样值得吗？她根本就不喜欢你，不喜欢！要是喜欢你，干吗还一次一次去恋爱，而不选择你？就你自己一个人单恋痴情，我不想再看你这样子，如果你再这样子，我们连兄弟都没得做！放弃她！为什么要一棵树上吊死？好女孩儿多了去了！我也只能说这些了，你好好想想！"然后，大川就起身走了。只剩呆呆望着天花板的苏雨尘。

8. 喂，做我男友吧

苏雨尘，最后选择了对程沈倩的沉默。面对事实他不得不低头。

然后，日子还在走。波澜不惊，这样简单。然后有一个人终于忍不住了。

夏唯陌直接走到苏雨尘的桌前很有气势地说："喂、做我男友吧！"苏雨尘差点从凳子上掉下来，然后很惊奇地看着这个悍将。

问道："我高吗？"

夏唯陌很奇怪地说："不算矮，比我高啊。"

又问："我帅吗？"

答："不帅，但是很阳光啊。"

"哦。"苏雨尘简单地应了一声。夏唯陌接着就问："那你到底要不要做我男友啊？"

"不要！"苏雨尘回答坚决，没有丝毫犹豫。

夏唯陌急得直跺脚，说："那个程沈倩根本就不喜欢你，你干吗还这么痴情啊？你说，我哪点比不上她？"

"你说啊！"

苏雨尘顿时脸阴了下来，声音很轻地说："不要再提起她了，我不想听见她的名字，我不答应你与她无关。"苏雨尘生气时声音会变得轻，越轻表示他越生气。

夏唯陌见他生气了，就不再说话了，然后转身要走，但是还是说："苏雨尘，你不要生气了，是我说话没经过大脑，是我的不对。但是我会让你喜欢上我的。因为你是好人，现在你这样的人很少了，我才要越发珍惜！"

苏雨尘没有说话，只是发呆。接下来就是夏唯陌铺天盖地式的追求。虽然苏雨尘不帅，学习也不好，也不是什么风云人物，但是平和中最是有股亲切的感觉。是好人。

直到那天，晚上，苏雨尘接到了夏唯陌的电话，那头的夏唯陌在哭泣，

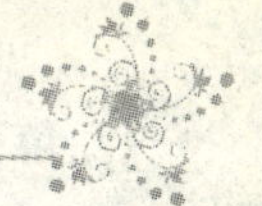

哭得撕心裂肺。苏雨尘慌了，不停地安慰着她。然后在公园找到蜷缩在石凳上哭泣的夏唯陌。夏爸爸在车祸中死去了。就在前几天，而夏唯陌刚刚得到消息。亲人的逝去对谁都是沉痛的打击。然后夏唯陌在苏雨尘怀中沉沉地睡去。

苏雨尘晚上想了很多，很多。姐姐说："要好好珍惜每个在你身边的女孩，无论她是出于什么目的跟你在一起，哪怕她是在利用你。但是有一点可以肯定的是，至少你可以让她感觉到有安全感。"

鸟儿已经开始在树梢歌唱，夏唯陌从苏雨尘怀中慢慢地抬起头，看到了苏雨尘阳光般的笑容。苏雨尘轻轻地弹了下她的额头说："我的大小姐睡醒了？看看眼睛肿得跟金鱼眼似的，都不好看了。"

夏唯陌说："哪有？不是。不是金鱼眼。再说我金鱼眼我跟你急。"说着，苏雨尘一把将夏唯陌拥入怀中，说："小陌，你不要再伤心了，不是还有我吗？虽然我不可能像你爸爸那样照顾你，但是我会尽最大的努力照顾你的。不要再悲伤了好吗？"夏唯陌将头深深地埋入苏雨尘的怀中。就这样静静地拥抱着。

9. 请你离开，我的悲伤就快要醒来

恋爱。总是甜蜜的，关键是两情相悦。如果只是单方，而另一方只是因某些原因在一起，或者只是利用对方，这样的爱情会长久吗？爱情不是敷衍也不是利用。

苏雨尘和夏唯陌在一起的日子总是充满了欢声笑语，阳光永远是他们心情的主题。

这也许就是真真正正的恋爱吧。时间总是过得那样快。夏日，当然冰激凌是不可缺少的，当然这小两口也要制造一点小乐趣。

"喂！苏雨尘，你怎么可以这样？要吃巧克力味道的你自己买去嘛，干吗偷吃我的呀？不行我要吃回来，拿过来你的让我咬一口。拿来呀……"苏雨尘单手将自己的冰激凌举得高高的，不论夏唯陌怎么跳都够不到。苏雨尘放肆地大笑，引来行人的嫉妒。就这样闹着走着。

直到碰到一个人。

"看看碰到人家了，快道歉。"苏雨尘敲了下夏唯陌脑袋说。

夏唯陌嘟着嘴说："好嘛，好嘛……"

三人僵持，程沈倩打破了这个局面。笑着说："真幸福啊，苏雨尘好好对人家小陌啊，她是个好女孩儿。那么不打扰了，我先走了。"

然后程沈倩走了，魂不守舍，刚才的笑容是那样僵硬，那么不自然。当然尽收苏雨尘眼里。路上苏雨尘和夏唯陌都没说话，静静地走着。苏雨尘心事重重。

“如果不放心，就去看看吧。我知道你在想什么。”夏唯陌突然止住脚步轻声说。

苏雨尘，看着夏唯陌，然后挤出两个字：“谢谢。”就跑向程沈倩走去的方向，夏唯陌望着苏雨尘背影，然后转身，泪水满面，然后轻轻哼起……我喜欢雨后/独自静坐着/什么都不管/我喜欢阴天/待在家里面/什么都不看……

苏雨尘一把拉住程沈倩，问：“怎么了？”程沈倩望了下苏雨尘，“不怕小陌生气吗？我没事。你快走吧，否则我的悲伤醒过来，就会淹没了你。你快走吧。”

苏雨尘双手按在程沈倩的肩上认真地说：“告诉我，出了什么事？我可以帮你，你知道的，我一定会。哪怕你不告诉我。”

程沈倩撇开了苏雨尘的双手，“我没事……没事……只是……为什么？为什么？我那样爱他，他却这样对我。为什么？”程沈倩蹲下去把头深深埋入双臂中，哭泣。

苏雨尘也蹲下来，双手拉住程沈倩的双臂，“我知道，每个人的初恋是最难忘的，虽然它可以不是刻骨铭心，但是是最难以释怀的，我知道你一直爱着他，你不停地恋爱只是想试图忘记他，也许上次放手是我的错，如果我不放手，你就不会再回到他身边，也就不会这样的……”

程沈倩扑到苏雨尘怀里大哭。夕阳。把三个人的影子拉长，夏唯陌看到了一切，虽然她知道这样自己可能会失去他。但是追过来，希望这只是自己的幻想。但是现在她最不想看到的事情发生了。她流着泪，悄悄地转身离开。

“咦，小陌你怎么了？怎么哭了？是不是苏雨尘那家伙欺负你了？”回家的大川恰好看见刚转身的夏唯陌。

然后，大川火一下子冒出来了。一个箭步上去，一把拉起苏雨尘，一拳将他击倒，“苏雨尘你怎么可以这样？你对得起小陌吗？我说的难道你都忘了吗？既然这样，我也没什么好说的了。今天起，你我兄弟情义到此为止，从此陌路。”然后大川拉起夏唯陌大步走开，夏唯陌和苏雨尘、程沈倩被这一拳给打愣了。等苏雨尘反应过来时，大川拉着夏唯陌已经走了很远，过了转角。消失在视线中。苏雨尘慢慢地从地上爬起。

10. 去看薰衣草

苏雨尘跟大川之间突然之间变得冷漠了，真如陌生人般之间没有任何言语，好几次大川擦肩而过时苏雨尘都想说什么，却都又咽了回去，只是叹了一声气，走开。

苏雨尘之后就很少见到夏唯陌了。每次都是躲躲闪闪。即使无法避开也是匆匆走过，没有说上一句话。

而程沈倩再次和他和好了，当然这是苏雨尘所想看到的，至少程沈倩不会那样悲伤了。

苏雨尘渐渐地习惯了这样的生活，大川有了女友，夏唯陌也有了男友，他们各自的生活看起来都很好。苏雨尘看到这些突然感到很安心。

不知道什么时候，苏雨尘每天早晨都会见到那一束散发着芬芳的薰衣草，苏雨尘特别喜欢薰衣草。一直都是。但是，是谁呢？

那天苏雨尘去得很早，然后好好地藏起来了。然后就看到一个身影走到他的座位那里，放下一束薰衣草，教室空荡荡，只有那个人和苏雨尘在，那人呆呆地望着苏雨尘的座位，眼中闪过一丝悲伤，然后就快步走出了教室。苏雨尘呆呆地蹲在那里。

然后苏雨尘听说夏唯陌和她男友分手了，而她的男友在她宿舍前用蜡烛摆了一个大大的心型，点燃了无数的烟火，大声唤着夏唯陌的名字，大声地说："我爱你，夏唯陌我陪你去看薰衣草好不好？你那样的喜欢薰衣草。"但是直到深夜夏唯陌都没有出现。她男友悲痛地离开了，之后就没了下文。

夏唯陌一个人蜷缩在床头，一直在问自己，你是喜欢薰衣草吗？还是喜欢苏雨尘吧？然后泪水肆意地流淌。

11. 欠你的幸福

夏唯陌听到这个消息时，世界仿佛在那一刻凝固了。她告诉自己这不是真的，她恐慌着，摇着头，她告诉自己这不是真的。然后，哭着奔出了宿舍。犹如疯子一样，穿着睡衣和拖鞋，疯狂地奔跑在路上。

程沈倩听到这个消息时，同样，整个人怔在那里，自己的世界仿佛一下子被抽走了什么，空荡荡的。她无法接受这个事实，同样告诉自己这不是真的。他人那样好，不会的，自己的世界从这一刻就再也没有那个人了。那个初中小小的，高中后飞速长高的傻小子，那个对自己不求任何回报的傻小子。她呆呆地望着手机屏幕看着那几行字。任谁打电话也不去接，在她确认这个消息以后。

门被推开，是那样的用力。

夏唯陌是跑着进来的，她晃着失神的程沈倩，“告诉我，这不是真的，这不是真的。”然后夏唯陌瘫坐在地，肆无忌惮地痛哭。程沈倩继而伏在床上恸哭，世界瞬间被悲伤笼罩，只有痛苦，只有哭声……

苏雨尘的笑容还是那样灿烂，像孩子一样无邪，冲着程沈倩和夏唯陌没心没肺地笑着，而她们却在哭着。

夏唯陌望着苏雨尘，你怎么可以这样没心没肺地笑，我和程沈倩都哭成了这样，你就不能安慰下我们吗？你怎么可以这样坏，你还欠我一口冰激凌。

苏雨尘还是笑着，没有半句话，只是笑着望着她们。

程沈倩不知道说什么。只是脑子一片空白，任泪水肆意地流淌。她望着苏雨尘，望着他的笑，心如刀绞。欠你的幸福，下辈子我会十倍、千倍、万倍偿还。哪怕让我死千百次。

然后夏唯陌拉着程沈倩走了，夕阳如血，拉长两个人的影子。

苏雨尘的笑留在了那里，他的照片前放了那一束散发着淡香的薰衣草，他说过，他喜欢这个淡淡的味道。

车祸现场。

苏雨尘安静地躺在血泊中，嘴角挂着一丝微笑，安静地睡着。那个人瘫坐在地，看着苏雨尘被医护人员抬上急救车。耳畔回荡着苏雨尘的那些话：“好好地爱程沈倩，我知道如果现在躺在地上是你的话，她会难过，她会悲伤，请好好地珍惜她。还有不管你是不是她爱的人，我还是会救你的，不要自责。请你坚强，她越是悲伤你就要越坚强，否则怎么承担得起她的悲伤？替我转告夏唯陌，欠她的幸福，下辈子来还。这辈子认识她真的很好……”然后带着微笑沉沉地睡去了。

12. 思绪

每个星星曾经都是一个人的灵魂，他们希望在地上的人们都好好的，为了不使人们在黑夜中迷失方向，所以他们变成了星星，守护着他们要守护的人。

世界上最可悲的不是你我如同平行线，而是只有一个交汇点的交叉直线。

好好珍惜爱你的人。

如果你爱的人恰好也爱你，这是世界上最幸福的。

我相信你会像你送给我的毛绒玩偶一样

■黎星晴

“庄伟，你喜欢《喜羊羊与灰太狼》这部动画片吗?”我靠在庄伟的肩膀上，在《喜羊羊与灰太狼》播完一集，片尾曲响起时，问。

“喜欢。很搞笑，看着感觉很轻松。”庄伟回答。

“那你最喜欢里面的哪个人物呀?”

“喜羊羊，他聪明机智且勇敢。”

“那你知道我最喜欢里面的哪个人物吗?”

“应该是美羊羊。”

“错误。”

庄伟眉头皱在了一起，又思考了一会儿，说：“懒羊羊。”

“错误，我看你是猜不出来了，我还是直接告诉你吧，是灰太狼。”

“灰太狼，他可是反面人物，你为什么会喜欢他呢?”

“因为他爱红太狼至深，对红太狼唯命是从且绝对忠诚，而且还会包容她的任性和坏脾气，把她变成了全世界最幸福的女人。”

“哦。”

“那你愿意做我的灰太狼，让我也成为全世界最幸福的女人吗?”

庄伟用手臂揽住我的肩膀，说：“当然愿意，从此以后你就是我的红太狼，我就是你的灰太狼。”

“真的吗?”我看着他的眼睛，又问。

“当然是真的。”

“现场的朋友，电视机前的观众朋友，你们好！欢迎来到和收看我们的综艺娱乐节目‘欢乐颂’，感谢你们的支持，我是主持人陆苓。”我甜美地笑着，用欢快的语调充满感染力的声音说。

“我是主持人顾斌。”

“我们今天的节目……”

“陆苓，喝点水，再吃一片润喉糖。”节目录制完毕，我坐在后台的梳妆镜前卸妆，庄伟走过来递给我一瓶水和一片润喉糖。

我接过水和润喉糖，幸福的感觉在心中满溢，庄伟是“欢乐颂”的导演，同时也是我的男朋友。从我最初加入“欢乐颂”节目组到现在庄伟都是对我关照备至的，后来他对我说他对我是一见钟情。

先喝了口水，再把润喉糖含在口中，这时我的眼前突然出现了一个毛茸茸的美羊羊玩偶，我兴奋地回头想拥抱住庄伟表示感谢，却发现顾斌也站在我的身旁，我意识到原来美羊羊玩偶不是庄伟送的，而是顾斌。

“陆苓，听你说你最近在看《喜羊羊与灰太狼》，我在昨天逛商场时恰好遇见了卖这部动画片毛绒玩偶的，我想你一定会喜欢，便挑了一只买下来。”顾斌笑着说。

“谢谢，我很喜欢。”我冲顾斌甜美地一笑，说。

“陆苓，昨天你还告诉我你最喜欢《喜羊羊与灰太狼》中的灰太狼，其实你并不喜欢这个毛绒玩偶对不对？你之所以说喜欢只是礼貌地回答对不对？”庄伟看着顾斌然后把手搭在我的肩膀上，说。

“陆苓，原来你不喜欢它呀，我看它很漂亮又很可爱，以为你会喜欢呢。”顾斌用手挠了一下头，尴尬地说。

“不，我说我最喜欢的是灰太狼，不代表我不喜欢美羊羊呀，其实我还是很喜欢美羊羊的。”为了不让顾斌尴尬，于是我解释道。

“只要你喜欢就好。”顾斌又冲我笑了一下说，然后转身走出了化妆间。

“我觉得顾斌好像还在喜欢你，真是过分，不知道你已经是我的女人了吗？”庄伟双臂交叉，放在胸前，说，“不喜欢毛绒玩偶就要说不喜欢，为什么硬要说喜欢，难道你对他也有一些感觉？”

“当然没有，我只是不想把同事之间的关系搞僵。”我慌忙解释道。

“哦。我相信你的眼光也不能那么差，顾斌那么胖，简直就是一只呆头呆脑的大笨熊。”

虽然我并不爱顾斌，但是听到庄伟这样说他我还是很不高兴。因为顾斌不仅仅是我现在的同事，他曾经还是我的大学同学。从大学时起我就知道他喜欢我，虽然他从来都没有对我说过。但是他对我的好却是谁都能感受到的，曾经在大学里顾斌爱我已经是公开的秘密。在他知道我喜欢毛绒玩具之后他经常会像这样买来送我。其实他送给我的毛绒玩具都被我摆放在家里的房间里，他对我的好我也点点滴滴记在心间，并常常为此而感动。然而感情的事情真的说不清楚，即使后来我们很有缘分地又一起成了“欢乐颂”的主持人，我们仍然没能在一起。因为我对他的感情中只有感激，从来都没有过动心。在我的心里其实一直都把他当成哥哥，没错，我对他的感情已经不仅仅是同事和朋友，而是上升到了亲人的高度，我安然地享受着他给予我的温暖，并为此而内疚着。

“庄伟，不，我不答应你转到‘心飞翔’做导演，其实在‘欢乐颂’做导演也是一样的，假如你真的转到‘心飞翔’去做导演，那么我们在一起相处的时间就会减少很多。”晚餐时庄伟突然告诉我他要辞去“欢乐颂”导演的职位转去“心飞翔”做导演，我听后反对道。

“我认为‘心飞翔’的节目形式比‘欢乐颂’的更有潜力，‘心飞翔’节目组已经给了我 30 万元的聘金，而且他们承诺给我的薪水是我现在在‘欢乐颂’的两倍。”

庄伟看着我停顿了一下又说：“其实我之所以选择转去‘心飞翔’做导演也考虑到了你。陆苓，我想让你未来跟着我可以过上更舒适的生活。”

庄伟的语气很真诚，他的话语令我很感动，所以最终我还是同意了他转去“心飞翔”做导演。

庄伟已经去了“心飞翔”做导演，主持完节目后没有了庄伟给我送矿泉水和润喉糖还真的是很不习惯。

就在这时我的手机响了起来，是庄伟打来的，我按下接听键。

“陆苓，有没有喝矿泉水和吃润喉糖啊？”

“没有。平时主持完节目后矿泉水和润喉糖都是你送来的，它们我都没有带。”

“那你回家一定要记得喝矿泉水和吃润喉糖啊。矿泉水就在家里的冰箱里，润喉糖则在卧室柜子的医药箱里。”

“好。”我回答，幸福的感觉在心中荡漾。庄伟总是这样体贴，能成为他的女朋友是我今生所拥有的最大的幸运和福气。

庄伟去“心飞翔”的前几天里除了我们不能在工作时见面之外其余的一切都还是像往常一样。可是这几日他经常会整夜都不回家，说是“心飞翔”刚开播他有很多事情要安排处理，需要加班，为了加班就直接在单位休息了。

星期日，庄伟打电话说他今天要回来，这一个星期我只见了他两次。

主持完节目我便去超市买菜，心想这几天他一定都很累，希望做顿好吃的饭来慰劳他。

在我把晚餐做好的十分钟后，敲门声终于响起，我知道是庄伟回来了。

飞快地去开门，我终于又见到了庄伟。

我愉悦地和他拥抱，用略带责备又有些撒娇的语气说：“你怎么才回来啊？我好想你啊。”

庄伟亲吻了一下我的额头说：“我也好想你啊。”

“这几天累坏了吧，今天我特意为你做了排骨汤，排骨汤营养价值高能

滋补身体。”

“谢谢，辛苦你了。”庄伟又亲吻了一下我的额头说。

然后我们手牵手一起走进了餐厅，我们愉快地边聊着天边吃着。

这时客厅里电话突然响了起来，我边对庄伟抱怨这个电话来得太不是时候了，便起身去接。

拿起话筒，还没等我发声就有一个甜腻的女声传来。

“庄伟哥，今天晚上还来陪我好不好？现在没有了你我一个人在家还真的是很不习惯。”

“你是谁？”我警觉地问。

电话突然变成了忙音，对方已经挂断了电话。

我僵硬地握住话筒，缓慢地思考着那个女声话语里的意思。

半晌，我的心中终于有了答案。

“陆苓，是谁打来的啊？怎么聊了这么久？”庄伟走进客厅，看着我问。

“这几天你不回家其实不是因为‘心飞翔’刚开播工作忙需要加班，真相是你在外面有了别的女人需要陪她对不对？”我声音颤抖地问他，眼泪在眼眶中打转。

庄伟听后身体僵硬地呆住了。

“刚刚那个电话是一个女人打来叫你今天晚上去陪她，她说现在没有你她一个人在家还真的是很不习惯。”

我的心脏在钝痛，眼泪从眼眶中滚落。

“庄伟，我们分手吧，你可以和她在一起，你们可以正式交往。”说完，我向卧室走去。

我走回卧室，从衣柜里找出我的手提旅行箱然后把属于我的东西一一放进去。

这时庄伟也走进了卧室。

“陆苓，你在干什么？”他问，语气中竟然还有些颤抖。

“我要搬出这间房子，彻底地离开你。”

“陆苓，其实那个女人就是‘心飞翔’的主持人丽塔，她曾经是我的高中同学，在高中时我们曾经在一起过一段时间。但是现在我们只是玩玩，真的，她其实现在也有了男朋友，只是这几日她男朋友去外地出差，所以她才让我陪她的。”

“庄伟，你不是真的爱我。真爱是两个人心中只有彼此，绝对容不进第三个人；真爱应该就像是水晶一般，透明的，晶莹的，没有任何杂质。”

“不，陆苓，你对于爱情的看法太过天真，两个人初相恋时的确是像你

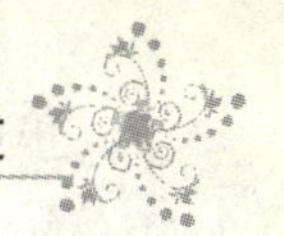

说的那样，但是随着时间的流逝，人的荷尔蒙会减退，激情也会减退，两个人会在生活中开始不断地产生摩擦，这才是真正的爱情的过程，这才是爱情的真相。所以生活中两个人应该多包容，这样他们才会在一起度过一生。我保证下次不会再犯这样的错误了，这一次请原谅我好吗？陆苓？”

“庄伟，你可能都没有意识到你做错了吧！”我愤怒地瞪着庄伟一字一句地说，然后推开他，提起已经收拾好了的旅行箱，头也不回地走向了门外。

他们给我的爱就像他们曾经送给我的玫瑰和巧克力只是瞬间的美丽和甜蜜。

由于父母在遥远的另一座城市，自己身边也没有太要好熟识的朋友，走在繁华拥挤的大街上，我忽然发现自己出了和庄伟合租的房子竟然无处可去，于是我只能在街边随意找个旅馆决定暂时住下来。

父母在遥远的另一座城市，身边又没有亲近的可以诉说的朋友，孤独感突然如此清晰地呈现了出来。

失恋的感觉和孤独的感觉化作绝望笼罩着我，太阳下山世界再也没有一丝光明。

其实我之所以能够这样决绝地离开庄伟，是因为我在高中时代也爱过一个类似的人。他也像庄伟这样懂得浪漫，他经常会送给我一束玫瑰或者一盒巧克力，偶尔还会约我在极有情调的餐厅吃饭。可是我无意中发现他除了我竟然还有其他女朋友，更可笑的是我后来还听说他在他其他的女朋友面前说我不及她们漂亮聪慧没有她们那样有品位。

他和庄伟或许从来都没有爱过我，他们只是欣赏我的美丽，只是像小男孩收集玩具那样把我留在身边。他们给我的爱就像他们送给我的玫瑰和巧克力只是瞬间的美丽和甜蜜。

在我高中时爱过那个男生之后我就发誓再也不会爱上第二个他，可是我没有想到紧接着我就又爱上了庄伟。我忽然想起了曾经在书上看到过的一句话：如果你爱上了一个浑蛋那么下一次你爱的人一定还会是个浑蛋。想到这儿我忽然感到很绝望，难道下一个我爱的人还会是一个浑蛋吗？

决定不再爱一个人的感觉很痛，全身的每一块骨骼每一块肌肉每一根神经甚至每一个细胞都在痛。去除那个人在自己身上留下的印记，就像是要把自己的骨骼与血肉剥离一样。为什么我都已经有过一次类似的经历还是没能拥有免疫能力？为什么我还是会感到这样的疼痛？

一段音乐刺耳地响了起来，我吃力地睁开眼睛。声音来自我枕边的手提包中，我打开手提包，原来是手机在响。

不过不是谁给我打来的电话，而是手机里我设定的闹钟响了起来。

关掉闹钟，我的意识开始逐渐清醒，这时我才想起来了我还要上班。

慌忙起身，冲向卫生间，想要刷牙、洗脸。忽然发现自己在一个陌生的环境中，我这才想起昨天发生的事情。

昨天的事情来得太突然、太突兀，仿佛是一场噩梦。

我僵硬地站在原地，多希望昨天的一切都只是一场噩梦。

庄伟，假如时间可以倒回到你提出要去“心飞翔”的那一天，那我无论如何都不会答应你去。

庄伟，在丽塔主持完节目后你是否也会给她递上一瓶矿泉水和一颗润喉糖呢？

僵站在原地，我发现我的身体现在竟然已经没有了丝毫的力气，喉咙干涩，头在剧烈地痛着。

我意识到我可能是感冒了，便打消了去卫生间洗脸刷牙的念头重新走回到了床上，躺下，然后拿出手机给节目组打电话请假。

请完假后我盖上被子，意识开始模糊，我陷入深沉的睡眠之中。

我相信你会像你送给我的毛绒玩偶一样，会永远忠心地陪伴着我。

不知睡了多久，手机又一次响了起来将我吵醒。

拿起手机，这次不是闹钟，而是顾斌打来的电话，我按下接听键。

“陆苓，感冒有没有好些呀？”

顾斌的声音很轻柔，他温暖的询问使我很感动，我不禁哭了起来。

“陆苓……你怎么了，陆苓？你是在哭吗？”

“顾斌，我和庄伟分手了。”

“你和庄伟分手了？”顾斌不敢相信地重复道，声音因为惊讶而提高了八度。

过了一会儿，他才问：“为什么？”

我把事情的经过和顾斌说了一遍，顾斌给我的感觉一直以来都像是哥哥，从大学起便开始呵护我，比亲哥哥还要好的哥哥，所以我可以放心地把委屈说给他听。

“什么？没想到庄伟竟然是这种人，陆苓，你放心，等会儿我就去‘心飞翔’找他，帮你教训他。”

“不用了。我已经决定不再爱他了，我不想再惹事了。”

“既然你这么说，那我就不去教训他了。没错，陆苓，那种人确实不值得你爱，你不要再哭了，不要再伤心了，我相信未来一定会有一个值得你爱的人出现。”

“嗯，我也相信。”我边努力试着停止哭泣，边说。

“陆苓，那你现在在哪?”

“在我与庄伟合租的公寓对面的林砝旅馆。”

“好，那我一会儿就过去看你。”

大约40分钟后我的房间响起了敲门声，我知道是顾斌来了，于是便起身去给他开门。

我的身体还是没有丝毫力气，喉咙依然干涩，头仍然在剧烈地痛着。

打开门，首先映入眼帘的不是顾斌，而是一个大到略显夸张笑容的蓝精灵毛绒玩偶。

顾斌把它放在了我的怀里，然后说：“送给你，希望它可以陪伴着你好起来。”

“谢谢。”我抱着蓝精灵，心中丝丝温暖在流动。

“怎么会感冒了呢？无论发生什么事情都应该要好好照顾自己的。你现在感觉好些了吗?”顾斌声音轻柔，语气里满是疼惜。

“没有。感觉还是很难受。”我如实回答。

“你都吃了什么药?”

“我没有吃药。”

“生病怎么能不吃药呢?”顾斌略带责备地说，“你现在都有什么药?”

“我什么药也没有。”

“那你先躺到床上休息，我现在就去买药。”说完，顾斌就走了出去。

我按着他的话躺到床上休息。

过了一会儿顾斌便买完药回来了，他把药放在了我的手中，然后又去饮水机中倒了杯水也放在了我的手中。

我先把药吃下，然后又把那杯水喝完。

在把水杯递回给顾斌的时候，我发现他的额头都是汗，他应该是跑着去给我买的药。

我的心再一次被触动了，从大学至今顾斌对我的好一幕幕地像电影倒带一般在我的脑海中重现。

在大学时顾斌坐在靠窗的座位，我的座位则在中间，在我向同桌的同学抱怨好冷时他会默默地关上窗户；他知道我喜欢毛绒玩偶经常会买来送我……

我忽然发现顾斌像一座山一样值得依靠。

就在这时我作出了一个决定。

“顾斌，我不会再为庄伟背叛我的事情而伤心了，因为我也有了新的男朋友。”

“什么?”顾斌皱起了眉头，听到我这么说显然很疑惑。

“你还认识他呢，你猜不出他是谁吗?”

“他是谁?”

“是你啊，笨蛋。”说完，我捧住他的头，吻了他的唇。

“如果你爱上了一个浑蛋，那么下一次你爱的人，一定还会是个浑蛋”的下一句话是“当你最后终于爱上一个好人时那他就会好好地守护着你，细心地呵护着你与你共度一生”。

还有一句话是这么说的：第一次恋爱是懵懂的，第二次恋爱是刻骨铭心的，第三次恋爱则会伴随你的一生。

香港作家张小娴写的《我终究是爱你的》一书中有一句话：爱情是一百年的孤寂，直到遇上那个矢志不渝守护着你的人。

顾斌，我相信你会像你送给我的毛绒玩偶一样，会永远忠心地陪伴着我。

怒放之舞

■鬼九

一

我的成绩差极了，差到前任班主任离开我们班时，还特意嘱咐她的接班人：“多注意张尔雅，她不笨，就是不爱和人交流，上课常走神，所以成绩……有很大的提升空间。”

我感激她对我口下留情，可是，这同样引来了新班主任对我的异样目光。我第一次见到新班主任时，就察觉到了她眼中似有似无的嘲讽。那是一抹浅浅的笑意，不露痕迹，但是总在那里。

新班主任姓梁，教英语，这偏偏是我最头疼的科目。梁老师刚来不久，我们就月考了，150 分为满分的试卷，我才拿到 76.5 分。发试卷的时候，她笑说：“哎呀，张尔雅同学，刚刚过半嘛，而且 7、6、5 这三个数字像楼梯似的，稳步下滑，挺有意思。”

我的脸热得不行，暗暗低头的一阵子里，我感受到了来自四面八方的挖苦目光。我上去领试卷，她忽然一脸的抱歉：“张尔雅同学，我刚才只是开个玩笑，并没有取笑你的意思。”

“我知道。”我转身回到座位。我知道，她只是再在我的心里补一枪罢了。

一整节课，我都处于走神状态。看到她在讲台上眉飞色舞地讲评试卷，嘴巴张张合合，周围时不时爆出大笑声。他们都很喜欢她。下课的时候，同桌小玉依然笑得合不拢嘴：“哎，尔雅，我觉得梁老师不错，比以前的老李好。她说的笑话太好笑了，没心没肺的，超可爱。”

我望着刚走出教室的梁老师，心里挺不是滋味。

二

三个月后的一天，梁老师把我叫到了办公室。我并不知道自己犯了什么错，于是忐忑地站着。办公室里的其他老师有意无意地看过来，让我觉得芒刺在身。

“张尔雅，考完会考就要分班了，你有什么打算吗？”

“我要读文科。”

“嗯，文科……”梁老师点点头，思考着什么，“你有没有想过，离开我们班，去别的班会比较好一点儿？”

我很诧异地看着她，简直不敢相信自己的耳朵。

“梁老师，那您觉得我去哪个班比较好？”我直直地看着她，“或者这样说，别的班主任会不会像您一样，不愿意收留我呢？我会给你们的升学率带来负担吧？”

“不不不，别这么说。不过，如果你想的话，我可以保证让你进5班。”

我脑袋嗡嗡响，鼻子已经开始泛酸了。

“好的，梁老师，我去哪个班都无所谓，我今晚就回去跟妈妈商量一下。”

我离开了办公室，不知道当时的她是怎样的表情。

三

放学之后，我一出校门就看到了我的妈妈。她不是来接我的，而是每天下午放学时都会在校门外摆小摊，卖烤串。或许我们班有一半的同学都吃过她卖的烤串，但是，没有一个人知道她是我的妈妈。

我和平时一样，绕开了她的摊子，脚步匆匆地离开了。

回到家，我打开习题册做作业，可是这也不会，那也不会。一个个字母和一个个公式跨学科组成了火力强大的军队，瞬间就摧毁了我的自尊心。

桌上的时钟滴答滴答，更显得屋里静悄悄的。我走到客厅，放了一张音乐CD，换上舞鞋开始跳舞。我沉浸在自己的世界里，舞动、旋转，忘掉一切。

音乐戛然而止的时候，我正闭着眼睛转到第六圈。睁开眼，我看到梁老师和妈妈站在一起，顿时紧张起来。我并不怕她向我妈妈告状，说我成绩有多么差，我怕的是，她回学校后，把我在家里笨拙地跳舞这件事说出去，大家会嘲笑我。

“张尔雅同学，跳得不赖嘛。”她满脸笑意。

我知道她说的是反话，因为我从来就没有上过舞蹈课，所有的动作，都是跟着电视节目和舞蹈视频学的。

“梁老师，您怎么来了？”我面红耳赤地看着她。

“快分班了，我来向家长了解一下，他们对你们的将来有什么看法。”她接着说，“我跟你妈妈一路走回来的，她说支持你自己的选择。你真幸福，有个好妈妈。”

妈妈给她倒了茶，闲聊了几句之后，她便说要走了。我连忙送她出门，告别时，我终于忍不住说：“能不能为我保守秘密？”

她笑笑，然后反过来问我：“你为什么放学的时候躲着你妈妈？担心别人知道她是摆小摊的，于是看不起你？你太在乎别人对你的看法了，这样很不好。”

“谢谢老师的教导。”我赌气地说出这句话。

四

她真的是一个心地不好的老师。

第二天，上英语课的时候，她说：“昨天我去张尔雅同学家家访了，我去的时候她一个人在家里跳舞，很陶醉的样子。下个月学校有艺术节，大家忙着学习可能没有时间排练，所以我决定，就让张尔雅同学代表全班去独舞吧。”

全班欢呼起来，充满了幸灾乐祸。

“老师，您问过我了吗？”我站了起来。

“咦？张尔雅同学，我以为你很喜欢跳舞的，既然喜欢，为什么不去做呢？”她一脸无辜的样子。

全班同学都起哄了。我知道，我躲不过了，如果躲，就再也无法在这个班里立足。

“你要是没有自信的话，我就让一个女孩儿跟你一块儿练吧，怎么样？”她这样说。

我以为她是开玩笑的，谁知道，周五的体育课时，她真的领来了一个女生。那个女生笑嘻嘻的，梳一个高高的马尾辫，甩来甩去，活力四射。

“这是刘菲菲同学，在附近的聋哑学校上课，虽然听不见，但是很乐观的。”梁老师向大家介绍起来。

难道就是她要和我一起练舞？我觉得自己的自尊心又受到了攻击，就连班上的同学也议论纷纷。他们都说，一个没学过舞蹈的和一个听不见音乐的一起跳舞，场面一定很奇怪。

我听着他们戏谑的话语，不知所措。这个老师，是一个魔鬼。

五

体育老师很给梁老师面子，不但让她占用这一节体育课，甚至还帮她放音乐。音乐响起的时候，那个叫刘菲菲的聋哑女生并不知道，直到梁老师用手势示意她跟着一起跳，她才动起来，很开心的样子。围观的同学又起哄了，我迫于无奈，只好也跟着跳起来。梁老师跳得真好，可我觉得自己像个小丑，听着大家唧唧喳喳的议论，几乎要掉下眼泪来。

音乐停了，刘菲菲很激动，而我感觉自己满身都是弹孔，被打得痛不欲生。

“谁跳得好?”梁老师问大家。

“刘菲菲!”这些人，异口同声地说着。

下课铃响了，梁老师将刘菲菲送回聋哑学校后，又把我叫到了办公室。

“您赢了，老师，您真厉害。不知道还有什么新鲜的招数可以让我被羞辱得更惨烈些吗?”我已经不想再抵抗了。

“你看看你，就是这样，完全没有自信，总觉得别人在伤害你，其实是你自己在伤害自己。”她一改平时笑嘻嘻的模样，严肃地对我说，“刘菲菲和你一样，完全没有学过跳舞，而且耳朵还听不见，你知道自己刚才为什么会输给她吗?”

“因为没有人整她，没有人故意让她出丑!”我委屈地说道。

“刚才只是跳舞!我带着你们两个，同样的音乐，同样的舞步，同样的场地和观众，可是你觉得自己受到了侮辱，而刘菲菲在全身心地感受着这支舞蹈给她带来的快乐!”她不容我插嘴，语速很快地说道：“没有人想摧毁你，是你自己，你缺乏自信，你在意别人的眼光和评论，别人看你一眼，哪怕是在对你笑，你也觉得别人在讽刺你!刘菲菲没有太多的地方比你强，她唯一比你强的，是她听不见!她听不见别人的议论，她觉得自己很优秀，所以才心无杂念!”

我愣住了，难道这就是刚才她跳得比我好的原因吗?

“这周六，早上9点，我在学校舞蹈室等你。这次的艺术节我和你一起上，敢跳你就来，觉得自己一无是处的话，就待在家里发霉吧。回去!”

她指着办公室的大门，对我发出了指令。

我哭着跑回了教室。

六

周六，我咬牙来到了舞蹈教室。梁老师穿着舞衣，漂亮极了。她递给我一套，说是送给我的。我犹豫地接过，到一旁的更衣室换上了。出来的时候，她又是那副笑眯眯的样子，一个劲儿地夸我长得好看。

“我决定参加艺术节表演，哪怕被别人笑死，我也要参加。”我笃定地说。

“笑死？谁敢？我梁婧带出来的徒弟，只能让别人佩服得五体投地！”她自信满满。

就这样，我跟她练了三周的舞。我不知道自己的舞技到底进步了多少，我只知道，她并不是我想象中那么讨厌。

艺术节上，我们的舞蹈得到了雷鸣般的掌声，尽管大家的掌声和欢呼大部分是给她的，那又如何呢？我尽情地舒展着身体，就像这支舞的主题“怒放”一样，将自己所有的压抑、所有的激情以及所有青春的力量全部释放在舞台上，释放在大家眼前，不在乎他们对我的评价是褒还是贬。

回到后台时，她说：“挺不错的，你知道吗？原来的班主任李老师一开始就和我说过，你的成绩不怎么样，但是肢体挺优美，跳舞挺有天分的。”

“真的？”

“不然我怎么会知道呢？”

我看着她，她的眼里还是有隐隐的笑意，可是这种笑意好像不是嘲讽，而是一种无声的鼓励。难道她以前的眼神也是这样的？我一直以来都理解错了吗？

“谢谢您教我跳舞。”我不知道说什么好，只好道谢。

我离开时，她在我身后说道：“回去考虑一下，分班的时候，选5班！”

还是老样子。我苦笑。

七

终于到了分班的日子。我看分班表的时候，发现5班是个文艺特长班，除了有文化课的老师教课本知识之外，还有绘画、舞蹈、乐器三种课程可以选择。我诧异了，原来，她是这个意思。

当我第一次从5班的教室走出来的时候，她在门口等我。我们一起在走廊上走着，她说：“放心吧，我已经跟你们班主任沟通过了，她说会照顾你的，会多指导你文化课和舞蹈课两者怎样平衡。”

“梁老师，谢谢您。”这次我是真心的。

“呵，现在知道谢谢我了？以前还误会我呢，这个仇我可记着。”她笑了笑，然后很严肃地说：“你妈妈也很关心你的，上次我跟她聊了一路，看得出她对你期望很高，你可不能看不起她，要不是她摆小摊养活你，你就流落街头了。”

我叹了一口气：“老师，是我妈妈吩咐我出校门时要假装不认识她的，她怕同学知道她是我妈妈，会去找她买烤串，她不好意思收钱，这样就亏大了。”

“啊……”梁老师恍然大悟。

“看吧，您也误会我了，这个仇我也要记着。”

她大笑起来。看着她没心没肺的样子，我不禁想，在这青春怒放的年华里，能遇到她，真好。

繁尘锦夜

岁月跳过了青春账本

■ 陈赓将军

逝去的流年，那些曾经看过的风景，那些生命中匆匆的过客终将消失于世界的尽头。

——题记

一

尘缘飞花，人去楼空，梦里花落为谁痛？顾眸流盼，几许痴缠。把自已揉入了轮回里，忆起，在曾相逢的梦里；别离，在泪眼迷蒙的花落间；心碎，在指尖的苍白中；心碎淡落的只是那缥缈的缘。

那年，他，长相一般；她，纯真可爱；

那年，他，平平凡凡，默默无闻；她，成绩优异，受人瞩目；

那年，他，十八岁，念高三；她，亦是十八岁，念高三；原本不同轨迹的人生就此有了平行的交点。

“报告！”高（7）班教室门口，一个身穿白色 T 恤衫，洗的发白的牛仔裤，肩挎黑色书包的男孩儿站在教室门口，顿时吸引了全班的目光。

“进来。”讲台上一个中年男子打量了那个男孩儿一眼，“随便找个位子坐下吧。”

男孩儿连忙低头走进教室，好似一副害羞的样子，也许是因为开学第一天报到就迟到的缘故吧，走进教室男孩儿才发现班上早已是人满为患，不禁一阵茫然。

“坐我这儿吧。”一个清脆的声音响起，男孩儿循声望去，只见一个身穿粉色衬衫的女孩儿正看着他，女孩儿一袭长发束之脑后，只留缕缕青丝飘于额前，缓缓垂下，两道柳叶眉半遮半掩，水灵的眼睛，可爱的鼻子连同那小巧的嘴巴将那精致的脸庞完美的衬托出来。

“天使也不过就这样了吧。”男孩儿默默地想着，不过原本就有些腼腆的男孩儿可不敢把这话说出来，又低了低原本就快挨着前领的头，默默坐了过去，连句谢谢也没有说，只是把略微红着的脸埋了下去不再说话，女孩儿轻轻一笑，没有多说什么，又继续看起了手中的书。

也许是巧合，又或许不是，男孩儿和女孩儿成了同桌，用班主任的解释说："为了让同学们能在这最后一个学年里更好的学习，更好的互相帮助，我们决定采取排名的方式进行排位，由成绩优异的同学带动基础不足的同学学习。"男孩儿第四十七名，女孩儿第三名，所以同桌关系由此确立。

"你好，我叫王珏，你呢？"女孩儿主动和男生说话了。

"呃……我叫陈天宇。"男孩颇显得有些紧张。

"哦哦，那我们以后就是同桌喽，一起努力哦。嘻嘻。"女孩儿可爱地笑了笑，浅浅的酒窝为女孩儿增添了几分灵动，男孩儿脸上的红晕更深了。

就这样，一段普通中略显单调的对话拉开了高三生活的序幕，两人也就此认识了。

日子一天天地过去了，平淡、充实、紧张。男孩儿和女孩儿也慢慢开始熟了，两人之间也经常开些小玩笑。女孩儿说："你开学时绝对是装的，你看你现在哪有半点害羞的样子，别拿我作业本，陈天宇，你好讨厌。"

男孩儿不以为意："你还说我呢，你看你哪有开学时可爱的模样，真正一个母暴龙，天生的暴力狂……"话还没说完，看到女孩儿张牙舞爪的样子，男孩儿大笑着跑开了，气的女孩儿在原地直跺脚。

"喂，你在看什么呢，交出来。"一只手轻轻拍了下肩膀，男孩儿连忙双手往抽屉里一伸，扭头看着女孩儿一副视死如归的样子说道："没有，什么也没看！"

"哦，是吗，嘻嘻。"女孩儿望着男孩儿一副决绝的样子脸上露出一丝坏笑，张开手掌活动了下手指，"你交还是不交……"

男孩儿不禁满脸苦恼："天哪，这哪是天使啊，恶魔，十足的恶魔。"无奈之下，男孩只好可怜巴巴地把抽屉里的漫画书拿了出来。

"咦，漫画？《火影忍者》？你居然看这种书？"男孩儿正准备洗耳恭听女孩的思想教育时，下面的话着实让男孩儿汗颜了一把。

"你还有没有其他的呢，借我看好不好？"女孩儿一副楚楚可人的样子实在让男孩儿难以拒绝，算是默认了女孩儿的哀求。

"嘻嘻。"女孩儿露出一丝狡黠的笑容，更是增添了一分可爱，男孩儿不由得痴了，良久才回过神来。

就这样两人似乎终于找到了一个共同点——漫画，于是乎课间本来就不怎么安静的教室就多了这样的声音：

"我感觉宇智波鼬好帅哦，要是将来我男朋友有他这么帅就好了。"女孩儿花痴般地说道。

“是挺帅的，不过……和我比起来还是要差上那么点儿的哦……”

“切，自恋……”女孩儿白了男孩儿一眼。

二

转眼，两个月过去了。空中明显多了一丝凉意，大雁南飞，落叶凄零，一切都显得那么的宁静，也许这就是所谓的秋的肃杀吧。不过有些东西是无论如何也无法改变的。

校园秋季运动会即将拉开序幕，校园里到处都是同学们讨论、报名或者训练的身影，本来这运动会是没有高三的人什么事的，不过据校方解释，是为了缓解高三学子的学习压力，劳逸结合嘛。这个消息无疑在高三学子中引起了很大的反响，毕竟大家早已被高三压榨式的学习弄的疲惫不堪，难得有一次光明正大的放松机会，哪能不好好把握。

“喂，天宇，你不参加什么运动项目吗？”女孩儿跑到男孩儿旁边，手里拿着一张表格满脸兴奋地问道。

男孩儿睁开蒙眬的双眼，迷糊道：“运动会？没兴趣，都是小儿科，我去的话，让其他人怎么办呢？是吧？咱要低调，低调，现在咱要好好学习，嘿嘿……”

此时的男孩儿哪还有刚才那副欲睡未醒的模样。女孩儿虽然不屑地哼了一声，不过对男孩儿的话却不置可否，对于高一、高二时男孩儿打破多项运动会项目纪录的事也略有耳闻，她也就不再多说什么。

“你报名了？”男孩突然好奇地问道。

“嗯啊，我报名参加了两千米呢。”女孩儿有些得意地看着男孩。

“什么，两千米？你行吗？”男孩儿刚说完这句话就有些后悔了，通过这几个月的相处，男孩儿早就知道女孩儿的性格很要强，只要认定的事就会一做到底。

“那个，王珏，我……”男孩儿想要解释，无奈女孩儿赌气似的转身就走。之后的几天，操场上都会上演这样一幕：一个女生在操场上疯狂地练习跑步，即使筋疲力尽也不肯停下，而每次总有一个男生跟在女生的后面，嘴里一直在说着什么。

“我错了好不好，你就别赌气了，你这样跑会把身体搞垮的。”男孩儿在女孩儿的身旁苦苦劝说着。

“哼，我一定可以夺得第一名的，我就是要证明给你看。”女孩儿倔强地说道。

终究是迎来了一年一度的校运会，操场上，人山人海，好不热闹。

此时的男孩儿可没有任何的心思，他紧张地站在女子两千米的比赛场边，眼睛直盯着起跑线上那略显瘦弱的身影，嘴里呢喃着："你这个傻瓜，要是每个人都只训练一个星期就能得第一，那还要运动员那么拼命地训练干吗，傻丫头，笨丫头……"

起跑线上，女孩儿转过身，看到了人群中的男孩儿，同时也看到了男孩儿眼中的焦虑，这些天男孩儿的担心忧虑她是知道的，但也许是性格使然，女孩儿就是想证明一下自己。

"砰"的一声枪响，比赛开始了。女孩儿现在只有一个信念，"一定要赢"。一股执念驱使着女孩儿硬是撑过了四圈，可早已精疲力竭的她哪还有体力坚持剩下的路程，终于一个不留神，女孩儿脚一扭，跌倒在地上，剧烈的疼痛使得她脸色苍白，额头直冒虚汗，女孩儿紧抿着嘴唇，努力不让自己哭出来。一直在外围跟着的男孩儿见状暗呼不好，连忙跑过来，蹲下身子，也顾不得周围人的目光，尽可能小心地把女孩儿右脚的鞋袜脱下来，脚踝处一块紫色高高隆起，显得触目惊心。男孩儿再也顾不得什么了，立马小心地把女孩儿背起来往医务室跑去。

"傻丫头，谁让你那么拼命的，你看现在。"病房里，男孩儿责怪似的说道。

"我，我……谁让你说我做不到的，哼。"女孩儿扭过头去，两眼分明有些发红，好似受了很大的委屈一样，晶莹的泪珠顺着那精致的脸庞悄然滑下。

"额……"男孩儿愣了，不知道该说什么好。"别哭了好吗？"男孩儿乞求道。

"就不。"女孩儿固执地说道。

"哎呀，你就别哭了，哭花了脸就不好看了。"男孩儿嘻嘻道。

"不好看也不要你管。"

"你这样我心里会不好受的……"男孩儿小声嘀咕道。

"那你说怎么办？"女孩儿问道。

"嗯……这个……只要你不哭我什么都听你的好不？"男孩儿真的有点儿没辙了。

"这可是你说的哦，说话算话。"女孩儿终于停止了抽泣，一丝笑容跃然于脸上。

"嗯嗯。"男孩儿信誓旦旦道。

"那好，我肚子饿了，你去帮我买点东西吃。"

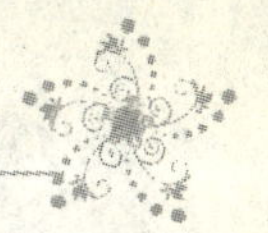

“喳，奴才遵旨。”男孩儿故意压低声音说道。

“你讨厌……”女孩儿娇嗔道。此时，女孩儿的脚仿佛没有那么痛了。不知怎的，女孩儿总感觉心里有股异样的温暖，这是从前都没有过的感觉。

“你慢点，脚还没好，跑那么快干吗?”

“小心点，注意你的脚。”

“你怎么又去跑步了，是不是脚不想好了。”

……

之后的一段时间里，总能听见男孩儿这样的声音，虽然这些话很普通，但是在女孩儿听来总是那么的温暖，这是怎么了？女孩儿经常问自己，而男孩儿同样也在问着自己同样的问题。

一天晚自习上，男孩儿悄悄地凑到女孩儿身边。

“干吗，有事快说，我还要做作业呢。”女孩儿头也没抬，自顾自地说道，眼睛只是盯着面前的习题。

“给你。”一个小包装盒突然出现在王珏的眼前，那粗劣的包装明显是出于男孩儿之手。

“这是什么?”女孩儿好奇地打开盒子，一条“宇智波鼬”的玩偶挂坠陡然出现在眼前。女孩儿眼睛一亮，她知道其实自己很久前就想买这个挂坠了，女孩儿激动中略带疑惑地看着男孩儿，男孩儿愣了愣，貌似又回到了刚开学时那害羞的模样。

“那个……今天是你的生日，祝你生日快乐。”女孩儿彻底呆住了，一股莫名的情愫萦绕于心，在医务室时的感觉仿佛又重现出来。

男孩儿自己也不明白自己什么时候开始对女孩儿的事那么在意了，看到自己的行动，难道说自己喜欢女孩儿了？不可能，男孩儿自己都不相信。平时女孩儿总是嘲笑自己笨，总是叫自己“笨蛋”，为此不知道被多少人笑过，可谓丢尽了面子，按理说男孩儿心里是非常恨女孩儿的，可又为什么……与此同时，女孩儿心里也在做着同样的思考。

有时，相爱很容易，不需要多么轰轰烈烈的深情表白，亦不需要那些所谓的山盟海誓，简简单单的一句话或者一个不经意间的动作足以将两颗心紧紧地绑在一起。没有谁先追谁，谁先喜欢上谁，一切都是那么的顺其自然。十八岁，一个敏感的年纪，男孩儿和女孩儿知道，他们恋爱了。

之后的日子里一切还如往常一样，不过那也只是在别人眼里而言。女孩儿依旧叫着男孩儿“笨蛋”，男孩儿也依旧天天看漫画，天天和女孩儿开着一些看似不着边际的玩笑。只是，食堂里多了两个一起默默吃饭的身影，晚间的操场上也多了两个手牵手默默散步的情侣。当然不是说因为恋爱了，就影响成绩了，相反，两人比以前更加的认真了。尤其是男孩儿，整个就像变了个人一样，除了和女孩儿待在一起，就是看书，看书，再看书。他知道，若真想给女孩儿幸福，他必须更加勤奋。否则，一切都将是空谈，一切不过是一场过眼云烟。

日子依旧那么平淡，没有波澜。男孩儿和女孩儿静静地享受着恋爱中的甜蜜，偶尔牵牵小手，偶尔说说情话，一切是那么的纯洁，不带一丝邪念。不过，十八岁的爱恋终究是青涩的，是不会得到支持的，尽管男孩儿和女孩儿已经很注意了，可世上没有不透风的墙，两人的事终究还是被老师知道了。

喊家长的那天，男孩儿看到母亲那失望的眼神，心沉了。男孩儿的家境并不好，父母都是下岗在家的工人，一家的希望都放在了男孩儿的身上，而如今男孩儿的所作所为无疑让父母伤透了心。男孩儿心中充满了愧疚，不过他不服，为什么就不能恋爱，喜欢一个人有错吗？人非草木，焉能无情？纵是古代圣人，也会发出“衣带渐宽终不悔，为伊消得人憔悴”的肺腑之言。七情六欲，人皆有之，更又何况正值青春的少男少女，只要不影响学习不就好了吗？

最终此事在学校传得沸沸扬扬。女孩儿转校了，离开那天，男孩儿去送她，两人最后一次肩并肩在操场上散步。只是，两人没有像往常一样牵手。男孩儿望着女孩儿失去笑颜的脸不由得一阵心痛。良久，谁也没有说话，只是静静地走着，时间仿佛定格在这一刻。“照顾好自己。”一句话，为这段恋情画上了一个没有结局的句号。

女孩儿走了，只留下男孩儿一个人。男孩儿经常望着女孩儿的座位发呆，脑子里一遍遍地回想着女孩的点点滴滴……

楼外落叶随风
心随梦
然而昨日终成空
烟霭迷蒙
珠挂帘栊
行人流
空使情更浓
往事成幻梦
……

“也许，时间会淡忘一切，只希望，她能好好的。”毕业那天，男孩儿望着女孩儿的座位，默默地想着，这个地方已没有什么值得留恋了吧，只能徒增伤感，男孩儿轻笑着……

“你……为什么这么做？难道，我有什么对不起你的地方？你忘记我们曾经的誓言了吗？……”大街上，一家旅馆门口，一名二十五六岁的男子愤怒地朝一个穿着暴露的女子吼道，女子身后站着一个身着名牌西装，手带金表的中年人，整个儿一暴发户的形象。

“你就因为那些钱放弃我们这四年的爱情吗？”男子声音颤抖着。

“爱情？呵，你别傻了。你现在除了你这个人外还有什么？要钱没钱，要车没车，你说你能给我什么？别傻了。”女子说完便牵起中年男子的手，谄笑着离开了。

男子傻愣愣地站在那里，眼看着女子无情地离开，一抹苦涩涌上心头。

“天宇，你现在相信了？”男子身后，一个人走上前问道。

“王进，走，陪我去喝酒。”男子没有接话，转身就走。这男子正是陈天宇，当年的那个男孩儿。

进入大学后的男孩儿本以为自己不会再谈恋爱了，他一门心思地扑在学习上。直到有一天，张小玲出现在他眼前。其实，当初之所以男孩儿会喜欢张小玲，纯粹是因为从张小玲的身上看到了女孩儿的影子。毕竟当年一别，男孩儿与女孩儿早失去了联系。男孩儿一直认为自己只是把张小玲当作女孩儿的替代品，可随着时间的流逝，男孩儿还是深深爱上了张小玲。对于女孩儿，男孩儿也只是认为那是一段不懂事的青春而已。

大学的恋爱无疑是张扬地，是热烈地，也可以说是不计后果地，不切实际地。男孩儿曾一度以为就这样和张小玲厮守到老就好。

呵呵，多么幼稚的想法，男孩儿自嘲道。

毕业后，一切并没有朝想象中发展。男孩儿求职处处碰壁，日子一天天过去，工作还没有着落，钱却没少花，天天下馆子，男孩儿的积蓄早已频频告急。可却不曾想社会的现实早已改变了张小玲心中对爱情的那般憧憬与执念，在爱情与金钱面前，张小玲毫不犹豫地选择了后者。若不是有一次王进偶然看到张小玲搂着一个中年男子进入宾馆，恐怕男孩儿至今还被蒙在鼓里。

“你说钱就这么重要吗？我哪里对她不好？为什么要这么对我？”男孩儿端起酒杯一口闷下，神色极为颓废，也不知是对王进说的还是自言自语。“来，兄弟，陪我喝一杯，”男孩儿重新倒过一杯酒，重重地放在王进面前。

王进是男孩儿大学时最为要好的舍友兼朋友，也许是因为老乡关系，男孩儿和王进一开始就比较投缘，最后发展成为死党关系。

“天宇，你别喝了。”王进看了看男孩儿，不忍地说道，不过除此也没有再说什么，他知道男孩儿今天肯定会这样。不过明显王进的眼中闪过一丝犹豫之色，一丝欲言又止的模样。

“什么山盟海誓，什么厮守终身，都是屁话。呵呵，有钱了不起啊？什么爱情，我去你的……”男孩儿醉了，迷糊之中貌似看到了女孩儿的身影，男孩儿自嘲一笑，“呵呵，她怎么会在这儿呢？呵呵，不可能的，不可能……”

男孩儿不知睡了多久，醒来时已经在自己的出租屋里。桌上不知是谁摆好了早餐，醇香浓厚的豆浆还冒着丝丝热气。男孩儿彻底清醒了过来，一夜酒精的麻痹也使他接受了遭受的现实。坐在桌前傻傻的愣着，脑子里不觉地充满着女孩儿的影子，好像昨晚还看见她了诶，男孩儿自嘲般地笑了笑，才失恋，就在想别的女孩子了，呵呵。不过话说回来，也有好几年没有她的消息了吧？也许她早有了一份属于自己的感情，或许都已经结婚生子了吧？……经历了昨晚的那一幕，男孩儿觉得自己应该不会再相信爱情了吧？对女孩儿也只是一时想到而已。

“吱呀”一声，王进走了进来，“进，昨晚是你把我送回来的吧？谢啦。”男孩拿起一根油条，咬了一口，朝王进说道。

“感觉怎么样？”王进并没有直接回应男孩儿的话。

“‘嗯’好多了，放心吧，我已经完全想通了，那种女孩儿根本不值得我去爱。”男孩儿坚定地说道，“对了，你说奇怪不？我昨晚好像看到王珏了，呵呵，不知道她现在过得怎么样了？”男孩儿有意无意地说道，不觉一阵傻笑。

王进愣了愣，随后变戏法似的从背后拿出一本粉红色的本子，放到桌前，“昨晚是王珏送你回来的，她是我妹妹，这些年，她从没有忘记过你，这是……她平时发呆时写的，我想你可以看下。”王进丝毫没有在意男孩儿那激动的目光，平静地说道：“我以前也不知道你就是我妹妹念念不忘的人，要不是偶然有一次看到了这个本子，加之你以前和我说过你的事，我才肯定了我的判断，不好意思，瞒你这么久……”说罢，王进转身走出了房间，只留下依旧震惊的男孩儿，有这么巧的吗？……

男孩儿慢慢翻开那本粉红色的笔记本，映入眼帘的赫然是女孩儿那熟悉的字迹，这么多年，依然不曾改变。

……

那个家伙，有漫画书也不借我看，哼，气死我了，臭天宇，死天宇，就知道吊我胃口，这家伙坏死了，真讨厌。

男孩儿不禁哑然失笑，脑中想起女孩儿当初问他要漫画书看的场景。

……

要开运动会嘞，好开心哦。该死的天宇，竟然嘲笑我，我一定要参加两千米，我一定要给他看，我不是一个只会读书的女孩儿。哼，等着吧，臭天宇，笨天宇。

脚崴了好痛哦。都是那个臭天宇害得，不过……他着急的样子还挺好看的，嘻嘻，天哪，我这是在想什么呢？真害羞。

今天生日，他送的挂坠好喜欢哦，谢谢你，笨蛋。

明天就要走了，不知道以后还能不能见面，好好保重身体哦笨蛋，我会想你的……

快高考了，不知道他最近怎么样了……

毕业了，好多人都哭了啊。不知道他想我了没有，好想你哦，笨蛋。

有人向我表白嘞，嘿嘿，听同学说，那个男生好优秀的。不过……笨蛋，你在哪里呢？真的好想你，好想你。

听哥哥说他谈恋爱了，好吧，祝福你哦，笨蛋。

看到这一段，男孩儿分明看到有一片水痕模糊了字迹，“她，很伤心吧……”男孩儿脑海里清晰的浮起往日的场景，泪水逐渐模糊了双眼。

男孩儿起身连忙去找王进，打开门的一瞬间，一个熟悉的身影出现在眼前。

“王珏……”，女孩儿双眼透着一丝疲惫，眼角有着浅浅的泪痕，昨晚，她很累吧。

“天宇……我……”不等女孩说完，男孩儿一把抱住女孩儿。

记得看过这么一段话：岁月总是在期盼与等待中过去，总觉得太多的事情已经发生，经历了才明白只是一个夜的时间，一切都烟消云散。有多少爱转身即成陌路，有多少人长铭于心，生生不忘？岁月无情，在原来的位置，跳跃着，是否得到了就该珍惜……我只想说，珍惜！

悲伤漫过城池

■ 雪碧的醉

人生就像一场旅行，不在乎目的地，在乎的应该是沿途的风景，以及看风景的心情。

——题记

1. 和漫漫的初识

我叫安敬，平安的“安”，尊敬的“敬”。我喜欢安静，害怕孤单，所以在我的周围从来都不缺少朋友的陪伴。

“你一个人在寝室吗?”

这位和我说话的美女就是我在这座城市的第一个好朋友，名叫漫漫，也是我的影子，所谓影子就是好的形影不离。她陪我度过了许多寂寞的时光。我们有着相同的爱好，相同的人生目标。

所谓相同的爱好就是，我们会在最寒冷的冬天飘着雪花的季节里吃雪糕，然后还不忘对对方相视一笑，嬉闹声传遍整个安静的校园。

所谓相同的人生目标就是，每天绕着操场漫步是我们的必修课。整个校园里到处都是我们的影子，我们在心里给自己定位为“踩路女神”。

2. 第二个弟弟叫枫

星期五的晚上我们一如从前去操场上玩耍，躺在草地上，仰望星空。晚上的月亮真的是好美啊，星星都在眨着眼睛对我们笑，美得让人沉醉。

“风没有方向的吹来……告诉我你在什么时候悄悄走来”我们悠闲的唱起了歌。

“嗨，美女好!”风悄悄地吹来了一个帅哥，还真是唱什么来什么，我们就这样认识了。

他就是我在这座城市的第二个弟弟，同时也是老乡，叫枫。

为什么是第二个弟弟呢?因为在他之前我已经收服了一个“蜡笔小新”。

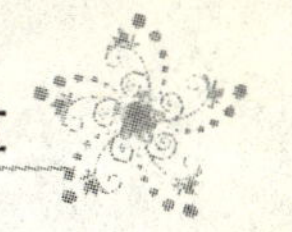

凡是比我小的，是男的，都是我的弟弟，这是死党对我的评价。我就是一个“认弟狂”嘿嘿。

3. 第一个弟弟蜡笔小新

“蜡笔小新”就有一个爱好，那就是爱上网，网吧里到处弥漫着他高大帅气的身影。我呢？也有一个爱好，就是不高兴的时候喜欢上网，高兴的时候也喜欢上网，总的来说就是爱上网。我们两个算是志同道合的人了。星期天我们经常去上网，当然不忘了把我的“影子”带上，每次也都是由我来埋单。因为在学校里，我是最富有的，我每月的生活费都要比他们多得多，我自称自己为“百元富翁”。

应该说这个世界太小了，还是应该说这个学校太小了呢？那个傻乎乎正在修车脏兮兮的小子居然是枫临班的，他叫杰。由于受我这个“认弟狂”的影响，漫漫收他做了弟弟。他同学土豆被我同学婷婷认作了弟弟。总之认弟风波闹得挺火的，都是我标榜的好。

4. 去公园玩

一个星期有七天，而最快乐的时光就是星期天，像过年似的，盼星星，盼月亮终于把他老人家给盼来了，我们几个人约好了去公园玩。

吃过晚饭，我们就开始出发了，徒步去公园。在路上有说有笑的，到了公园已经是傍晚，公园里人少得可怜，我们就在公园里散步。

“有一个美丽的小女孩儿，她的名字叫做安敬……”枫爬到树上唱起了歌，而且还把歌词改了，让我很不好意思。

当我和枫走到小桥上的时候，他们几个突然把我和枫捆绑在了小桥的柱子上，然后就笑着跑远了。我们算是被捆绑在同一根绳子上的蚂蚱了，我想试着挣脱出去，正在这时枫开口说话了。

“不要解开，解开我就不理你了。”然后用手阻止我的行动。

但我没有听，继续我的动作，绳子被我轻而易举地就给解开了。

我想他真的会生气，但是没有。

我们找了一个长凳坐下休息，还能听到安静的公园里小桥流水的声音，和树叶哗哗的作响声，很好听。微风吹拂着，虽然是夏天，但在深夜里身上还是会感觉到丝丝凉意的，而且也有许多的蚊子，最终我们决定回归学校，这应该是最好的选择。

回到学校，大门早已关闭。我们这些不知道天高地厚的傻孩子们就从那个比较低的砖墙上跳了下来，这是通往学校不走正门的必经之路。也许这些弄得比较低的矮墙就是给那些晚上爱出去上网的孩子们修砌的，正好为我们提供了方便。

可以说进入学校还算比较顺利吧，但是又一个问题摆在了我们面前，宿舍门已经关闭了，要怎么才能进去呢？去找宿管阿姨，一定会被挨骂的。枫是他们班的班长，他说："去我教室。我们算是找到了一个可以休息的地方。"

可能是时间太晚的缘故，他们一进教室就趴在桌子上睡着了。我找了个位置坐下，枫也跟着坐在了我的旁边。他找到一件校服铺在桌子上，他说这样趴在桌子上会舒服些。

然后我就趴在了桌子上，头懒洋洋地歪在胳膊上，确实很舒服。

"安敬，安敬……"枫一直歪着头轻喊我的名字，像个孩子。

"叫姐姐。"我尴尬地说。

"就不！"枫执拗地说。

然后是一阵沉默。

"你怎么不说话啊？"枫问我。

"说什么啊？困了，睡觉吧！"我淡淡地回答。

第一次的夜不归宿，有点狭义，有点朦胧。就算闭上眼睛也未必是真的睡着了，突然我们的关系变得微妙起来。

5. 和杰的相遇

我和漫漫一如从前，每天无忧无虑地做着我们喜欢做的事，好的像一个人，不离不弃。

漫漫那个可恶的弟弟，我是不认可的，他惹着本公主了，关键还小心眼儿，我是最看不惯这样的男生的。就因为我不小心踩着他脚了，他就不依不饶地对我进行"报复"。我向漫漫求救，结果她说："不许欺负我弟弟。"我彻底无语了！最终他胜利了，我干净的白色运动鞋上的黑色脚印就是他的杰作。我讨厌极了！就这样不打不相识地认识了他。

6. 第三个弟弟逸轩

"在干什么呢？"杰给我发短信。

"在教室。"我没好气地回答。

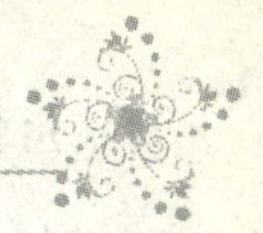

他寒暄了几句后，丢下这样一句话："我不是杰，是他同学，呵呵。"

留给我一阵莫名其妙，好郁闷哦。

晚上杰和漫漫在操场上玩，我成了多余的人，感觉夹在他们中间像电灯泡，很不自在啊。讨厌他，但是漫漫的弟弟所以只有接受。

"安敬！"

我听到了有人在喊我的名字。

"安敬"然后那个人影就从我的身边掠过。

"谁啊？"我好奇地问。

"他就是今天给你发短信的人啊。"杰回答说。

郁闷啊，没事把我手机号告诉别人干什么呢？

杰说他和我是老乡，所以想认识下。就这样我又收服了一个弟弟，他叫逸轩，说我是"认弟狂"一点儿都不冤。

从此操场上又多了两个和我们踩路的人，只是逸轩不常来这玩，偶尔的会来玩。

杰是学汽车维修的，他对专业很尽心，在他脑子里，除了维修就是维修。他总是给我们讲他怎样将一辆车给如何修好的。我对这些不感兴趣，也懒得听，要求他换话题是没用的，他就是一个机械的人。

7. 和枫的疏远

次日，我们在操场上玩，漫漫她弟和我的两个弟弟都在，像家庭聚会，人到得挺齐的。同学路路也来了。

"这位帅哥就是安敬的弟弟啊？"路路问。

然后他们说着说着就走远了，这一刻我突然感觉到了一种失落感。也许我的占有欲太强了，我不愿别人和我抢我的东西，但我又是个什么都不愿去改变的人。有些事就像冥冥之中早已经注定好了的，我和枫的关系渐行渐远了，他和路路走得很近，这让我有种失落感。我想我能做的就是疏远他，这样才是对的，我希望他们能够在一起。

上天对待每一个人都是公平的，就像它要从你身边拿走什么东西的同时也会赐予你些什么。我和逸轩的关系一直很好，以姐弟相称。

8. 和徐朝的相遇

时间就这样在我们不经意间溜走了，没有任何的保留。缘分就像是一把连环锁，把每一个人都紧密地连接起来。我又认识了杰班的同学——瘟神，他和我也是老乡，只是他很调皮，每次见到我时都会背后袭击，用手指去弹我的头，欺负完我就跑，我总是吃亏却没有还击的机会，他身边的小随从也在那窃喜。我那种生气的表情无法言表。

虽然有许多人陪在我的身边，但从内心上我还是会觉得孤单。

我喜欢扒在四楼的走廊上，静静地闭上眼睛听那美妙的音乐，竟然会为了一首歌而流泪，多愁善感的人啊。

我喜欢这种高高在上的感觉，这让我觉得世界上的万物都是渺小的，唯有我一个人存在。不喜欢别人打扰了这美好的一切。

“你怎么会在这儿？瘟神打你的还疼吗？”一个陌生的男生走到我的身边。

回过神来才想到原来他就是瘟神旁边的小随从，我没好气地说：“关你什么事？”

“我想一定很疼，我都心疼了。”

原来他在这个班上课，而音乐也是由他们班播放的，真的好巧好巧。

以后的每天中午我都会去那享受我一个人的世界，因为有音乐听，是一种陶醉。只是再也不是我一个人了，多了一个他，他就是徐朝。

因为他的出现，我变得不自在了，我的秘密基地被人发现了，所以我再也不去楼上听音乐了。偶尔在校园里遇到他，他会问我为什么不去了？我没有回答。

9. 杰的表白

本来平静如水的生活，就这样泛起了波澜。

“你在寝室吗？能不能下来一下，我有事找你。”杰给我发短信。

收到短信时，我有一种未卜先知的感觉，隐隐约约我觉得会发生些什么。

见了面我们去了学校附近的河边，柳条吐出了新芽，低垂到我的肩膀上。

“做我女朋友吧？我喜欢你。”杰先打破了沉静。

听到这句话，我一时不知道该怎么回答？我扪心自问：我喜欢他吗？答案是肯定的，不喜欢！虽然在我心里对于另一半的形象没有真正的定义。

“我不喜欢姐弟恋。”我干脆地回答。

这对于一个还未触及人间烟火的一个不到二十岁的女孩来说，可能并不知道这样的直白会伤害到一颗真诚的心。没有经历过感情波澜的我，又怎么会懂得对于这样的情景该如何去应对？

杰不甘于告白的失败，再次想要用真诚打动我，讲了许多以后会怎么怎么样去给我未来和依靠。我知道他是鼓起很大的勇气才来告诉我的，可是对于感情，我只能说一切随缘，可能缘分还未到吧？我很乐意做他的朋友，哪怕一辈子的我都愿意。

朋友是永远的，而恋人早晚会有分手的那天，我不希望我们会是那样的。

杰说我们可以谈一场不分手的恋爱，但我还是拒绝了，保持这样不远不近的距离难道不好吗？

10. 徐朝的表白

一波未平，一波又起。

徐朝出现在操场上，不知道是巧合还是故意。他总会出现在我的眼前。他告诉我说自己很坏，我就更怕他了。我太容易相信人，所以听到他说自己很坏的时候，对他产生了恐惧。

他说他喜欢我，想做我男朋友，面对这么突如其来的告白，我不再像上次那样有心理准备。我不知所措，更多的是害怕。

他给我写信说：我对你说我很坏，是想让你帮我改正错误，没想到造成了你对我的误解，我希望你能给我一次机会，我是真心的！我会在四楼的走廊里等你，直到你出现为止。

看到信时，我犹豫了，我到底要不要赴约？我不想再伤害一个人，心里矛盾极了！

最后还是用我的方式给了他回复，给他回信说抱歉。我始终没有出现在四楼上，我想他看到信后应该也不会再等待了。我又辜负了一个人的一片真心，心里也很不好受。

11. 和逸轩和解

经过两次风波后，我想一切都应该归属于平静了，可是事情并不是那么简单地就能画上句号。逸轩对我渐渐地疏远了，这让我的心里很是失落。就因为杰喜欢我，所有人都要对我避而远之吗？毕竟我们真的没什么，这样对我公平吗？

每天的我都是很忧郁，再也不像以前那么开心了。我已经无形中失去了一个弟弟，我知道我又要再次失去了。我讨厌被冷落的感觉。

逸轩好像看出了我的心思，他问为什么不开心？我无奈地摇摇头，没有说话，有种想哭的感觉。他说中午来找我，然后中午的时候他真的就来找我了。

“我之所以和你疏远是因为杰喜欢你，我怕流言蜚语，我觉得这样不应该。”逸轩认真地说。

“可是我并没有接受什么！他有追求爱的权利，我也有不喜欢的理由，我是无辜的。”我很生气地说。

“我不管那么多了，随便别人怎么说好了，你永远是我的姐姐。”逸轩像作了很大的决定。

听到他的话，我明白之前我们的距离，同时他也给了我安慰，至少他不会像枫那样。

12. 枫有了喜欢的人

听说枫在正式地追求路路，只是一直遭受拒绝。我对于他们的事情只感觉无权干涉，并没有说什么。我这个做姐姐的没有漫漫那么称职，她曾对我说过：“不要伤害我弟弟，不然我不会原谅你。”而我只能在心里默默地希望路路和枫能有一个圆满的结局。如果爱，请深爱；如果不爱请放手！不要模棱两可地对待枫！可是这句话我没能说出来，我总是很沉默，对待任何事情都很沉默。

13. 接受杰，开始了第一次恋爱

如果说人生就像是打牌，那么命运是负责洗牌的，而玩牌的是我们自己。倘若真要在徐朝和杰之中选择其一的话，那我会选择杰，因为踏实。

当杰听到我说“我愿意”的时候，杰高兴得差点跳起来，那是一种激动与高兴交加的喜悦。

看到他那么开心，我知道了我的做法是对的。我们开始了一场充满新奇的恋爱。

初恋总是给人以不成熟的表现，同时又教人成长。

“我可以牵你的手吗？”杰问我。

笨蛋，这还用问吗？既然是恋人，你就有这个权利，问的结果只能是否定的。

过了几天杰对我说：本来那天想牵你手的，但是因为修车，我的手很脏，怕把你手给弄脏了，所以就没牵……

我们出去玩，路过那个摆地摊的地方，我告诉他那里卖的瓜子很好吃，

我总是去那里买着吃。没想到我不经意的一句话就会得到那么快的回应。

“走，去买点吃。”然后我们就笑着去了。

14. 实习将至

美好的时光总是短暂的，总要经历些离别才能考验出这份爱情的长久，而我们不知道能不能经得起时间的考验，一切都是未知的。

学校提倡每个毕业生都要去实习，我们不久后就要去很远的城市实习了，而杰他们也离开学校去别的地方实习了。

我和漫漫还有婷婷就去找他们，我手里还抱着一本同学录。拿给他们一人一张，枫像是作家一样的沉思起来，认真的表情很可爱。最后他们留下的祝福大多都是希望我和杰能够白头到老之类的文字。最后我们拍照留念，依依不舍地话别。

15. 离别

天总会黑，人总要离别。距离我们去实习的日子到了。杰他们从自己实习的地方赶来为我们送行，大家有太多的留恋，太多的感伤，没有太多言语就能够了解彼此所想。上了车，我哭得稀里哗啦的，旁边的路路拍拍我的肩膀说：“乖，不哭，要坚强。”然后她自己也哭了起来，大家看到我们这样都哭起来了，哭得像个小泪人。

三个月的实习，虽然不算很长时间，但对于我们这些从来没有离家那么远的孩子们来说也是难熬的。因为有牵挂，有想念的人。

每天的生活都是很枯燥的，实习不对口，我们所做的都是流水线工作，也有夜班，很是不适应。

眼看就要过年了，第一次在外过年，心里酸酸的，这时想家的心情就更为急切了。每日的夜晚，我都会偷偷地躲进被窝里哭泣，我不想让别人看到我的眼泪，这样只能证明我不够坚强。

新年还是如期的到来了，它不会因为一个人的忧伤而迟到。

“杰给我发了个祝福的短信，安敬你收到了吗?”，婷婷问我。

看着安静的手机，我沉默了，同时眼泪就要掉下来。是的，我承认分开的这段时间我的确对他冷漠了，他应该也有所发现。但是在我最需要关怀，最需要安慰的时候他在哪？连一个“新年快乐”都没有，我彻底绝望了。

本来我以为接受就是成全，他不会再有遗憾，可是我错了，我给不了他一辈子的幸福。感情真的是不能勉强的，我努力地学着接受他，可我越来越发现我们的距离是那么的远，以至于让我忘记了恋爱的感觉。

16. 回来

三个月的时光在我们的等待中过去了，老师来接我们回学校。我们大老远看到老师的身影，像饿狼似的扑了过去，紧紧地抱着老师，喜极而泣地喊着："老师，老师，想死你了。"其实是想家了。

回到学校，好朋友都来迎接，枫去帮路路拿行李，土豆帮婷婷，杰帮漫漫，逸轩则帮我拿行李。这一刻我的心凉了，也许我们是真的有距离了。都说久别胜新欢，分开了那么长的时间，难道不应该彼此互相问声好吗？可是没有，他连看我一眼都没有。我的心从头凉到尾，我更加不再对这份感情有任何留恋，从此我便开始有意识无意识地躲着他。

17. 分手

毕竟都是一个学校的，抬头不见低头见，这样不清不楚的关系迟早要有个交代。

"杰有话对你说。"枫把我拦住了。

我想要离开，我是在逃避，我不知道要如何收场，更多的是不知道该怎么去面对他！

杰走过来打破了僵局"我知道这些天你一直在躲着我，你说不出口就由我来说吧，分手吧"。

我听到后不知道该怎么去回复，拼命控制自己的情绪，不让眼泪掉下来，但眼泪还是很不争气地流下来了。我除了哭，再也找不到任何的言语去忏悔我犯下的错误。

"你别哭啊，你说句话啊？"杰很无奈地劝说着。

我还是沉默，沉默着……

"那以后我们还是朋友吗？"杰渴望地问我。

我重重地点了一下头，说了一句"对不起"然后跑了出去。

我在心里曾经无数次地说过"对不起"，然而这三个字在今天看来却显得那么的苍白，那么的无力。不是每一个"对不起"就可以换来"没关系"我终究还是伤害了一个爱我的人，我是不是很坏？我这样问自己。

18. 分手后，回到朋友的原点

自从和杰分手后，我的心情就很不好，脑海里浮现出许多我们见到彼此后的尴尬场面。分手后我们还能再回到从前吗？然而善良的人选择原谅别人，用他的行动去感化别人的内心。

路路他们都在操场学开车，漫漫把我叫来让我一起去玩。

“我弟弟一直担心你不开心，让你去玩，一起去吧。”漫漫对我说。

我更加惭愧了。

“你学开车吗？我可以教你。”杰主动和我说话。

我摇了摇头，没有说话，少了平时的开朗。停留了一会儿我便离开了。

朋友都这样对我说：“杰是这个世界上最好的男生，你不懂得珍惜一定会后悔的。”

我承认他的确是一个好男生，但我没有这个福气，能给他幸福的那个人不是我。我只有在心里默默地祝福他，祝他幸福。

19. 通过漫漫的男朋友认识了魏晨

漫漫不知道什么时候开始了她的恋爱，也许这是个恋爱的季节，而我还在悲伤中。

漫漫还有她的男朋友波我们三个人会一起去吃饭，一起出去玩，久而久之的就熟悉了起来。

我和波开玩笑说：“给我介绍个男朋友吧！”

波很大气地说：“那边在踢足球的人都是我同学，你随便挑吧。”

我顺着波手指的方向看去，第一眼就看到了那个穿绿色上衣的男孩，他正在踢球，动作帅极了，我看到了的正是魏晨。

“就他吧。”我说。

20. 初恋般的相恋

谁会猜到因一句玩笑话引起的感情，在情与爱里纠缠不清。遇上他是我一辈子的劫难，怎么都逃不掉。

我和波要了他的手机号码，然后就开始和他联系，起初也只是因为对他好奇，后来就越陷越深。

"嗨，魏晨同学你好。"这是我和他说的第一句话，以短信的形式。

"你怎么知道我的名字？"他问。

我们就这样你来我往地开始了，女追男的确是隔层纱，说的没错！

"老婆，在干什么呢？"晨的短信。

第一次有人这样称呼我，感觉很甜蜜，很幸福。我也学着叫他"老公"，在心里我真心的希望能一辈子这样叫下去，一直到老。

暑假到了，我们就要离开学校了，一别就不再回来了。魏晨也毕业了，我们再也不能像以前那样在一起了，那些美好的时光是多么的短暂啊，我想留住时间，可是却抓不住时间任何的脚印。

21. 暑假打工

暑假打工，我去了一家超市做收银员。刚到这里就认识了一个特别热心的女孩，她也是收银员。卸货的时候，她总是独当一面，她说我太瘦了，这些重活由她来干，我感动极了。

晚上下班在回家的路上被一个人拦住了，他就是超市的面包师。

"早就听说我们超市来了一个未来的大学生，是你吗？我关注你很久了，做我女朋友吧。"他说。

"我有男朋友了，我很爱他。"我满怀憧憬地说道。

"你们不会在一起的，你信不信？"面包师不屑地说。

我讨厌这个人，他诅咒我们的爱情。"我们可以在一起，我们要在一起一辈子。"我在心里这样说。

22. 被迫分手

可是有一天，我们的关系东窗事发了，得到了家人强烈的反对。像开批斗会一样滔滔不绝地对我进行感情上的教育，让我和魏晨分手，更可气的是还没收了我的通信工具，一场我认为很美好的爱情就这样扼杀在了摇篮里。不被家人和朋友所祝福的爱情会幸福吗？作为家里的乖乖女，逆来顺受的我还是放弃了我们的爱情。

我以为他会拼命地挽留，可是他什么都没有说。或许他不想为难我，或许他有他的想法，或许……我假设了很多的或许，只是为了安慰一颗受伤的心。我躲进被窝里无声地哭泣，哭诉我们死去的爱情，被我亲手掩埋的爱情。如果我能坚强点，坚持自己的主见，那我们会是一种什么样的情形呢？

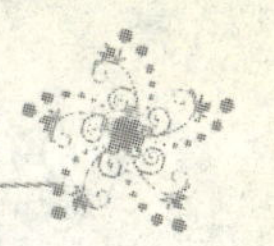

有一种爱叫做不想放手。

23. 第二个“漫漫”的到来

开学了，我带着沉重的心情去学校报到，因为在这段时间发生了许多事。漫漫因为家里的原因辍学了，不能和我一起走过大学最美好的时光，我感到惋惜，同时孤独也来得让我措手不及。我努力地想说服她的家人，让她重返校园，可是一切都无济于事。我最好的朋友，陪我度过三年快乐时光最好的朋友，我们就再也不见了。就像人失去了自己的影子后还会快乐吗?“没有人会陪你一辈子，所以你要适应孤独。”我这样安慰自己。

我变得更加沉默了，独来独往，一切都只因漫漫的离开，让我没办法去面对孤单。不是没有人陪伴，而是从内心上接受不了别人代替漫漫的存在，我就是那么的怀旧。

“安敬，去吃饭了，漫漫把你交给我，让我好好照顾你。”婷婷受漫漫所托来找我一起去吃饭。

这时我心里酸酸的，还是我的漫漫好，她最了解我，知道我是一个依赖性特别强又不会照顾自己的人，她什么都替我想得到。

“你想吃什么饭？我去给你买吧。”婷婷像对待一个小孩子一样的关照我。

刚开始还是很热情的，后来就对我不耐烦了，毕竟受人之托，照顾我不是她的义务，我又陷入了沉默的孤单。

直到夏夏走入我的世界，我又重新找到了和漫漫在一起的那些快乐，她是我的“第二个”漫漫。人生给予我最幸运的一件事就是：无论身在哪里?我身边始终都会有一个耐心的天使陪伴着我。我新的人生又开始了，只是在这时我想起了一个人，那就是魏晨。在这想念的季节里，你是否也会和我有一样的想念?

24. 重新找回失去的爱情

我后悔当初我的信念不够坚定，如果我能够坚持下去会有怎样的结局呢？我一直在心里反问自己。我们的爱情太脆弱，经不起任何的风吹雨打。我还未等到花开，就已经凋零在年少无知的年华里。如果上天能再给我一次机会，哪怕是很短暂的一个小时的相守，我也愿意，我愿意倾注我全部的一切去爱。可是，我还有机会吗?

虽然不再联系了，但我从来没有真正的忘记，我始终放不下这段感情，对于我来说是刻骨铭心的。他在异地还好吗？是不是开始了一段新的感情？在我的生命里多了一个让我牵肠挂肚的人，而这些他都不知道而已。我终于鼓起勇气，我要把我的想法告诉他，我要让他知道没有他的日子我真的不快乐。短信编辑了好多次，写了删，删了又写，几次想按下发送键，但手指还是颤抖的。爱需要多么大的勇气啊？我深刻体会到杰当初对我的那份勇气也不次于我现在的。我不要因为一时的过错而成为我们永远的错过，为了爱我愿意赌一把，拿我的青春去赌我们的明天。

当我按下发送键的时候，我的心犹如小鹿乱撞，坐立不安。等待对于我来说是漫长的，我不知道结局是什么？我在心里默默地祈祷，希望奇迹的出现。

过了一会手机响了，我快速地拿起手机，心怦怦地跳个不停。上面几个字让我压抑许久的心情舒展开来："再给你一次机会，以后不许再对我说分手了"。

我高兴得跳跃着、欢呼着，我是在做梦吗？我又找回了我丢失的爱情，我感谢上天让我美梦成真。

我们又开始了联系，重续我们的缘分，我每天都在爱情编织的美梦里度过，真想一直这样沉醉下去，一直的沉醉。

25. 和魏晨闹矛盾

阿志突然闯进我的生活，他说他是魏晨的好友，我不知道他是怎么有我QQ的，但既然是魏晨的朋友，那也就是我的朋友。

阿志告诉我说魏晨是个很花心的，而且极其小气的男生。还说他和冰冰谈恋爱的时候总是花女孩子的钱。

我不知道他是出于什么样的目的，但这是作为好朋友的所为吗？是好朋友就不应该说朋友的坏话。他提到的冰冰引起了我的好奇。这个女孩我认识，怎么会有那么多的巧合？心里很不是滋味，为什么最先认识他的那个人不是我？我问魏晨到底是怎么一回事？为什么从来没对我讲过他和冰冰的事？我很吃醋，我很嫉妒他们的曾经。

魏晨很生气，他说过去的都过去了，他不愿再提起。

"你既然那么相信他说的话，那你相信他好了，我无话可说。"魏晨生气地说。

爱一个人就要包容他的一切，相信是最起码的尊重，我选择相信他。

可是不管我再怎么和他解释，他也不理我，本来应该是我很生气的好不好？他却成了无辜的人。我就一直给他发短信，一直发，直到他理睬我为止。下午的时候他终于肯回我短信了，我的心情由阴天转为晴天。

26. 爱到心累说分手

可是后来我们的关系慢慢的发生了质变，他没有以前那么热情了，每次都是我主动联系他。最耐不住等待的人，也就是输得最惨的那个人。过去的总归是过去了，不再回来，回来的也不再完美，这成了我想不通的纠结。我一直坚信，他只是一只贪玩的蜜蜂，有一天玩累了他会回家的。

我对夏夏说："你知道吗？我爱的真的很累，我觉得我就像是一个人在谈恋爱。可是我却又不愿放手，我怕我会再次后悔，再次沦陷。我好想他能狠狠给我一刀，这样我才能死心。"

夏夏说我是神经病。的确，我已经病得不轻了。当爱到累时已成了一种负担，它超载了我的负荷。那种爱到深处，又无法把它抓紧抓牢的感受有谁能够真正的了解得到？我再次提出了分手，他还是一样没有挽留，也许我从不值得他挽留。

我把自己一个人关在房间里，听着那首《得到你的人，却得不到你的心》哭的痛彻心扉。我不是神仙，我唤不醒我们沉睡的爱，我要怎么办？我能怎么办？有一种爱叫做爱你，所以给你自由。

所谓痛苦，都是自己挖的井自己往里跳，然后再把自己掩埋。如果我不再幻想和他在一起，是不是我就不会爱得那么深，痛得那么深？爱他，是戒不掉的伤！

27. 分手后的颓废

我每天都是泪如雨下，也许我早该听他同学的话，把他看清看透！一直以来我都是在自己骗自己，活在自己的谎言里。我把我的忧伤、我的眼泪化作文字敲在键盘上，向阿志声声地哭诉。他静静地听着我们的过去，还不忘安慰我说："想开点。"

我开始逃课，开始去见网友，我变得颓废了。在没有魏晨的世界里，我觉得什么都是没有意义的，我失去了所有的动力。

阿志说："不要这样，振作起来。"在他看来我就是哀其不幸、怒其不争的人。

我在他面前除了诉说我的哀愁，就是诉说我的幽怨。他已经开始习惯做一个倾听者，一个沉默的倾听者，因为除了沉默，他不能给我最好的安慰。

爱情的伤痛就交给时间去疗伤，我努力的不再想他，但还是会忍不住想他，想他，想他……

28. 生日买醉，只为一人

我的生日到了，弟弟他们都来为我过生日。杰送给我一只大大的毛毛熊，足有一米高。我没有接过来，他就这样抱了一路。吃饭时，他们都给我敬酒，我喝了三四杯就觉得头晕晕的。最后他们让我对着蛋糕许愿，我没有许，我知道就算许了也未必会实现。全世界的人都知道我的愿望是什么，所以无须再许。

回到宿舍，我就吐了，这是我第一次喝酒。我多么希望我能一直醉下去，至少酒精可以麻醉我的心，能让我短暂的忘记他。

29. 去找杰玩

时间过得好快，转眼间我们就要毕业了，我只收获了满载的忧伤。我想到杰的那座城市看看，算是道别吧！

杰到车站接我的时候，穿着一身工作服，和从前没什么大的变化。来到他工作的地方，他给我介绍他的同事。

“她就是我们这的会计，和你学的专业一样，你觉得她怎么样？”杰问我。

那个女孩儿对我微微笑了下。

“挺小鸟依人的。”我小声地说，杰露出了很疑惑的表情。

晚饭，杰请我吃了火锅。在路上散步的时候，杰说了很多莫名其妙的话，诸如：女孩子也不用太保守，第一次不一定要留给自己的老公。我听着感觉怪怪的，我不明白他说这句话是什么意思。

这时，他的手机响了，我问他是谁？他说是他们公司的会计问他在哪儿？

“天不早了，找个地方休息吧，是去宾馆还是旅馆？”杰问我。

“旅馆吧。”我想都没想地就回答了，宾馆多贵啊，我是想为他节省。

来到旅馆，杰对店员说开两间房。

“有两居的吗？”我问店员。

店员说“有”。

“那就一间两居的吧。”我说。

然后我们拿到钥匙就进去了。

来到房间，我们躺在各自的床上都没有说话，过了一会儿杰开口了。

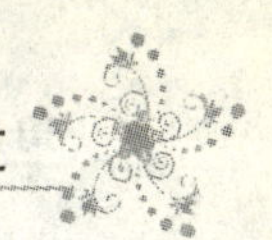

“安敬，你知道吗？我追你那时被你拒绝了，回寝室瘟神他们几个人就嘲笑我，把我气得不行，倒头就睡。”

我保持沉默，没有说话。

杰又继续说道：“我怎么就和你分手了呢？我真傻。”

“可能是缘分不到吧。”我淡定地说。

这一夜好漫长，长得我不知道要醒来几次才能迎来太阳的升起。和杰共处一室，我对他没有任何的防备戒心，因为我太了解他，他不是那样的人。

第二天早上，当我们要离开房间的时候，杰突然对我提出那样的要求，他搂住我的肩膀，不让我走。

“别这样，不然我生气了。”我不高兴地说。

最后他还是放开了我，可能怕我真的生气吧，然后把我送到了车上。

他一直都很尊重我，我想昨天他一定一夜没有睡好，他身边躺着一个他曾经心爱的女人，他又怎么能睡得好？

一次偶然的机会从朋友那里得知杰结婚的消息，是和他的同事秘密结婚的。他的同事都是男的，除了他们公司的会计还会有谁呢？我明白了一切。当他问我那个女孩儿怎么样时，我就应该知道了。是我太笨？还是我对他真的不在乎？

30. 情人节，破镜重圆

今天是情人节，可是这个节日对于我来说又有什么实际的意义呢？一个人的情人节，一个人过。我已经离开爱情好长时间了。

“情人节快乐。”

我收到了一条短信，虽然没有署名，但那11位数字我还是倒背如流的，它早已刻在了我的心里。没有你，我的世界会快乐得起来吗？

明明我已经将这份感情尘封到心底最深处，不再记起，可为什么又在我快要忘记的时候让我再记起？前世未完成的姻缘，注定在这辈子没有止境的纠缠不休。

“情人节快乐。”我也回他一句。

“还好吗？”魏晨问。

“我始终没有停止过想念，可是你给我的爱情始终不完美。”我抱怨地说。

过了很长时间魏晨问我：“你能再给我次机会吗？”

我想我是真的在做梦，这样的爱情要来多少次的起死回生？

还未等我回答，就收到魏晨的短信：“我是开玩笑的。”

“呵呵，这样的玩笑好笑吗？我很生气。”

我不知道多少次被他当做玩笑，却又心甘情愿。明明把他已经看得很清、很透，却又在不顾一切地往这个深渊里跳，像着了魔。

“我是认真的，如果……就算了。”魏晨说。“既然没人要，那我把你给接收了。”我爽快地答应了。

对于他，我总是找不到任何拒绝的理由。因为爱他，所以不愿伤害到他，不管他是不是真心对我。

31. 两年后的相见

他让我去他的城市找他，我也很想，毕竟两年没见了，是我每天朝思暮想的人啊。可是我怕家人知道了，又一次的反对我们。最终我有了一个很大胆的决定，就是让他来我家，我们一起去面对！我不要再像以前那样了。什么都管不了，我豁出去了！

当我把魏晨领到家里的时候，我以为家人会对我破口大骂，但出乎意料的事情发生了。家人很热情地接待了他，还埋怨我说：为什么不提前告诉他们，好准备酒席。是啊，我已经毕业了，有谈恋爱的资格了，所以我的爱情等到了光明正大。

“等哪天有时间，双方的父母见个面吧，认识认识。”爸爸对魏晨说。

魏晨只是点头。

等我们出了家门，魏晨点了一根烟，长长地叹了一口气。我知道家人给他的压力太大了。

“如果你有喜欢的人你就谈吧，你家人很想让你快点儿结婚，而我还没毕业，我不想耽误你。”魏晨对我说。

“你说这话是什么意思?”我有点儿生气地说。

他也意识到自己说错了话，然后拍拍我的肩膀说：“没事，乖。还有我呢，我们一起去面对。”

就这样我们慢慢走到了车站，为他送行。

“来，抱抱。”魏晨说。

我们抱了好久好久，在这一刻我多么希望时间能够停止不前。因为我不知道下次的相见要等到什么时候?

刚刚开始的恋爱都是热情的，我们感情的保质期没有那么长久。我又开始了一个人的寂寞，一个人的孤单。我是他想起来的恋人，想不起的累赘。他总说是我想得太多，真的是我想得太多吗？他给我的感觉永远是不确定。

我要求的真的多吗？每天可以给我一条短信的满足就好。

32. 终于等到了分手

“你想过我们的未来吗？”我终于把储藏在内心已久的话说出来了。

“没有。”魏晨不假思索地回答。

呵呵，原来一直以来我只是他感情空虚时打发无聊的战利品。就算不是真的喜欢，哪怕是撒一个谎来哄我开心也可以啊，他都懒得编造谎言。我真觉得好笑，又觉得我是有多么的失败。

“我瞎了眼了喜欢你，我犯贱对你好，我自作自受。”我疯了一样地说。

“我们分手吧！你别这样说自己，我听着比说我都难受！”魏晨说。

“我不要分手，除非你给我个能接受的理由。”我努力地挽留这份感情。

“我有喜欢的人了。”多么淡定的话。

“那你把她带到我的面前，否则我不会和你分手的。”我无理取闹地说。

“我真的有喜欢的人了。”魏晨不耐烦地说。

“我错了老公，我不该对你发脾气，原谅我好不好？”从来没有如此卑微如此的低三下四。

“我们已经不可能了。”魏晨还是如此果断。

“那如果我死了呢？是不是我死了你也要和我分手？我现在就从楼上跳下去。”我拿出了威胁这个武器。

“你不要再逼我了好不好？你知道我现在在哪吗？我在顶层，再逼我我就跳下去了。”魏晨彻底崩溃了。

“那好，我们一起死。”

我已经不再理智了，我知道他不会那么傻的去死，就算真的死了我也不怕，我会和他一起死。

最终的结果是我们都没死，我抛弃了尊严，抛弃了骄傲，拼了最后一点力气的挽留，就是为了不让自己再后悔。他不爱了就是真的不爱了，他终于做到了让我彻底的死心，不再对他有任何的幻想。他狠狠地一刀，深深扎在了我爱他的那颗心脏上，心死了，所以不再爱了，我等到了那一天！

当初不该离你那么近，以至于到现在我都无法适应突然的距离。

当初我们不该那么好，以至于我们不好的时候，我也会如此的不好。

虽然我们不再是当初的我们，但还是想知道你的一切。你有没有那么一瞬间，同时也在想着我？

一处相思两处凉

■ 几墨

你不知道，世上所有的雨水，都与我思念与内疚的泪水有关。

一

我万万没有想到，在读大二时会再遇到徐琳琳。

那天我和男朋友万勉一块去图书馆自习，两个人挑好书刚坐下，一个穿白色连衣裙的女生停到了我面前。我抬头，看到了阔别多年的徐琳琳。

“于同学，好久不见啊。”然后她扭头看到了坐在我左边的万勉。

“男朋友挺帅的嘛，呵呵。”不知道为什么，现在的我真的一点儿都不讨厌眼前的这个女孩子，虽然曾经想过把她千刀万剐。

我刚说完谢谢，她突然趴到我右耳边说：“别忘了，你和杜牧白就是在图书馆认识的……”

她看着我脸上突变的表情，笑着离去。

那一刻，感觉有阵凛冽的风从身旁呼啸而过，身体内所有翻腾的血液几乎要爆炸。

万勉看着刚才发生的一切，拍拍我的肩膀说：“不舒服的话，就去门口透透气吧。”

他是懂我的，如此大度、体贴，可我在站起的那一瞬间还是为另一男孩子湿了眼。

有些事你把它埋在心底深处，不去碰触不去回忆它看似平静，但如果有人提及一点儿，曾经所有的伤痛便会连根拔起。我怎么会忘记？怎么会忘记？三年前我和杜牧白就是在图书馆认识的。

高二下学期第一次模拟考试，以往都是在年级前十名徘徊的我由于发挥超常，很“不幸”的，考了年级第一名。

就是那天，我像往常一样走进学校的图书室，立刻引起了一阵小小的骚动。

“看到了没？这个女生就是这次考试的第一名。”

“还挺漂亮的嘛。”

“什么呀，人可不怎么样。”

“怎么?”

“每天放学都有个三十岁左右的男人来接她……”

“哎哟，好学生也……”

我记得，第一次听到这种不堪入耳的话时，我拿起课桌上那本最厚的《音乐鉴赏》课本甩了她的脸。可是后来渐渐地明白，你可以堵住一个人的嘴，可是堵不了所有人的嘴。所以到现在听习惯了，也变得不痛不痒。

我没有找到想要的书。管理员说：刚刚被人借走。

在我准备离开的时候，一个穿白衬衫的男生把书递到我眼前。

我接过书，丢下一句谢谢，扬长而去。甚至，没仔细看他长什么样。

在场所有人看着刚才发生的一幕，又是一阵骚动。

二

我从回忆中抽回思绪，看见徐琳琳果然在图书馆门口等着我。

我走到她面前说：“没想到你和我斗了那么多年，还斗出那么多默契来。”

我们并肩走在校园内，不知道的肯定认为我们是很好的朋友。

“可是，我们永远不可能是朋友。如果没有杜牧白，也许会是呢！”提到牧白，她的声音明显小了许多。她接着说：“我记得，我们第一次说话，我还差点儿打了你巴掌。”徐琳琳多少有些得意，因为以前都是她欺负我。

“嗯，就是我和牧白认识那天。”

我又回想起三年前。

那天走出图书室时已经放学，和往常一样，我走进学校对面的奶茶店。他下班比我们学校放学晚半个小时，我总要在这儿等会儿。

要了一杯绿茶果奶，刚坐下，一句刺耳的女孩儿叫骂声从头顶传来。

“于念棠，你真不要脸！”紧接着来的还有她的纤纤玉手。

我还没有反应过来，一只手及时地抓住了要落在我脸上的巴掌。

“徐琳琳，你太嚣张了！”是刚才把书让给我的男生。我顿时明白了事情的来龙去脉。

他的刘海有些长，又低着头，我没看清楚他的脸。

女生有些不知所措，“杜牧白……”

杜牧白？就是以前一直保持年级第一名也就是这次的年级第二的杜牧白？

经常听见身边的女生唧唧喳喳地讨论，而被女生看做是最标准男友的人站到我面前，我居然还不认识他。

“还不走。”我第一次感觉到，居然有人可以把三个字说得这么冷冽，总是有些让人不可抗拒的感觉。

那个叫徐琳琳的瞪了我一眼，离开奶茶店，甚是狼狈。

我拢了一下头发，坐好，指尖轻敲着玻璃杯，发出很悦耳的声响。

“我是应该谢谢你把书让给我了？还是应该怪你给我惹了那么大的一个麻烦呢？”

他坐在我前面的座位上，戴上耳机，很长时间才说：“你觉得呢？”

那时正放着路绮欧的《当我发现你》，声音温柔，时光流淌，一切犹如静谧的梦境。有一刻，突然感觉有春暖花开的味道。

我觉得，你是那亿万分之一的可能中，刚好碰上的意外。

我们就这么认识了，没有鸟语花香，没有大雪纷飞，没有阴差阳错。甚至，还带着点小小的冲突。

三

徐琳琳就是从那时候开始和我作对的。每次在校园不期而遇，她总是要羞辱我一番，因为杜牧白对我好。

我不知道杜牧白是不是故意的。在相识后的每一天，放学后我总会在奶茶店看见他。

他一般都要一杯咖啡，而且从来不加糖。更让人不解的是，在那舒服地坐着，要么听歌，要么看侦探小说。他都不学习吗？真不知道他以前的成绩是不是抄来的。

杜牧白每天都会在我付账前把他的钱付了，当然还有我的那一份。

他的解释是，这是给我惹麻烦的补偿。

我才不稀罕什么补偿，这只会让喜欢他的徐琳琳更加和我势不两立。

谁知道他是不是有什么阴谋，天底下哪有掉馅饼的好事。想着想着，本来在书本上的视线不知道什么时候移到他脸上。

说实话，他长得的确特别“祸害”女生，尤其是睫毛。男生的睫毛怎么

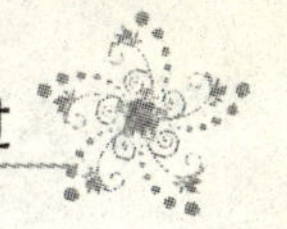

可以那么好看！很多年以后一个朋友对我说过，每个男生的睫毛都是一个天使的翅膀，它等着命中注定的女孩儿带着它飞翔。

“再看就要收钱了！”他突然睁开眼，眉间全是笑意。

“谁看你了，自恋吧。”我赶忙扭过头，玻璃窗上倒映着女生青春的脸，分外的红。

第一次有些摸不透自己的心思。

看着窗外车水马龙，人们脚步匆匆，“下雨了呀。”

我走到奶茶店门口，有些焦急，他怎么还没来接我？

杜牧白这时就在我旁边，雨越下越大，世界仿佛成了一片汪洋，川流不息。

他把伞扔到我怀里，丢下一句“别感冒了。”冲进一片看不清的世界中。

他难道不知道有人来接我吗？想喊住他，才发现少年的身影早已淹没在雨中，不见了踪迹。

那一刻，我听到内心深处有什么破土而出的声音。一阵隐隐的疼痛瞬间漫布全身，原来心疼人是这样子的。

当晚，几乎一夜无眠，天快亮时好不容易睡着，只觉得梦里有个穿白衬衫的少年在雨中朝着我微笑，瞬间心暖倾城，光年为他黯淡。

醒来后，我知道我完了！

魂不守舍了一天后，放了学立刻跑到奶茶店。

他看到我跑得急急忙忙的样子，笑出声：“是不是怕我跑了啊？”

我嘴硬：“才不是，来还伞而已。”我把伞扔到桌子上，不再看他。

“我把伞都借给你了，自己挨淋，是不是该有些报答啊？”

“你想要什么报答？”

他假装沉思了一会儿，镇定自若地说：“那做这把伞的女主人，可好？”

三月的风已经很暖，慵懒的阳光却让人有种落泪的感觉。

我同样镇定自若地回答：“好。”

雨过天晴的街道，有泥土的清香，有空气的清新，还有两个年轻人互相的珍惜。

在所有人激烈地猜测我和杜牧白的关系时，我们手牵手地站在人前。不高调，也不低调，但已足够有杀伤力。

缘分就是这样，有些人，一辈子的时间也走不到一起，而有些人，幸福往往来得措手不及。

四

我和徐琳琳整个“叙旧”过程两个人都很平静，但是两个人同时都明白，对方在努力压抑着些什么不让它爆发。

聊了好久，大都是往事重提，但有一段彼此都没提起。快天黑时，各自回离。我走了几步，转过身看见徐琳琳的白色连衣裙在黄昏下努力摇摆，本自年轻的身躯我却看到了苍老的意味。

我还能清楚地回想起三年前徐琳琳找我那天，她穿的就是一件短袖连衣裙。

初夏随着知了的叫声如期而至，教学楼外大片土地掩埋在绿杨阴里。即使吹过一阵风，仍然是非常闷热，可能快下雨了吧。

走出办公室耳边还回响着班主任重复了N遍的那句“你从年级第一退步到年级三十名这是什么概念啊？你知不知道？”

我还真不知道这是什么概念。我只知道，现在的我很快乐。

跟杜牧白在一起真的很幸福。那种因为一句话、一个眼神就无比满足的甜蜜，那种因为一刻不见就思念成灾的感觉，老师又怎么会懂？就像现在，我要立刻去找他，诉说心里的委屈与压力。

走到楼梯拐角处却看见了我不想看见的人。刚要绕道，她却叫住我。

“于念棠，我有话对你说。”

我不理她，继续向前走。

“关于杜牧白的！”

我转过身，假装不在意地说：“徐琳琳，你到底想说什么！”

“听说这次考试你退步了很多名哦？当然，我不是来嘲笑你的……”

我已经有些耐不住性子。她看我要走赶忙说：“知道杜牧白为什么跟你交往吗？你以为他爱你啊？他不过是为了让你分心，为了年级第一的位置罢了……”

“……很多同学都知道，只是你自己被蒙在鼓里而已。”她补充道。

我原本不相信徐琳琳的话，可是看着她不像撒谎的样子又仔细想想这段日子以来自己成绩的退步，第一次那颗年轻恋爱的心开始摇摆起来。

突然的心慌让我有点颤抖，去找杜牧白的脚步不免地放慢，小心翼翼地仿佛将我凌迟。

杜牧白班的门是掩着的，但是我知道他在里面。就在我准备推门而入的

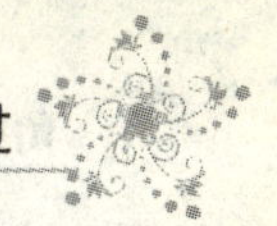

时候，听到里面的谈话，立刻停下脚步。

“牧白，你还没跟那个于念棠分手啊?”是牧白最好的朋友阿佑。

杜牧白没有回答。

“你不知道那些关于她的传言有多难听……你也知道，每天都有个男人来接她。”

我推门而入，无视满脸尴尬的阿佑，轻轻开口：“牧白，放学有一会儿了，走吗?”只要他告诉我，那些传言都是假的，我还会不顾一切地和他在一起，不管流言蜚语，只在乎细水长流。

“你先走吧。”停了几秒钟又说“我有些事要处理。”心不在焉被他掩饰得不着痕迹。

“杜牧白，我再问你一次，走吗?”这些，早已经超出我自尊所承受的范围。

“你先走……”

还没等他说完，我转过身把那八个字说得很缓慢。

“杜牧白我们完蛋了!”

看吧，因为我们年轻总是自尊过满、姿态高傲，以为活在世界上便要唯我独尊了。可现实哪有那么逆来顺受，所以童话改变一点儿，我们就要山崩地裂。

离开教室的时候，一颗泪落下，滚烫滚烫的。

没多久，感觉他追出来，两个人跑着下楼的声音震得整个教学楼摇摇晃晃。

五

我突然想起和徐琳琳聊了这么久，竟然把万勉忘了！赶忙拨通了他的电话，我说：“对不起，对不起。”他说：“傻瓜，说什么对不起，我给你买了晚餐……”

刚挂了电话，我便收到徐琳琳发来的短信。她说：“于念棠，你真没良心，你怎么可以找男朋友呢！你忘了杜牧白是因你而死吗?!”

是啊，杜牧白已经死了，是我害死的他！那段我逃避的回忆还是如潮水般汹涌而来，痛苦瞬间将我淹没。

杜牧白还是追上了我，为了不让老师看见，他把我拉到了教学楼后面空旷的土地上。只是，不知道什么时候开始下起了雨。

"放开我!"我开始像个泼妇一样不停地捶打他。

杜牧白不管我的反抗，抱住我，疯狂地吻着我。

想起徐琳琳的话，想起他刚才的冷漠，胃里一阵翻滚地恶心让我使出最大的力气一把推开他。

"杜牧白，你真让我恶心。"

"你今天到底在发什么疯?"

我从来没看到过如此骇人的杜牧白，与以前的温柔，判若两人。

"那些传言，那些传言，你怎么解释?"

雨水太大，我必须扯着嗓子喊，免得声音被淹没。

"于念棠，你敢跟我提传言。你的传言呢，你给我解释过吗?那个男人怎么回事?"

"啪!"

即使雨声很大，但我甩过去的巴掌仍然格外的响。

本来，我还觉得杜牧白和别人不一样，他从来不因为那些不堪入耳的话问我什么。但是，现在才知道，他和别人一样，一样侮辱了我。

曾经的童话，是安徒生还未编织的梦。那些曾说过的轰轰烈烈、海枯石烂在现实与世俗面前总是那么的不堪一击，摇摇欲坠。

突然而来的绝望与无力几乎将我吞噬，我转身，疯狂地跑。

任他在我身后如何呼喊。

穿过马路，他的车就在奶茶店门口。

我跳上车，还好外面下着雨，脸上的泪水可以解释为被淋地。

"快开车。"我没有了一丝力气。

"和男朋友吵架了?叔叔早就告诉过你不要谈恋爱，偏偏不听。这次退步那么多，回家怎么向你爸妈交代。"

我不语。

在叔叔发动引擎的时候，突然不知所以地一阵窒息。我终究是没有在意，闭上眼，泪流不止。

回到家，还没等到被爸妈教训，因为淋雨，突然病倒了。这一病，来得快，高烧不退。再加上杜牧白带给我的伤痛，半夜总会不安地惊醒，仿佛发生了什么事。

自己也会反思，是不是因为我们太年轻了，心的承受能力还不强，一点儿小事总会引起狂风暴雨。

再回学校，已经是几天之后。

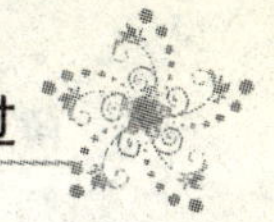

当所有人看到我后，要不绕道而走，要么指指点点，我感觉更加的不安。

回到教室不到三分钟，阿佑踢门而入，眼神想要杀了我一般。

“都是你害死了他。”

来不及思考，我瞬间大脑一片空白：“你……你说什么？”

“如果他不是跑着去追你，他怎么会死！怎么会！”

我不知道的事是，那天我打了杜牧白一巴掌跑开后，他也觉得自己说得太重，追着我出了校门，迎面而来的一辆大卡车，把他撞得好高好高，在空中三秒，他看到我上了车离开，然后堕下，当场死亡。

只感觉周围再也没有一点儿声响，世界开始天翻地覆。

我忘了老师是怎样拉走失去好朋友心痛的阿佑。

我更忘了，自己是，自己是如何行尸走肉地活到今天。

六

今年暑假，我去了杜牧白的墓地。这是牧白过世多年后，我第一次来。

去牧白墓地的路上开始下起雨，不似以前那么大，反而是细细的小雨，一点一点，多添了几分哀怨与缠绵。

牧白，我来看你了。

这是我第一次来这儿，以前总是逃避，我不相信本来好好的牧白怎么会死呢？他怎么舍得我一个人孤独地活着呢？我们还没有把误会解开，还没有给彼此一个机会。他怎么就走了呢？肯定是为了惩罚我，在一个地方躲着看着我心急的样子对不对？

可是，日子一天一天过去，无穷尽的黑暗与孤独伴随着我。我知道，牧白真的离开了。梦里总是我跑走时，他追在我身后时的歇斯底里，我自知罪孽深重。

在离他墓碑不远处，我看到一个女子在他坟前似乎在诉说着什么。

“杜牧白，都是我的错，要不是我挑拨离间，你们就不会吵架了，是不是你就不会出事了……”

是我最不想看见的人，徐琳琳。

她察觉到身后有人，缓缓转过身，看到我后惊慌失措。然后乞求我的原谅。

我闭上眼睛，有气无力地说了一个字：“滚。”

“我知道，你恨我，怨我，这么多年来让你一个人背负着内疚与自责。但是你知道吗，我比你更难过。我那么爱他，那么爱……”

“其实，从很久以前我就不恨你了。”我慢慢地说，“我知道爱一个人总是有太多的无奈，我不恨你，不恨，你走吧。”

她匆匆离开，没有打伞，步履蹒跚。

我轻轻走到坟前，生怕惊醒这个烟雨缭绕的梦境。

顾不上地上的雨水，瘫坐在那儿，终于忍不住放声大哭。

轻轻用指尖摩挲着墓碑上的字迹，一笔一笔，心却狠狠地抽搐着。

如果时光能够倒流，如果你没有追过去，或者我根本没跑开，如果真的有如果的话，是不是你就不会长眠地下？我就不会这般生不如死了？

看着照片上年轻的脸，似乎还能听到你说：“那做这把伞的女主人，可好？”

“好啊。”

可是，伞的女主人就在这儿，伞的男主人跑哪儿去了？

那天徐琳琳问我怎么可以那么没良心，怎么可以找男朋友。只是，杜牧白你不知道，他笑起来的样子和你有多像！

我是很久之后才明白，相爱之人，互不信任，当时只道是寻常。错过之后才发现，那是怎样的一个永远……

何时落花再逢君

琉璃半夏

五月十六日晴。桃花纷纷扬扬了一整个春季，终于，落尽……

一

这一天，下课铃一响，齐悦便背上背包，匆匆离开了教室。和风掀起的裙角仿佛也透露着主人的心急，轻轻柔柔地飘起，落下，再飘起……

班上几个年轻的姑娘互相传递了个眼神，也纷纷站起，跟上。尾随着那抹纤细的白色身影，一同消失在拥挤的人群里。

是的，306 寝室的姑娘们今天要做一件大事，而且是秘密的！不过，当然，这事得瞒着她们最小的小姐妹——齐悦。

二

说到齐悦，不得不说她的确是个迷人的小姑娘。

一头齐耳的毛茸茸的短发，带着一点儿自娘胎来的浅浅的黄，干净又利落。脸很小，下巴尖尖的，只那双眼睛，不大却黑亮黑亮的犹如一汪清泉。很爱笑，一笑起来那泓泉便又成了弦月，娇憨却不失可爱。如果有一架相机，可以将她在阳光下回眸的镜头定格，那便是犹如凡·高一样的大师所创造的杰作也会立刻黯然失色吧。

但，正是这样一个单纯的小姑娘，却似乎总有一些事让大伙儿琢磨不透。而这些事归根结底也只是围绕着一个人——陈曦。

毫无疑问，陈曦是齐悦的男友，这一点 306 寝室的姐妹们无人质疑。但到底陈曦是谁？多大？以及从事什么行业等，却又无人知晓。好奇心上来，偶尔有人问起，但齐悦却总是一副难以启齿的表情，或是茫茫然地低头小声计算着“十六岁的时候，他十八。哦，他比我大两岁今年应是二十二了吧……”不知所云。于是不久，他便成了 306 寝室所有人心中巨大的迷。

三

齐悦排队上了801，姑娘们怕跟得紧被发现，磨磨蹭蹭等到了公车人满，车门将合上时，才陆陆续续地跳上去。也不往里走，只堆挤在公车的前几排，隔着人山人海遥遥地望着她们的小妹妹。

“801，她或许跟他约好，是去动物园吧！”其中一个叫玫的姑娘开了口。公车801的倒数第二站便是有名的DS动物园风景区，周末或假日很多情侣都爱去那儿。

“一定是，你们还记得那个留言吗？似乎他们总爱在那边约会呢！”另一个胖胖的姑娘兴奋地接口道。想了想，抬头，又补了一句“他的声音轻轻柔柔的很好听呢，你说是不是我们八婆了？这样的男生不应该是中山狼呀。何况，悦儿看起来很幸福，不是吗？”

当然，齐悦很幸福，只除了那次。

四

女孩儿每天晚上都会打电话给那个叫陈曦的男孩儿。但通常也不说什么，有时倒更像是有些自言自语。

“陈曦，是我，我是悦儿……”

“陈曦，你在那边还好吗？我很好，真的……”

“陈曦，今天有人给我递情书哦，你会吃醋吗？呵呵，不用担心啦，他没你文笔好……”

……

也是从这些断断续续的通话中，306的姑娘们才知道了陈曦这个名字。

哦。原来齐悦喜欢的人叫做陈曦！

只是这个陈曦未免太粗心了，这么久竟没主动打过一次电话给悦儿，也从来没来学校看过她。他不知道悦儿的好吗？他不知道悦儿的追求者都快排队到校门口了吗？哦，是的，他一定不知道吧。否则，三年了，怎么会？

那次，说到那次，现在想来似乎也是去年的5月16日。呀，真是巧了！

那天，齐悦也是穿着这身白裙吧，一早便出了门。本来碧空万里的晴天却忽然下起了倾盆大雨，一直到很晚她才回来。一身泥泞，只匆匆地洗了个澡便睡下了，一夜无言。

寝室的老大夏琳是在半夜被上铺的颤抖声惊醒的。慌忙叫醒大家，打开了灯，发现齐悦已昏迷不醒，只嘴里一遍一遍无意识地呢喃着一个人的名字“陈曦”。

等好不容易送到了医院，一查竟是急性肺炎，需家属签字立刻入院治疗。姑娘们一听慌了，本就是不大的年纪哪见过这等阵势，只得匆忙掏出她的手机拨打了一号键。

“嘟……嘟……嘟……”电话响了几声，无人接听。

又等了等，一个明朗的声音才传入众人耳中：

“您好，我是陈曦，我现在有事，无法接听您的来电，如有紧要的事，请给我留言……”顿了顿，那道声音再次响起，只是似乎带上了些宠溺。“如果是阿悦，就在DS动物园门前见，我在那边等你。嗯，记得穿上我给你买的白裙子。呵呵，不许说不，这是寿星的福利哦……”然后，通话戛然而止。

姑娘们一时间没反应过来，等到缓过神儿来，才想起定是齐悦将一号键最重要联络人设置成男友了。唉，这丫头……

复打了一回，留言，只说齐悦病了，也无多语。

这样过去了两三天，该来探病的都来了，却除了那个叫陈曦的男子。被忽略，姑娘们心里当然不舒服，但其实更多的却是替小姐妹抱不平。有心想要给她提个醒，看着那张苍白的脸却又不得不把到嘴边的话咽回了肚里。日子久了，也渐忘了这回事，只在背下偷偷给他起了个绰号叫做“中山狼”。

五

不知不觉，公车已到站了，摘下放着音乐的耳机，用手捋了捋被风吹乱的头发，齐悦扯起一抹恰到好处的笑容，抬脚，下车。

306的姑娘们早已被公车颠得七荤八素，一看车到站了，连忙远远跟着也下了车。哪还注意到那抹微笑似乎还透露着一丝不为人知的痛楚呢。许是花了眼吧，或许……

齐悦在前，姑娘们在后；

齐悦买了两串糖葫芦，不吃只拿着；

姑娘们买了五串糖葫芦，吃尽只剩核儿；

齐悦似乎还买了花，嗯？小雏菊，不应是玫瑰吗？

姑娘们只远远看着，也不靠近，只在心底暗暗疑惑……

一路走走停停，好像是穿过了动物园来到了后山吧，又一直走一直走，直到进了一座园子，一座只有桃花的园子，前方的身影才忽地停了下来。

这是一座怎样的园子呢，这里的桃花似乎要晚生的多，五月了，竟还繁花似锦，仍未落尽。

只是面前的这个巨大的石雕上刻着的，竟是？

烈士陵园吗？

姑娘们顿时感到一丝惧意，一时不知如何是好。正着急着，有个似远似近的女孩儿声音自前方不远处传来。是齐悦!!

“阿曦，我来看你了。”寻着声音，众人走近。

只见桃花深处坐着一个人，白衣胜雪，黑发如墨，犹如花之仙子。不是齐悦是谁?!只是此刻的她却仿佛脆弱得像个孩子，抱着膝头紧紧靠倚着一个石碑，旁边摆放着刚刚买来的小雏菊。

“阿曦，这是我买给你的礼物，喜欢吗？本来想买玫瑰的，但是他们说雏菊代表勿忘初恋，很可笑是不是，我竟然信了，呵呵……”

……

姑娘们的眼睛红了，却是此刻才发现，那身美丽的白色棉布裙，齐悦已穿了三个年头。只是，又何止三年呢!

微风温柔地吹了起来，瑟瑟地有些轻响，像极了情人间的耳语。桃花又开始纷纷扬扬地落了，只是那抹红，却红得让人有些触目惊心。是它也为这离人扼腕而流的眼泪吗？

又是一年落花时，只是，落花何时能逢君呢……

后记：1996年5月16日《××日报》报道：晨，十点二十许，某一陈姓男子在DS动物园等人期间，为救两名落水儿童不幸英勇献身，追封为烈士，年仅十八岁。

爱到荼蘼花事了，只遗前生彼岸花

■安若素

我轻轻将窗帘拉上，遮住了窗外烂漫的阳光。坐在电脑桌前，环抱着自己，盯着屏幕上的字迹“那些年错过的爱情”我的脸颊冰冰凉凉。这是我喜欢慕辰的第484天，也是最后一天。那些逝去的岁月，都是我一个人承担所有的悲欢离合。

1. 遇见你是最美丽的意外

曾经，我把夏井轩当成了整片天空，当他毫无征兆地从我的生活中撤离时，我就像一个找不到家的孩子，只剩下被抛弃的无助。

那天是4月29日，也是开校际运动会的日子，失恋后的我实在没心情与大家共享这份欢乐。我的身影在阳光下被拉得好长，迈着沉重的脚步向班级走去。

站在窗边向下看，操场上只剩下跳高比赛。其实以前从不关注跳高，而现在以及后来只是为了一个人，便成了跳高的终极粉丝。那时的你被人群围得水泄不通，我在楼上呆呆地观望，你骄人的身影印在了我的脑海，以及你那灿烂的微笑，从此与我，如影随形。

2. 用自己的方式像向日葵一样默默地坚持

后来，从同学那里打听到，你叫慕辰。那时，你高一，我高二。加了你的QQ，我静静地坐在电脑前等待你的回复。第一天、第二天，5月1日那天，终于听到了“嘀、嘀”的响声，是你，那种欣喜感从心底蔓延。渐渐我们有了最简单的沟通。那时的我只想跟上你的步伐，或者驻足在你转身就能看到的地方，可是渐渐地，我跟丢了你，也迷失了自己。

我记得，你曾经问过我为什么你跟我打招呼的时候我不理你。其实我很想告诉你，因为在喜欢的人面前，我向来都会很安静。只是从来没有机会说出这句话。

有的时候，你望向我时，我都会望向一边，因为我怕，怕四目相对时你会看出我的惶恐不安。

偶尔我们还会相视而笑，偶尔我们还会互相捉弄，可是渐渐地我们变得形同陌路。我的心真痛，原来陌生的心才是最遥远的距离。

6 月中旬，当广播里传来高一、高二的同学请到操场集合的消息时，全班都是兴奋的。然而集合后才明白，学校将我们当做了免费劳动力，把我们宝贵的时光奉献给红歌大合唱。同学们在抱怨着，而我却很开心，因为我们很巧的被分在前后排，而且就在我的斜后方。那时我的脸一定红得像苹果。即使烈日当头，我也心甘情愿。那短暂的二十天相处，成为了唯一的纪念。偷偷地跑到二楼大厅，用手机将我们的合影拍下，那时的我边拍边感叹，为什么不再大再清楚一些，那样，你便可以时刻陪伴自己，深深地印在脑海里。

7 月初，在忙忙碌碌中度过，上课时会呆呆地望着天，留恋那二十天的短暂相处。没过几天，学校又以装修的名义，将我们高一、高二发配到“边疆”去。我们全体大搬家，在那个学校，开始了我们新的生活。我们的教室离得很远，远到我都不记得那段日子，我们偶尔见过几次。偶尔会嫉妒跟你并肩同行的女生，偶尔会特意提高八度不顾淑女形象地大喊大叫，其实只是想让你知道我一直在你回头就可以见到的地方。只是你终究也没有发现，我一直在你身边。有的时候，我也会问自己，在你的心里，我会不会有一点儿特别，哪怕只有一点儿。后来高二的我又搬到更加偏远的地方上课，那个暑假便成了最艰难的岁月，思念却成了我挥不去的情绪。

9 月秋风飒爽，离别后的再相见是 9 月中下旬，你还是那么高那么瘦，只是眼镜有了微小的变化。我曾跟你说过，我很喜欢打篮球，你告诉我多穿些，别感冒了。那个 9 月是唯一温暖的回忆。

10 月初的风已不再柔和，将我的发型吹得特乱。我第一个冲下楼，穿着单薄的校服坐在操场上担任起了跳高裁判，只是为了看到最清楚的你。目光中的你穿着白色的 T 恤，黑色的短裤，还有一双绿得发亮的鞋。即使在茫茫人海中，我依旧能第一眼看出你。虽然第二次的跳高没有达到你的目标，但是对于我而言，你虽败犹荣。

后来才从朋友那里知道，在跳高的前一天你被语文老师打了一个耳光。你是多么骄傲的一个人，怎能受这样的委屈。你自己一个人跑到操场上坐着，多希望那时可以陪着你，哪怕只是安静地听着你的呼吸。但我知道我没有那个资格，从来没想过那时被朋友生生拦下地要去找语文老师理论的我，也可以这样为一个人不顾一切。

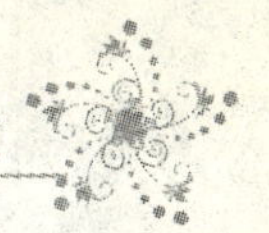

3. 明知道你是错的人，明知道这不是缘分，但却仍然奋不顾身

入冬的不仅是天，还有我那颗脆弱而又敏感的心。听朋友说你跟一个女生走得很近很近。开始还只是假装没有听见，但在好奇心的驱动下，我做了最简单的观察。我看到了你们一起吃饭、一起互踩空间、你为她买的韩式卷饼，最后我看到的只有我自己的伤痕累累。即使那个女生只是把你当做哥们儿。你真傻，有些事不是一厢情愿就可以，不过你这不撞南墙不回头的性格可真是像我。

其实很多时候，都是我一个人独自悲伤。原来爱情也可以是一个人的事，可以永不放弃，也可以永不忘记。当你们越来越近，我们越来越远的时候，你不懂，面无表情的擦肩而过，我有多心痛。

2011 年 12 月 24 日是周六，即使心里很难过，但还是喜欢看到你微笑的样子。平安夜给你送棒棒糖，而那是特意求朋友在网上一家一家精挑细选的 C 罗公仔。你不知道在向你们班走去的那刻，我下了多大的决心，我也是那么桀骜的人。

日子总是一天天地过去，那是一个晚上，当从卫生间出来看到你转身离开的刹那，那决绝没有丝毫留恋的背影，只是因为那个女生爱上了别人。那一刻我很想哭，很想抽自己两巴掌。

4. 就算是等待只换来对不起，我还是可以说服自己

高考的脚步越来越近，转眼已是阳春三月。一个假期我们都没有联系过，有时候比陌生人还遥远。新年的前一天，我狠狠地哭了一次目的是放下你，专心学习，但是却又那么难以割舍。

我换了教室，就在你的隔壁。一切都没有忘记反而更加深刻，我苦笑，也许老天还要我继续重蹈覆辙。

3 月、4 月、5 月的时光如白驹过隙，那段日子真难熬，好多次都有想过放弃，但没想到，只是为了你，一次又一次坚持了下去。

就在已经习惯了这样的日子，我却“搬了家”，我就像失恋了一样，因为我知道，我再也不能光明正大的从你们班门口走过，然后快速寻找你的座位。

小米是我的闺蜜，他们相识在我之前的之前。那是很早以前的事情，那天我无意中去了你的空间，我看到你的最近访客有小米的出现，后来小米跟我说你们是打篮球的时候留下的联系方式；小米说你向她借了高考的英语笔记；小米还说你会考的时候向她借的手表；小米还说……呵呵，我无奈地对着镜子微笑，曾有人说对镜子中的自己说二十次的我爱自己，如果说完还是微笑，说明你是真的快乐，但是我却是另一个版本，不到二十次我已经泪流满面，原来我从未好好爱过我自己。

你也曾经跟我说过一些话，我也都一直记得，高考前的晚上，你告诉我要有平常心，你告诉我要早些休息。高考那天你告诉我“我相信你”……都是很小的回忆，却有让我泪流满面的魔力。

后来，那是我最后一次去你的空间。小米给你的留言你每条都有回复，而我的留言，早已经在很久之前被你匆匆略过。所以我的自尊心不允许一次又一次被践踏。其实谁也不知道，在高考前的那几天，我曾经通宵达旦地为你整理着英语笔记，当听到小米的那句话时，我把笔记一页一页地撕掉，撕掉地不仅仅是我的愚蠢，还有那份深深地情意。

5. 我喜欢你，是我独家的记忆

高考后各奔东西，我偶尔还会发个信息给你。告诉你，你要好好学习，为了自己的梦想。因为我知道，你跟我一样，一样的不屑，一样的骄傲。所以后来的陪伴，我只是怕你重蹈覆辙，轻易放弃。在我离开学校的那天，你告诉我要好好照顾自己。当时在车上的所有人，也都不明白，为什么我会哭得撕心裂肺。在海边吹了一下午的风，在石头上刻上了你的名字然后扔进了大海，就让大海带走我最深的思念吧。

忘记一个人，不是一件容易的事情，偶尔在梦中还会出现你的身影，一不小心，便会击中心底，然后疼遍全身。

而现在我要离开。幸好，你没有留下，让我刻骨铭心的回忆。只是如果能够回到以前，我也许不会如此地伤心痛苦，虽然你不是很闪亮的回忆。我知道后悔是幼稚的事情，偶尔我还是会悲伤、会忧郁，会选择自己一个人安静的散步，只是为了以后的路，我可以更坦然地往前走。

思念是棵开花的树

■ 秋芃

1. 一棵开花的树

站在气势恢宏的教学楼前，我的内心涌现出来的是无比的自豪，我以优异的成绩考取了我们市里最好的中学。但看着在人群中不断张望的父亲，背着军绿色的帆布包，穿着破旧的手工鞋，在衣衫鲜亮的人群中是如此的突出。

我低下了头。对于一个农村里出来的孩子，我没有资本昂首挺胸。

我不像偶像剧里的女主角一样，甜美可爱，周身散发着咸鱼翻身的气息。我很胖，脸上用手一捏便是嘟嘟的肉，记得在市里工作的舅舅每次回家，最爱干的事就是捏我的脸，边捏还边说，手感真好！但是不要误会，我胖得并不可爱，也不漂亮，是一位严格意义上的丑女。

站在人群里，我拼命地深呼吸，不停告诫自己：不要被注意到，“隐形”了就不会被嘲笑。

前方的父亲回过头，浑浊的眼睛里满是疲惫，以及对我浓浓的关切。

“怎么了，娃?”

“呃……没事，阿爹累不累？要不要找个地方歇息下?”

“咱家娃子真懂事，阿爹不累，娃子找个地方歇着去吧。”

在校园里，我寻了一处人少的地方坐了下来。望着熙熙攘攘的人群，我不知道以后要怎么办，心里充满着迷茫、惶恐，还有对同学的畏惧。

“同学，怎么一个人坐在这里?”

听到声音，我不由得抬起头来。站在我面前的是一个很清秀的男生，怀里抱着两本书，我看到其中有一本是《席慕蓉文选》。

“不介意我坐这里吧?”

声音儒雅清灵，真是好听。我急急地摇头，生怕慢了一点儿，那个男生便会从我的面前消失不见。

“呵呵，脸怎么红了？是天气太热了吗？也是啊，都已经什么时候了，怎么还这么热啊?”

我不知道该怎么说，事实上天气也的确是热。可是，脸红却不是因为天气太热的缘故。偷偷地看了一眼旁边的男生，他微低着头已经在很专心地看书了。有些略长的刘海儿遮着他半边的额头，长长的睫毛因为眼睛不时地眨动而轻轻地颤动。我心里赞叹，真好看。当他翻到《一棵开花的树》时，突然扭头看我。

“你也喜欢这首诗吗?”

“啊? 啊! 嗯。”我想我的回答简直是糟糕透了，因为从他那笑着的眼里，我的脸又“刷”地一下，红了。其实我想说的是，我看到这首诗，写得很美。而且我也很喜欢诗词，那是世界上最美的文字。

“我是高中部的王子林。有空的话可以去找我玩哦。”

看着他离去的背影，我不由得轻声念着他的名字。“王子林……”

轻轻地嗅了一下，空气中似乎弥漫着淡淡的薄荷香。

2. 薄荷糖伴我无眠

“嘿，吕木清，要上体育课了，不要再看书了。小心变近视啊。”

体育课是我最不喜欢的课，今天又是要跑一千米，我都快烦透了。我的体型明明就不适合跑步嘛，同学提醒我，也是想看我笑话吧。

我们初中部和高中部共用一个操场，王子林也许会在操场上吧? 越想越不安。强忍着跑完了一千米，直逼虚脱的极限。怎么会这么累啊?

“一看便知道你平常不注意锻炼。”我抬起头，说话的竟然是王子林。

“你这样可不行啊，没有好的身体怎么进行革命啊。给你，清凉润喉。”

看着他白皙细腻的手掌中那一粒绿色包衣的糖果，我最终还是迟疑地接了过来。在我家的房后便生长着一大片的薄荷，每到夏季便散发浓浓的薄荷香，驱虫赶蚊，十分有用。可是，我不喜欢薄荷。我讨厌薄荷的味道。那种味道，有些呛鼻。

“怎么样，嗓子不痛了吧?”

“嗯……”还是很讨厌薄荷的味道，即使是他给的。

“呵呵，我告诉你哦，薄荷很神奇的，生命力很旺盛，也是一种药草，能够清热解毒，疏肝行气，非常有用呢。”

看着坐在旁边的他滔滔不绝地谈论着薄荷，我在心里不免腹诽了一下。我知道地可比你多多了。毕竟，我们家乡遍地都是薄荷。

“怎么？你在腹诽我？”

听到他这么说，实在是让我吓了一跳。不过转瞬便平静了下来，他又没有读心术，怎么可能会知道我心里在想什么？

“哈哈，我知道你心里在想什么？你一定在心里腹诽我，对吧？”

“没有……才没有呢……”脸热热的，难道他真的知道吗？

“嘿嘿，小丫头什么心思都显在了脸上，小哥哥我又怎么会不知道呢。”

小丫头？谁是小丫头？你才是小丫头呢！我有些不忿了，怎么可以说我是小丫头啊。人家是有名字的，人家叫吕木清啦。

“我……我不是小丫头！”

“嘿，还说不是小丫头，脸怎么又红啦?!”

“我有名字的……”小声地嘟囔着，都怪上次见面忘了告诉他名字了。

“我知道，小丫头的名字我可是如雷贯耳呢。年级第一的吕木清嘛！”

嘿嘿，他知道我的名字，呵呵，他知道我的名字呢。如雷贯耳，呵呵……呵呵……

失眠了，真的是彻底的失眠了。没想到他居然知道我的名字，我没有告诉他，而他却知道我的名字。

展开手中被包裹好的薄荷糖，在黑暗中我不由得笑了起来。轻轻地嗅了嗅，呃……还是讨厌薄荷的味道！

“吕木清，已经很晚了，快点儿休息吧。明天还有模拟测试呢！”

将手里的薄荷糖收好，黑暗里翻了个身。这里的人好讨厌，我不喜欢。我又没有打扰你们的睡眠，管得也太宽了吧！

3. 薄荷花语

我和王子林熟了起来。平日里有事没事我总爱跑到高中部去找王子林。听他说些班级里的趣事，听他讲那些平日里正经严肃的老师私下是怎样的幼稚可爱，听他说谁谁谁的球打得好，谁的球踢得好。听他说 NBA，听他说偶像明星，听他说鬼故事和肥皂电视剧。

王子林的口才很好，即使是一件普普通通的小事，他也能讲得有声有色，让人听得欲罢不能。而我，则是他的忠实听众。王子林说他以后要报考播音主持系，日后做一名节目主持人。我说，那以后我就天天坐在电视机前，天天收看你的节目。做你的忠实粉丝。

每当这个时候，王子林便会捏捏我的小胖脸，再说上一两句好可爱。每

每，总是让我听得面红耳赤。王子林，怎么和舅舅一样，老是爱捏我的脸呢？

星期天的傍晚，天边的晚霞红得似火一般，美丽异常。我坐在校园后面长满小草的土坡上，靠着一棵叶子已经红透了的枫树，望着天空，愣愣地出神。

“咔嚓……”

回过神来便看到王子林站在不远处，手中拿着相机正对着我按下快门。

“愣神的木清真是可爱呢！”

我看着他小步地跑到我面前，坐到旁边。

“呐，给你看看。”他将手中的相机递到我的面前。

拿着相机，我又自卑了起来。想起了今天同学们嘲笑我的话。

木清是全校第一呢，怎么不会用电脑啊？

木清，我教你吧，我电脑玩得很溜呢！

木清……

木清……

我气呼呼地将相机还给他，说道：“我不会！”

也就一会儿的时间吧，他已经从坐在草地上变成了躺着。双臂交叉放在脑袋下面，嘴巴里痞痞地衔着根泛黄了的枯草。

“不会啊？不会就学呗。没有谁是天生就什么都会的！”

王子林说话的时候，那根枯草就随着他的嘴唇一动一动地。仿佛是在嘲笑我，吕木清真是笨，连相机都不会用。吕木清真笨……

是的，我真笨！

真笨！！

眼泪，无声无息地就流了出来。泪水中的世界是一片模糊。天边的晚霞是连成一片的红色，像是鲜血的颜色，讽刺的颜色。

“怎么就哭了呢？我也没有说什么啊”王子林温柔地擦拭着我脸上的泪水，语气也很柔和。令本来就伤心难过的我不由得放声大哭了起来。

“你说……我笨，你嘲笑……呃……嘲笑，嘲笑我……”我哭得实在是伤心，整个话也被哭得七零八落的。

“我没有任何嘲笑木清的意思。木清成绩这么优秀，我怎么会说木清笨呢。”

我微微地止了哭声，泪眼婆娑地望着他。是不是真的不是嘲笑我。看到王子林轻轻地点了头，我才不由得抽抽搭搭地笑了。

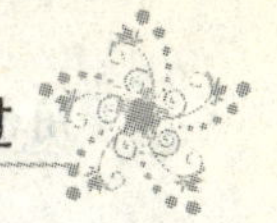

从王子林的手中接过被剥好皮的薄荷糖，有些讨厌又有些喜欢地放进了口中。

“木清知道薄荷的花语是什么吗?”

含着薄荷糖，体会着糖果散发的那种清凉的味道，我摇了摇头。

“有德之人。薄荷的花语是有德之人。”

“木清，并不是所有的人都在嘲笑你，其实我们只是在关心你而已。我希望木清可以分辨是非善恶，不要什么都一棍子打死，”王子林双目含笑地看着还有些抽搭的我说“我希望木清可以成为一个有德之人。一个关心同学，团结友爱的有德之人。”

薄荷的花语是有德之人。

在月光下，我注视着阳台上摆放的薄荷花。是王子林今晚特意送给我的，一盆长得极其茂盛的薄荷。

“木清，我们要熄灯了，你要不要睡觉了?”

看着垂坐在床边的室友，我笑着点了点头。在关阳台门的时候，我再次看了眼那盆薄荷。有德之人，薄荷的花语。

4. 是恋爱吗

还是那棵在秋日里红得肆意的枫树，还是那片草地，还是那个人。我站在远处望着那个惬意的在草地上睡觉的人，心里是一片欢喜。

慢慢地走近，静静地，悄悄地，生怕打扰了他的睡眠。他躺在草地上，用一本书挡着自己的脸，旁边静静躺着的是他的那部相机。

轻轻地拿掉遮着他脸部的书，我忍不住有些抱怨老天的不公了。作为女生的我生得这般丑陋，而他，作为一个男生，不仅有好看的面容，还有长而密的睫毛。老天爷真是不公!

抿了抿嘴唇，我拿起旁边放着的相机，对准了他甜甜的睡颜。

“咔嚓……”

声音似乎惊扰了他，糟糕，忘了关快门声了。

“是木清啊……”

不好意思地笑了笑，放下相机我也躺在了旁边。

“天空真漂亮!”

“是啊，真漂亮。很蓝呢。”

歪了歪头，我看着他的侧脸，心里也不知怎么了，感觉好像慌慌地跳得很快。拿起相机，我轻轻地将自己的头放到了他的肩膀上，对着我们两个便是“咔嚓”一声。

王子林的身上有股好闻的清香。我看着球场上飞快奔跑的王子林，想起昨天拍的照片，我的脸又开始发热了。我想，现在我的脸一定是红透了。

王子林果然是最好的，即使我不懂足球，但是我也知道，他踢得是最好的。因为我听见很多人在为他加油助威。

一场球赛踢完，他累得满头大汗，我喊得声嘶力竭。

等到终于要曲终人散，我飞快地穿越散乱的人群，向着球员休息室跑去。我要向他表示祝福，我要告诉他，他是踢得最棒的最帅的一个。

我想，我那天根本就不应该跑去什么休息室。不，我连看他踢球都不应该去。如果我不去看他踢球，如果我不跑去向他祝贺，那么我就不会看到那一幕。那令人伤心的一幕。

在走廊转角的地方，我看到了他和一个长发的女生，很漂亮，和他很相配的女生。她为他擦汗，她对他嘘寒问暖。他们说说笑笑，谈得很开心。

失魂落魄，真的是失魂落魄。

我不敢再见他，即便他找了我很多次。我害怕，我怕我见到他之后会忍不住地哭出来。我怕我见到他之后会忍不住质问他那个女生是谁。我怕我见到他会忍不住告诉他我很喜欢他。总之，现在，在我还没有调节好情绪之前，我是真的不想见他。

我喜欢他，那个有着淡淡薄荷香的男生。我喜欢他，那个爱给我薄荷糖吃的男生。我喜欢他，那个干净明朗教会我什么是有德之人的男生。可是，现在，我知道他喜欢的是另一个女生，一个漂亮、可爱、与他相配的女生。一个留着柔顺的长发，个子高高的女生。

所以，我现在是不是还没有开始恋爱就注定了要失恋啊?

5. 变成朋友吧

在那场球赛之后，我已经很久没有见过王子林了。也不知道他现在过得怎么样。也许他和那个漂亮的女生相宿相栖，早就已经忘了我了，忘了世界上还有一个丑陋的吕木清。忘了还有一个默默喜欢他的吕木清，自卑的吕木清。

嫩绿色的喷水小壶，是他送给我的。长得茂盛的正开着淡紫色小花的薄荷，也是他送给我的。已经渐渐建立自信的我，同样是他帮助的。可是，现

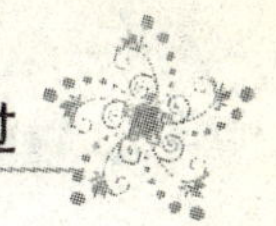

在那人已经忘了我了，现在那人正在别人的怀抱里笑靥如花。

恶狠狠地瞪着那盆薄荷，我愤愤地说着，你的主人是天下最坏的！

薄荷花在风里摇了摇自己的叶子，仿佛也在认可我的说法。

“木清，有人给你的纸条。”

打开纸条，我看到了上面我最为熟悉的字体。木清，枫树。

一瞬间，我有些想哭了。原来，并没有忘记我啊。轻轻地抚摸着薄荷，我高兴地说，其实，你的主人还是蛮不错的。

薄荷花在风里摇了摇自己的叶子，也像是认可我的说法。

“你不应该叫薄荷的，你其实是株墙头草吧？”

薄荷花在风里摇了摇自己的叶子，好似承认自己就是株墙头草。

放下小水壶，我对着薄荷嘟囔“你应该是点头草才是。没有思想的点头草。”

不再看薄荷花是点头还是摇头，我高兴地向着草地上那棵耀眼的枫树跑去。不喜欢我又怎么样，不和我谈恋爱又怎么样？我现在想通了，他愿意喜欢谁就喜欢谁去，反正我们一定是最好的朋友。

谈恋爱还有分手的时候呢，而朋友却是永远的，是一辈子的。是永远都摆脱不了的，是可以形影相随的。有些事情他不可以告诉他的女朋友，但是他却可以告诉朋友。朋友是什么？是一辈子不可缺少的！所以，去他的女朋友，我，吕木清，就是他王子林一辈子的朋友。打不断，分不开的朋友。

朋友可以变成恋人，但恋人不能变成朋友。进可攻，退可守，我还有什么可不满意呢。等到我快速地跑到校园后面的枫树旁时，远远地便看见王子林斜倚着枫树，很是舒服惬意。仿佛是注意到了我的到来，他转过头对着我缓缓一笑，而我也回以微笑。然后慢慢地走到了他的旁边，也学他斜靠着树坐下，从他手中抢了一只耳机，望着干净深蓝的天空，听着缓缓的音乐。

我们两个之间那场不知为何而起的战争，在这个宁静的下午，同样不知为何地消失了。

6. 紧张备战里的闲暇

转眼白驹过隙，时光匆匆流逝。我现在已经成为一名面临中招的初三生。而王子林也成为世上最苦的人——高三备考生。

虽然我也常常去高中部找他，但大多数都是和他一起备考复习。他面临的是人生最大的转折点，而我面临的虽不是什么最大的，却也不小。

我曾经问过王子林，准备考哪所大学。他说，他最喜欢的还是北大的未名湖。只是不知道考不考得上。我安慰着他，其实也不算安慰，因为以他的实力，考清华或者北大都是不成问题的。应该这样说，全国几百所高校，随他挑选。

听了我的话，王子林只是笑。很是自恋的笑。那夸张自得的样子，真的是超级欠扁的。十月，是天气不是太热，也谈不上冷的时候。市里要举办cosplay动漫大赛。

说实在的，我很羡慕那些玩cosplay的人，我很喜欢动漫cosplay，只是自己没有多余的金钱玩这个，太费钱了，实在是玩不起的。如果不是王子林，我想我的初中生涯以至于日后的高中都不会有机会回忆此次的快乐、兴奋以及浓浓的幸福感。

本来我是不打算答应的，毕竟我知道自己实在是长得很丑陋，又那么的胖。我想我唯一可取的地方便是比之常人而言，略微有些白嫩的皮肤。最后实在是忍受不住cosplay的诱惑以及王子林的动之以情，晓之以理。我还是选择了同意。

我们的参赛节目是日本的少女动漫《木之本樱》，主角是我扮演的小樱，而王子林则是扮演月城雪兔。一个很符合很符合他气质的角色，温柔，强大，不自觉地带给人以安定的力量。

我有些自嘲地想，不管是戏里还是戏外，貌似都是我在暗恋着他，结果还是同样的——没有结果。

演出结束，我们也没有等成绩出来，便偷偷地溜走了，反正《木之本樱》的演出团里还有其他的带头人士。多我们一个不算多，少我们一个也不算少。出了赛场，王子林拉起我的手直奔向电影院，王子林说，今天电影院播放的影片很经典，很好看，你一定会喜欢的。

事实证明，王子林的话也有出错的时候，影片经典是很经典，只是并不是我所喜欢的。我不喜欢缠绵痴情的爱情故事，那只会让我想起自己的丑陋以及自己和王子林的不相配。我喜欢侠肝义胆的热血兄弟，就像我和王子林一样，是朋友，彼此相交，彼此相扶，虽不及恋人，却也长久永远。

看完电影正巧接到我们演出团团长的电话。我们的演出，获得了三等奖。

听到这个消息，我诧异地抬头。“怎么可能？我演得那么差！”

“不会啊，木清演得真的很好。最重要的是木清和小樱很像啊。”

迟疑，诧异，甚至觉得有些诡异。我，像小樱？小樱是那么一个可爱，

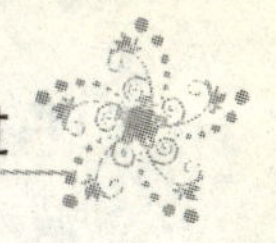

美丽漂亮的女生，我怎么可能会像她啊。

“木清也很可爱，美丽呢。活泼单纯，很让人喜欢。”

听了王子林的话，我不由得抬头望向他。西沉的余晖照着他帅气的侧脸，我不由得又是一阵心动。那么，王子林，很让人喜欢的话，你会不会喜欢呢？

低下头，我自嘲地笑笑。想什么呢？我们是朋友啊，早就已经做了决定不是吗？我要和他做一辈子的朋友啊。

7. 我要成为薄荷花

考试的日子一天天的临近，连空气中似乎都多了些紧张。其实我是想追着王子林去外地念高中的，但最后还是决定选择我现在所在的学校。我想让教过他的老师教我，我想在他坐过的教室学习，我想在他挥洒汗水的操场上行走，在那棵漂亮的枫树下，静静躺着回忆我们曾经最美好的时光。

已经是五月了，再过不久便是迎考的日子。复习之余的闲暇时光我总是喜欢坐在枫树下看着蓝天白云，静静的捋着自己的思绪。然后想着等到三年之后，我便追去他所在的城市上学，我们依旧是最好的朋友，一直都是。

不知不觉地，望着蓝蓝的天，自由自在飘浮的云，慢慢地睡着了。睡梦里，总觉得自己的鼻子痒痒的，然后睁开眼睛便看见浮在上方大大的脸以及调皮的笑。

王子林一个翻身，躺在我的旁边，陪我一起看已经暗了下来的天空。

“复习得怎么样了？”

看着他随手拔根草放进嘴里，我调转目光，继续望天。

“还好啊，至少考上我们学校的高中是没有任何问题的。你呢？”

咂了咂嘴巴里的草，王子林漫不经心地回答着“也还行啊。不过，复习的好不好还是要到成绩出来以后不是吗？”

一时之间，我不知道还要说什么，平日里我们总是有很多的话题。但是现在，好像离分别越近越不知道说什么了。除了静静地看着天边变换的晚云。

“木清，给你讲一个薄荷的传说吧。”

“嗯……”

“相传冥王哈迪斯爱上了美丽的精灵曼茜，冥王的妻子十分嫉妒。为了使冥王忘记曼茜，便将曼茜变成了一株不起眼的小草，长在路边任人踩踏。

可是内心坚强善良的曼茜变成小草后，她身上却拥有了一股令人舒服的、清凉迷人的芬芳，越是被摧折踩踏就越浓烈。虽然变成了小草，她却被越来越多的人喜爱。后来人们把这种草叫薄荷。”

我转过头看着王子林，他也正含着笑地看着我。王子林的眼睛温润漂亮，十分晶亮。我悄悄地又将头转了过来，脸又有些烧热了。

“所以，木清，以后我不在学校，你一定要学会坚强，成为一株生长得浓烈繁盛的薄荷。”望着天空，我红着脸轻轻地点头。王子林，你放心好了，我一定会成长为一株坚强，繁茂的薄荷，开出最灿烂的薄荷花。

8. 最后的花语

最后的考试成绩终于出来了。我如愿以偿地继续在本校学习。而王子林，最终没有选择国内的任何一所高校。他去了英国，选的专业也不是他以前所说的播音主持。

进入高中之后，我把我更多的精力放到了学习上，我想着，他爱的却没去成的未名湖我替他去看，他喜欢却没有学的播音主持我替他去学，他想要却没有过的生活，我替他去过。等到什么时候我们再次相遇，我要笑着对他说我的一切，要让他知道，所谓朋友，我真的做得很好。

我们常去的那棵枫树，已经被其他的人所占了。我们常看的那片天空，也被另外的人观赏着。而我，却在那片天空下，那棵枫树下知道了当初王子林为什么会和我搭话。

他是校长的儿子；枫树下的那对小情侣这样告诉我。

他是校长的儿子；所以才会因为好奇所谓的第一名和我搭话。

他是校长的儿子；所以才会知道我的名字。

他是校长的儿子……

我们一起三年，但我却从不知道他居然是校长的儿子。不过，他是谁的儿子又有什么关系？他始终都是我最喜欢的人，是我的……好朋友。

一晃眼便又是三年，三年里我们互通有无，书信不断。然而即将高三毕业的时候我却收到了他快递的一盆薄荷，一盆长势极好的薄荷。墨绿的叶子肆意地生长，淡雅的清香扑鼻而来。

长势极好的薄荷中央有一张折得方方正正，干干净净的粉红色的小信笺。里面是他那一手潇洒肆意的钢笔字：最后的薄荷花语。

最后的薄荷花语？我有些不解。薄荷的花语不是有德的人吗？什么时候有了最后的薄荷花语？

“薄荷是一种充满希望的植物，人生难免有许多错过的人或者事物，能再次相遇、相亲和相爱的机会几乎没有。但越是没有就越是想念。薄荷虽然是一种平淡的花，但它的味道沁人心脾，清爽从每一个毛孔渗进肌肤，身体里每一个细胞都通透了，那是一种很幸福的感觉，会让那些曾经失去过的人得到一丝安慰。所以薄荷的花语是‘愿与你再次相逢’和‘再爱我一次’。”

看着照本宣科念给我听的沐儿，我有些许的无语。我只是想知道最后的薄荷花语是什么，没必要告诉我这么多吧？

“呵呵，木清，是不是有什么我不知道的情况啊？”

看着眼前挤眉弄眼充满八卦精神的沐儿，我再次无语地走开，不理会身后聒噪的她。坐在久违的枫树下，我的嘴角不自觉地扬了起来。

“愿与你再次相逢”

“再爱我一次”

……

望着深蓝的天空，我仿佛是看到了他正微笑着浇灌薄荷时的专注神情。含笑的眼，含笑的眉。

蔷薇红莲

就算时光不温柔

■ 野口笑子

一

陶小桃十八岁，美得像一朵桃花。

那一年，关于陶小桃的流言像长了翅膀一样传遍双林镇大街小巷。

陶冶是陶小桃的哥哥。

双林镇几乎住满了陶姓的人家，也都沾亲带故，一到红白喜事人差不多就齐了。巴掌大的地，街头小两口吵个架隔天就能传到街尾去了。

我就是双林镇唯一不姓陶的人，我是个弃婴。我甚至卑微得没有自己的名字，可是我讨厌他们的姓氏，我想象过无数次我是被哪个姓陶的人抛弃。听说我是在镇政府门口被捡到的，被看大门的老阿婆收养，他们喊我嘉嘉。有时候想起来还真可笑，丢我的人还知道沾着政府的光，我死不了。

大雪里都没冻死的弃婴，活下来听起来多不容易。以至于我活到如今都一直有种大难不死的感觉，为了有后福我也得活着，不管用什么方式也要活着。

人真的是一种很奇怪的生物，当他们划定自己的群体时，共同对付一个群体之外的人会使他们的关系更加牢固，这是连小孩子都知道的道理。我没有朋友，也不需要朋友。就像是寄居在最阴暗处的苔藓，生来就不该在阳光下暴露。于是我习惯趾高气扬地活在自己的世界里，尽管在别人眼里卑微得一文不值。

二

据说，当孩子知道死亡的时候童年就结束了。

我和陶小桃是在葬礼上认识的，这是我第一次参加双林镇的葬礼。原因很简单，去世的人是收养我的老阿婆。

我又再一次成为孤儿。

说来实在残忍，没有人为我解释死亡。我甚至在浑身冰凉的阿婆身边睡了一晚。

葬礼是在阿婆的女儿家举行的，我喊她姑姑。八岁的我蜷缩在角落里，想象着阿婆去的陌生世界。我只记得自己睡着了，做了一个冗长的梦，醒来时，一个女孩儿紧紧握住我的手，温暖得像个太阳。

“我叫陶小桃，我喜欢你，我想和你做朋友。”女孩儿的眼睛亮晶晶的，我却不习惯和别人对视。

“我，我是嘉嘉。”这种无聊透顶的自我介绍，简直太适合我了。

……

其实我到现在我也没弄懂，当时我为什么没有松开陶小桃的手。可能只是她的温暖，比周围的冰冷让我喜欢。

我原先是知道陶小桃的，敏感的人总会听过更多的风言风语，那段日子，我是流言的主角，另一个是小桃。

她是二奶生的女儿，被亲生父亲带回家里，和父亲的老婆还有儿子一起生活。另外，她还有个疯子母亲。这种电视剧里的狗血剧情在双林镇传了一年又一年。

我是相信这些的，陶小桃对死亡有着一种默然，我能感觉到她对亲情的绝望，就像我一样。

陶小桃成了我第二个亲人。

三

葬礼之后，我被送到阿婆的女儿家。我不喜欢她，我怕她。我是她嘴里阿婆甩不掉的包袱，我是讨债鬼，我是寄生虫。她收养我只不过为了政府发的补贴，所以我清楚地知道，在她眼里我连几百块钱都不如。

可是我只想活着。

我和陶小桃在时间的长河里，像是彼此的浮木，活了一年又一年。

我习惯在她身上寻找我所缺少的东西，比如勇气。

“小桃，今天那个女人又打我了。”不知道这句话重复过多少遍，身上的疤痕我数不清了。

“那就搬出去啊，阿婆的房子还在那里，让那个死肥婆把钱给。”你我喜欢她口气里不置可否的坚定。

“我不敢。”我终究是懦弱的，“我这样说她是不会让我走的，只会更加

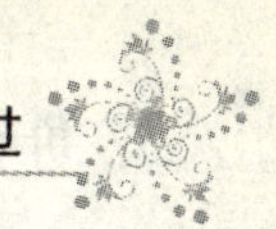

折磨我。”

“不怕，我陪你。”小桃的口气温柔得像春天刚绽开的桃花。

……

那天晚上我们两个讨论了很久，那种激动的心情我到现在都能体会。我想离开那里，哪怕不知道未来怎么样。

“死丫头，你还晓得回来啊？整天跟陶家小孽种鬼混，怎么不死在外面啊？”老女人的嘴在我脸边一张一合，我恶心得想吐。

“我以后不会回来了，我要出去住。”我攥紧拳头，我怕不一鼓作气说出来，又得把到嘴边的话咽下去。

“你厉害，翅膀硬了，滚出去就别给我回来！”

我几乎是昂首挺胸走出大门的，拎着我少得可怜的行李和站在墙角的陶小桃会合。我们俩像疯了一样冲向小屋，甚至有呐喊的冲动。

四

屋里长期没有人居住，冷冷的没有人味，和人一样，心里没有人走动，感觉是那么凄凉与孤独。

我躲在陶小桃的怀抱里，用着婴儿的姿势。我愿意用我的天长地久换你的拥抱，可是小桃，你会吗？

敲门声来得有点突兀，以至于多年以后我仍然在想，如果当时没有人来敲门，故事会不会就此改写。

门外站的是陶冶，我是不假思索就能猜出的，他和小桃有着同样闪亮的双眸，美得让我头晕目眩。

“你是嘉嘉吧，我是小桃的哥哥，请问她在你家吗？”陶冶的声音很好听。

“谁让你找我来的？走，我不要你们关心。”我还没来得及回答，陶小桃的大喊直接传过来了。“不要来烦我。”

我看着门外一脸窘迫的陶冶，有点儿觉得好笑。“没事，她今天在这里睡。”

“那好，麻烦你了啊，那我走了。”陶冶的声音始终藏着很失落的感觉，这种失落让我着迷。

这是我第一次见陶冶，结束的有些匆忙。

门关上以后，小屋出奇的安静。这是每次提到小桃家人后惯有的氛围，可是那次我却忍不住打破。

“小桃，陶冶长得和你好像，他很关心你呢。”我问得有点儿小心翼翼。

“你喜欢他对吗？”这突如其来的问题一下子让我愣住了，“你们不合适，离他远点儿。”

仔细想想，我是喜欢陶冶的。这让我忍不住想到梁祝的桥段，陶冶就像另一个陶小桃，最重要的是他是男生，能吸引我的异性。

这个夜晚有着我想不到的魔力，至少它改变了原本属于我们的生活。那一年，我们十六岁。

五

我开始了一场轰轰烈烈的恋爱，当然对象是陶冶。代价是陶小桃离开了我，离得越来越远。

陶冶是个尽职的爱人。我们一起看过日出看过日落，爬过高山游过大海，让我波澜不惊的小日子过得有点张扬。唯有关于他们家里的事情对我绝口不提，真是相似的兄妹。

据说习惯一件事情只要二十一天，不知道过了多少个二十一天后，我才确定我已经习惯没有陶小桃的日子了。我发现我的习惯期竟然有两年这么久。

高三上学期，大家开始忙忙碌碌起来，为了理想，为了生存。

陶小桃注定不是一般人，她总是能带给我生活巨大的改变，不知道是好是坏的转变。我是在晚自习后看见她蹲在小屋门口的，在寒风中颤抖着，我竟然想到十八年前的我，当时我应该比她还要绝望吧。

陶小桃几乎是跳起来抱着我的，哭得撕心裂肺。我知道，那些仇恨像乌云一样聚集，迟早会有倾盆大雨。

我们俩睡在床上，和从前一样，只是换成我抱着她，我们一起颤抖。

很有默契的沉默，一夜无眠。

隔天上午街上就开始议论纷纷，陶小桃的父亲昨天被拘留了，因为受贿，因为举报，因为陶小桃。谁也没想到这个小小的女生有这么大的能耐搜集证据，没想到她会举报自己的亲生父亲。她让这个耀武扬威一辈子的男人锒铛入狱，在她面前一败涂地。可是她开心吗？

“小桃，你为什么要这样做？”我忍不住吼了起来“他是你父亲，他们都是你亲人。”

“你知道什么?”陶小桃的语气冷得吓人“当初那个女人把我妈弄疯的时候怎么没人出来主持正义，怎么没人可怜我们？你要是为陶冶觉得我做错了，我马上就走，我这辈子不会出现在你面前。”

我开始心疼起来，这个一直给我温暖的女孩儿背负了比我更多的东西，更难以负荷的东西。

“嘉嘉，你知道吗？我妈妈是个疯子，我和她长得一样，一模一样，我没办法否认。是陶冶妈妈把她推下楼梯摔成的，他们把我妈丢在敬老院。把我捡回家，那个女人从来没把我当人看。我宁愿没有亲人，陶冶算什么？凭什么那个死男人对他言听计从？我从小为了讨好他拼命考第一他连给我签个名都嫌丢人。”

我摸摸她的手，用我能做到的温柔。

“嘉嘉，我很羡慕你，从八岁就开始羡慕你。我宁愿一个人，这样活着太累了。”陶小桃走了出去，和我想的一样，她只是想和我告别，我们不会再有交集。

一个人不怕失去，到底是什么都有还是一无所有?

我就是在那天失去陶小桃和陶冶的。陶冶去了别的城市，和他母亲，走的有点狼狈。陶小桃转学去了邻县的中学，住在敬老院，朝夕照顾她的母亲，爱的有些凄凉。

陶小桃像是盆仙人掌，抱着她，我无法和别人拥抱。而陶冶，我们回不去从前。

六

高三的时光顷刻流逝，我却是迫不及待地想逃离。我开始没日没夜地学习，让自己忙碌，麻痹自己。时间长得像一条河，河流流的忘记了时间，我怕自己沉溺在时间的长河里不想苏醒。

高考后，我离开了双林镇，离开了这里的一切。我爱这里，但我不想再回来了。原谅我在这个城市，怎么看都有你们的影子。

其实我们有时候只是刻意放大自己的悲伤，受伤的时候舔舔自己的伤口。把自己反锁起来关上牢笼，世界不会同情你。

我想谢谢你们，给了我一段不温柔的时光。

在你心中种太阳

■佚名

去年暑假，我作为志愿者参加了“种太阳”关爱留守儿童的暑期实践活动。

我和同学们来到一个叫罗店的小镇。那里有很多的留守儿童，我们辅导孩子们做功课，也和他们一起做游戏，更重要的是关注他们的心理健康。

在那里，我认识了十二岁的阿强。他的爸爸妈妈在广州一家水站打工，即使是过年，也很少回来，只留下阿强与七十多岁的爷爷在一起生活。阿强比其他孩子更沉默，嘴唇紧紧地闭着，眼睛清亮得像一湾清清的湖水，但眼神空茫无助，有着与年龄不相称的忧伤和落寞。

走进阿强家的院子时，我一下子愣住了：土墙坍塌，石头土块随意散落着；荒草萋萋，像发了疯一样兀自繁茂着；院子的中间有一块很小的菜园，种着几棵向日葵，稀稀疏疏，如病中的少女，孱弱不堪，有气无力。

进到屋里，屋子并不大，墙壁被烟熏成了黑褐色，仿若一张泛黄的照片，印记着时光萧瑟而又黯淡的容颜。屋顶罩满了烟尘丝，纵横交错，状如蜘蛛网。几件简陋的家具上覆盖着厚厚的灰尘，碗筷杂乱地堆放在一个白铁盆子里。我的心好像突然间坠入无底深渊，很沉很沉。

见我进来，阿强从凳子上弹起来，嘴巴张成了圆圆的O型，但仍然不说话。只默默地从墙角拖过一张木凳，用袖子在上面用力地擦了几个来回，努了努嘴巴，示意我坐下。

我道了谢，刚刚坐下。一种说不出的怪味排山倒海般地涌进鼻腔，我一阵晕眩，几乎窒息。于是，站了起来，说：“外边的阳光多好，打开窗户吧，我们也去外边晒晒太阳吧。”

阿强仍然沉默着，听话地搬了木凳，把窗户打开了。我牵着他的手，来到院子里，目光落在那几棵模样清瘦的向日葵上。

我笑了：“啊，一定是阿强种的了？阿强真的很能干啊！”

阿强轻轻地点点头，嘴角浮上了一抹浅浅的笑意，像流星划过苍茫的天际，瞬间陨落了。

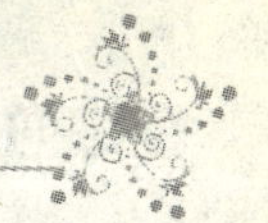

我说：“阿强，种下去还不够，还得管理呢。来，找把锄头，咱们一起给你的向日葵们除除草吧。”

阿强的嘴巴紧紧抿着，转身进了屋里取了锄头递给了我。我蹲下来，小心翼翼地锄着杂草，生怕伤到了那几棵纤细的向日葵。阿强懂事地把杂草拢在一起，跑跳着扔到了院子外面。

阿强努力地拔着那些杂草，为了拔一棵最粗壮的蒿草，他仰面摔倒了，两只小脚丫斜斜地伸向空中。

看到他滑稽的模样，我忍不住笑出了声，阿强也笑了，笑声清脆，像风中一串串清脆的铃铛声。我们的笑声愉快地在风中打着旋儿，回荡着，似乎空气中也弥漫着甜蜜愉快的味道。这时，阿强的眼睛亮晶晶的，额头和脸上闪着耀人的光泽。

整个上午，我们把院子里的杂草清理得干干净净。我们也累得够呛，腰身松松垮垮，浑身像要散架一般。我喘着粗气，说：“把杂草除干净，你才能种上一些有用的东西，它们才会在阳光下蓬蓬勃勃地生长。”

阿强默默地点点头。

几天后，当我再次踏进阿强的家，发现院子里的地已经翻过了。我笑着感叹道：“啊呀，真是了不得了，阿强竟然这样能干！准备种些什么呢？”

阿强羞赧地一笑：“向日葵。”

“为什么不种些蔬菜呢？”我不解地问。

阿强仰起小脸，“向日葵开着金黄色的花朵，跟着太阳转，像人的笑脸。好美！”一口气说这么多，连他自己也吃了一惊，不好意思地低下头。

“我也喜欢向日葵。我喜欢它的性格，不管长在怎样的环境里，总是尽情地张开笑脸，忘我地绽放笑颜，追随着太阳，顽强地生长，生长……我们每个人都应该是株向日葵，让阳光洒满我们心灵的每个角落。”

阿强若有所思地点点头。

几天后，我又走进了阿强的家。屋子里干净整洁了许多，灰尘不见了，蛛网状的尘丝也不见了，那种难闻的气味也没有了。阿强的爷爷正好在家，老人家瘪着没有牙齿的嘴，对我说：“姑娘，自从你们来后，我的孙子好像变了一个人，特勤快。”

下午，我买来几袋大白粉，和几个同学把阿强的家粉刷一新，最后，我们又用白纸把顶棚糊了一遍。阿强像只快乐的小鸟，飞进飞出，忙着给我们递东西。屋子虽然不是特别白，但显得亮堂多了。

阿强的话渐渐多了起来。他也常常跑来找我，问我各种各样的问题，

“广州大吗？越秀区漂亮吗？”我打开电脑，找到广州的图片，阿强看得津津有味，看着看着，安静了下来，眼角滚出了点点泪珠。

我掏出手机，递给他，“给妈妈打个电话吧。”

阿强感激地看我一眼，接过手机，很快电话接通，“妈妈！”阿强刚刚叫了一声，对方说：“阿强，妈妈这里忙，正给人家送水呢。你要听爷爷的话。”电话便匆匆挂掉了。

阿强放下手机，“哇”地哭出声，跑了出去。

在镇里的池塘边，我找到了阿强。他静静地坐着，并不开口。过了一会儿，他伸出手指，“姐姐，你看！”顺着他的手指，我看见池塘的另一边，有大片的向日葵，每一棵都茁壮挺拔，金黄色的花朵怒放着，闪着耀眼的金光。“姐姐，我也要做一株向日葵，因为我的心中有了阳光。”看到阿强如向日葵般灿烂明亮的小脸，我欣慰地紧紧把他拥在怀里。

几天后，暑期活动结束。阿强拉着我的手，来到他家的院子里，那些向日葵已明显壮实了许多，迎着风刚刚吐蕊，沐浴在迷人的阳光下，宝扇一般的叶子自由舒展着，煞是可爱。阿强笑着说：“姐姐，等它们成熟的时候，我一定给你寄一包葵花子。”我笑了，眼泪却酣畅淋漓地流下来，在蒙眬的泪光中，我仿佛看见一棵向日葵，张着笑脸，在追随着太阳顽强地生长，生长……

坏人需要和天使在一起

■ 莫颜

23 岁前，我一直是一个坏人。染了红头发蓝眉毛，常替哥们儿打架替人讨债，卖水货手机。那些上当的人拿着罢了工的手机找来时，我总是一溜烟地逃掉，躲在骑楼里得意地笑。后来我在家里开了一间小卖店，卖啤酒、瓜子和水果糖，当然我卖的大多是假货。不过没关系，我的顾客都是对面小学的小毛孩儿，只要足够美味，他们就不会在乎。

那天小卖店前出现一个女孩儿，拿着刚刚从我这儿买走的一袋豆腐干："你闻闻，我买回去拆开袋子，发现已经臭了。"这批豆腐干的质量很差，常常有小孩儿来退货，每到那个时候，我就会告诉他们是臭豆腐，臭豆腐当然是臭的，我是绝对不会给他们退货的。但这个女孩儿不一样，大概二十多岁，个子很高，有点儿瘦，头发短短的，有一点儿自然卷。我突然想起她是小区里新搬来的住户，于是我就退掉了那袋豆腐干，我想大家是邻居，抬头不见低头见，还是不要做得太绝了。

后来就常常见到这个女孩儿了。她总是打扮得很整齐，穿着好看的连衣裙，手腕上有一串红红的珊瑚链，她从来不化妆。偶尔我通宵玩儿游戏，就会看到早上她匆匆地上班，脸清新得像早晨刚挤出来的牛奶。那一刻我想起我的前女友，她也是卖水货手机的，后来我不卖水货手机改开小卖店，我们就分手了。我记得某一天她刚起来，嘴角的残妆像刚喝完血的魔鬼。然而这个女孩儿像什么呢？她穿着白色的裙子，脸庞清新纯净像天使。

那是周末，学生早早放学回了家，却有人站在小卖店前，我探出头去，原来是天使。她说："你怎么总是卖假货呢？这些孩子吃坏了肚子怎么办？"我说："我卖假货怎么了？又没有卖给你。上次你买的豆腐干不是给你退货了吗？何况就算我卖假货了，关你什么事呢？你是工商局的吗？"天使站在我面前，因为生气，脸红红的。她说："怎么不关我的事情呢？我是他们的老师。"

呀，原来是老师啊！我敬了个礼说："老师好，老师其实我不是故意的，你看我不像你有文凭有固定工作，闲时还能找我这样的人撒撒气。我是生活在水深火热中的劳动人民，卖几袋豆腐干起早贪黑，担惊受怕，我容易吗我？”最后我说：“老师，听说你们校内还有个小卖部，我和你商量件事行不行？你牵个线把那个小卖部承包给我，让我过把红顶商人的瘾。只要你把那个小卖店承包给我，我保证不卖过期货。”

天使的脸红了。我的坏在小区里是出了名的，我的贫在小区里也是出了名的。但是我没想到她会脸红。

“我只是刚毕业的老师，还没转正，没人会听我的，校长更不会。”过了一会儿，天使老师又说：“我帮不上你的忙，但还是请你不要卖过期的小食品。”我被她为难的样子吓傻了。天哪，她居然把我的话当了真。后来她就离开了。“嗨，老师，你叫什么名字？”“李敏儿。”她说。

那以后我就常主动招呼李敏儿了。早上我说：“老师早上好。”下午放学我说：“老师辛苦了。”傍晚，李敏儿到附近花园散步，我就会立正稍息地说：“老师早点回家，注意安全。”每一次，她总是努力地忍住笑，后来她就不忍了。说：“你怎么这么贫呢？”

我很快知道，李敏儿的家在南方小城。大学毕业留在了这里，在一所不起眼的小学当合同教师。租住在我们小区的地下室里。李敏儿很努力，常常为学习不好的学生补习，每个周末都做义工。李敏儿也是寂寞的，除了那些孩子，没有人和她说话。她说：“地下室的窗户那么小，每天只能见到半小时的阳光。”有时候她会和我聊聊天。我说：“我小时候就失去了父母，爷爷把我养大，后来爷爷去世了，所以没念完高中就辍学了。刚辍学那阵儿我特想混黑社会。虽然我身世凄惨，但我一直心残志坚。刚开始做手机买卖，推广国家的通信事业，现在为振兴民族的零售业作贡献。”

李敏儿是个善良的女孩，每当我谈到家人她总是很难过。她说：“其实你很不容易的。”我说：“当然。”那一刻夕阳正好，天上的云彩有淡淡的金边，看起来漂亮极了。我被漂亮的李敏儿感动了，也被自己感动了。我说：“敏儿我不需要你的同情，只需要你的爱情。”李敏儿的脸红了，红起来就像夏天田野里的西红柿。“瞎说什么呢！”李敏儿说。我的脸在那一刻居然也红了。李敏儿走后，我在镜前发了很长时间的呆，从来不会脸红的我，真怀疑镜子里那个小脸红扑扑看起来很滑稽的家伙不是我。

那天以后，我就不主动和李敏儿说话了。我想：我是个无业游民，李敏儿是就要转正的优秀老师，怎么可能在一起呢？然而李敏儿却没有躲着我，她更加喜欢到我这儿玩了，借口是检查我进的货有没有过期，她要对自己的学生负责。其实那时学生已很少到我这儿买小食品了。学校规定学生不能出

校门，校内关闭了很久的小卖店也重新开了业，加之老师的循循善诱，那些立场不坚定的学生当然变节了。虽然我早不卖过期食品了，生意也一落千丈，我开始考虑转行。

那是周末，李敏儿照例来检查我的货物。我说："你一天到晚腻在我这儿做什么？这房子可是爷爷去世后留给我唯一一点儿值钱的东西，你不会……"李敏儿的脸红了，说："你不要这么贫好不好？"我说："贫怎么了，我23岁了就是这么贫，你不满意干吗老到我这儿来？腿长在你自己身上。"我滔滔不绝地说下去，不知道自己为什么会生气，是因为李敏儿是天使我是坏人吗？李敏儿一直没有说话。很久以后，她说有一个办法可以治贫的，说完她轻轻地亲了一下我的嘴唇，我惊呆了……

后来，我和她都没说话。是秋天了，天空那么高那么远。很久以后，李敏儿说："你真的不明白我为什么常常到你这儿玩吗？那是因为我喜欢你，同事们都说我不该喜欢你，但我就是喜欢你……"

爱情就这样来了。那是我一生中最快乐的时光。每个傍晚，我们都会到小区旁的花园散步。李敏儿是个好脾气、可爱聪明的姑娘。她说："其实你不是坏人，见到老人你会让路。有一次，我还见过你献血呢，走出献血车时鬼鬼祟祟的样子，像做了什么坏事。"李敏儿说："你虽然不是好人，但也绝对不坏，就别糟蹋自个儿了。"

后来我关了小卖店，重新变成了无业游民。其实我可以再卖水货手机的，但不知为什么，我不愿意和警察赛跑，也不愿意躲在骑楼上呵呵地笑了。心中那点儿仅存的叫做良心的东西被李敏儿唤醒了。

那是星期三，小区二楼一家住户的钥匙锁在了家里，住户站在楼下发愁的时候，我正在清理小卖店剩下的货品。看到住户着急的样子，我说："我帮你吧！从三楼阳台爬下去，就可以到你家了。"于是，我挂在三楼的阳台上，脚就踏上了二楼的阳台。很小心，只是没想到这是深秋，阳台上有薄薄的霜，我踩空了，结结实实地摔了下去……

李敏儿赶到医院，那时我已醒过来了，医生说我命大，只是小腿粉碎性骨折了。李敏儿哭着说："你为什么那么傻呢？"我没说话，不想告诉她在决定帮助二楼的住户取钥匙的一刹那，心中想的是她，想等她下午下了班，我就会告诉她，我做了一件好事，我不是坏人。

那是我和李敏儿最艰难的一段日子。虽然之前攒下了一点儿钱，但那些钱只够手术前的费用，手术又得花掉一大笔钱。我提出和李敏儿分手，她不同意，固执地照顾着我，她拿出了所有的积蓄，然而远远不够。一个星期后，李敏儿上班时，我偷偷给我的母亲打了电话。我曾告诉李敏儿我失去了父母，是的，我的确失去了他们。在我很小的时候，他们离了婚，各自有了自己的家庭，所以我才会和爷爷生活的。因为这个，我从来没有原谅他们。母亲赶来，将我接到了别的医院。这一切，我都是瞒着李敏儿的，存心让自己蒸发了。

4 个月后我痊愈了。换掉了手机号码，一直待在母亲家里。后来在一家工厂里找了份正当的工作。偶尔，我会到小屋看看，小屋很宁静，总是一尘不染，我知道是李敏儿收拾的。在受伤前，她就有我小屋的钥匙。那天在屋子里看到一封信，是李敏儿写的。

我知道你一定会常常回来。护士告诉我，你是被母亲接走的。（瞧，你是有母亲的。你又骗了我，你真是一个坏人）我那么那么想你。我想知道，天使和坏人真的不能在一起吗？如果真的不能在一起，那么，我就只能变成坏人了。你知道，我并不笨的，想要变坏，是很快的事情。如果你不想我变坏，那么，就给我打电话吧。

我想了很久。终于，手指轻轻地颤抖着按下早已在心中念了无数遍的电话号码。可是无人接听，当我颓丧无力地拉开门想要离开时，一刹那，我的泪水涌了上来——我看到了敏儿。不，我的天使，正眼含泪水却笑意盈盈地站在门外……

当我们拥抱在一起时，我流下了幸福的眼泪。眼泪是甜的，那种感觉很特别，就好像——好像坏人和天使走了很远很远的路，披着月光和星辉，带着花蜜和洁白的露水，他们慢慢地靠近，终于紧紧地拥抱在一起。

两个魔方

■ 戚无非

1. 偷窥

莫小清假装不经意地路过魔方社团的活动室，脚步缓缓。她从玻璃窗往里看，只见十七八个社团成员正在聚精会神地转魔方，一旁的指导老师笑盈盈地看着他们。

傻得要命，简直莫明其妙。莫小清皱了皱眉头。

初冬时节，白天已经变短了。指导老师看了看墙上的时钟，宣布今天的社团活动结束，大家可以回家了。成员们前一秒还在用生命转着魔方，这一秒，轰的一下全散了，气势之猛竟把莫小清吓了一大跳。

“哟，丫头，特意跑来偷窥我啊？”同桌夏成安一边抛着手里的魔方，一边走到她面前。

“本小姐路过而已。偷窥你？做梦呢。”向来骄傲的莫小清白眼一翻，大步离开。

“看什么看？”夏成安朝那些围观的同学做着驱赶的手势，“我才不稀罕被她偷窥呢。”

他说的是实话。

2. 势同水火

莫小清和夏成安之间结有梁子。

是这个学期开学时候的事了。升上初三，班主任说为了促进班级团结，要重新排一次座位，这样大家就可以多交几个好朋友。无奈的是，班上的男女生人数都是单数，从前往后排，最终剩下来的就是高个子的莫小清和夏成安。

“这丫头比男生还高啊，真可怕。”夏成安没心没肺地开着玩笑。其实他比莫小清还高半个头，两人一同被班主任安排在了最后一张座位，成了同桌。

心高气傲的莫小清就是从这时候开始记恨夏成安的。为了报复他，莫小清从不放过他任何一条小辫子。

夏成安迟到了，想从后门偷偷溜进来，莫小清见状，连忙发出一些声响，正在写板书的物理老师转过身来，逮住了蹑手蹑脚的他。

夏成安考试没考好，偷偷把试卷扔了，莫小清都捡回来，在家长会当天塞在他的抽屉里，等他家长自己发现。

诸如此类。

夏成安性格很开朗，人缘挺好的，可是对总是刻意找碴儿的莫小清终于无法忍耐了。他找她摊牌："我知道当时我开你玩笑是我不好，你要报仇我也认了，可是你也应该消气了吧？我只笑了你一次，你却害了我那么多次呢！"

当时莫小清没有说话，只是瞪了夏成安一眼，便不再看他。不过从那之后，她也没有再故意地和他作对，事情总算告一段落。

不爱听课的夏成安总是在抽屉里偷偷转魔方，速度快得让人难以置信。有时他转累了，会斜眼看看一脸严肃地听着课的莫小清，心里觉得她挺无趣的，难怪在学校里基本上没朋友。

我不需要朋友，我只要画画就够了。莫小清是这样想的。

3. 日本之行

每一个画漫画的孩子都对日本这个动漫帝国很向往，莫小清也不例外。原本以为只是想想就算了，自己只是一个中学生，要出国谈何容易。可没想到的是，爸爸却带来了好消息。

"我春节要到日本公干一个月，公司说可以带一个家人同行，你们谁想去啊？"

莫小清当然说自己要去，可是同时说想去的还有一个人——比她大两岁的哥哥莫小瑜。莫小瑜自顾自地说着："啊，可以去日本参加悠悠球和魔方比赛了，那边好多高手，我要和他们切磋一下。"

爸爸笑眯眯地应着，然后问莫小清："小清想去做什么呢？"

"当然是去找老师学画漫画啦，一个月的时间，一定能学到不少东西。"

爸爸头疼起来："可惜的是只有一个名额，你们自己商量吧，商量好了就尽快告诉我，办签证还挺费时间的。"

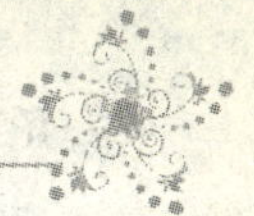

兄妹俩都不再说什么。晚饭过后，莫小清把莫小瑜拉进了房间，气鼓鼓地说：“你不觉得你为了那些什么破悠悠球和破魔方，就这样浪费掉一个名额，真的是很过分吗？”

“漫画才破吧！”莫小瑜有点儿生气，虽然知道这个妹妹一直就是这样的脾气，但她侮辱自己的爱好，实在不可原谅。

“漫画家是一种职业，你知道宫崎骏吗？你知道手冢治虫吗？可是转魔方能有什么前途？幼稚！无聊！”

莫小瑜深呼吸，忍住了怒火：“转魔方也有世界名家啊，只是你不知道罢了。更何况，画漫画谁不会？我随便一画就能画得比你好。”

莫小清被逼急了，翻出一张纸和几支笔，扔在桌子上：“你要是能画出稍微像样点儿的画来，我就考虑让你去。”

莫小瑜撇撇嘴，扯过椅子，抓起笔就开始画了。莫小清从来没有见过自己的哥哥画画，一开始还不屑一顾，但随着纸上的人物成型，她顿时泄了气。这个家伙究竟是什么时候学的？

莫小瑜放下笔，挑衅地看着莫小清，无声地做了“怎——么——样——”的口型。

莫小清鼻子一酸，眼泪滚落下来。

莫小瑜一下慌了手脚了，连忙安慰道：“哎，别哭啊。我又没说一定是我去。这样吧，如果你能在办签证的日期之前学会转6面的魔方，我就让你去！”

莫小清想了想，咬咬嘴唇说：“一言为定。”

这就是她在魔方社团活动室门口徘徊的原因。

4. 拜师

英语课的时候，夏成安低着头，肩膀动来动去，莫小清不用想就知道他在干什么。

“喂。”她用手肘撞了他一下。

夏成安连忙将魔方甩进抽屉，双手摆在课桌上，挺胸坐好。可是他发现英语老师正在兴致勃勃地讲课，压根儿没有发现他开小差，他气愤地瞟了莫小清一眼：“啧，你到底有完没完啊？我说过很多次对不起了，你到底是有多恨我？”

“我没耍你，我只是有事拜托你。”莫小清低声下气。

“哦？你莫大小姐也会有求人的时候？说吧，是什么为难的事，说出来让我鄙视一下。”

“教……教我转魔方。”莫小清脸红了，她觉得自己像个白痴。

“哎？”夏成安惊呼起来，这回英语老师听见了。他被罚放学后留下来扫楼梯。

不过他没有想到的是，放学后，莫小清也拿着扫把随他来了。两人默默地打扫着，谁也不说话。气氛很压抑，仿佛定时炸弹正在滴答滴答地倒计时，随时都有爆炸的危险。

“受不了了！”夏成安把扫把往地上一摔，嚷道，“你到底有什么企图？”

“我说了，我要学转魔方！”莫小清也把扫把扔在了地上。

夏成安依旧觉得这是个陷阱，于是想把她拆穿。

“那你请我吃必胜客。”

“答应你。”

“帮我做5次值日。”

“我现在就在帮你。”

“听写单词给我抄。”

“行。”

“告诉我你要学转魔方的原因。”

“因……唯独这个不能告诉你。”

夏成安撇撇嘴，没想到她还挺机灵，没被套出话来，功亏一篑。他摇摇头：“很抱歉，我平时很忙的，不能教你。”

莫小清面子挂不住，一脚踢散了夏成安扫成堆的垃圾，然后跑开了。夏成安气急败坏，他从没见过这么蛮不讲理的女生。

5. 峰回路转

莫小清连续好几天在魔方教室门口转悠，据她观察，整个社团也就夏成安的水平稍微像点儿样，能在规定时间内转好6面的只有他。看来这个师非拜不可，只是要怎么放下姿态重新去求他，这是莫小清头疼的问题。

夏成安瞟到在窗外发呆的莫小清，于是趁指导老师不注意，悄悄溜了出来。莫小清回过神来，发现他正饶有兴味地看着自己。她正想走，夏成安喝道：“站住！”

“干什么？”莫小清回头瞪他。

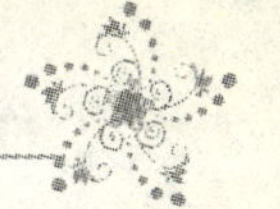

“你都在这偷窥好几天了，还是想拜师吧？”夏成安摸了摸下巴，“说真的，我倒被你感动了。你要是以后对我好点儿，我可以教你。”

莫小清没有说话，反而气鼓鼓的样子。夏成安摇摇头：“怕了你了，我还真没见过像你这么别扭的人。算了，我不当你师傅了，当你朋友吧，不用你卑躬屈膝的，是不是就能自在点儿？”

朋友？莫小清稍稍被震到了。自己很少与别人接触，与其浪费时间交朋友，还不如抓紧时间画画。久而久之，好像自己真的没有朋友了呢。

“不是耍我的？”她还是将信将疑。

“本人一言九鼎。”

6. 生死期限

“笨啊！我说过要先打十字，你瞎转怎么可能转好啊？”夏成安看到手忙脚乱的莫小清，恨不得抢过来帮她转。

“少啰嗦！你教我的我都记住了，我只是想尝试一下有没有更快的方法。我和我哥约定的时间就快到了，如果到时候我还是学不会，我和他的生死之期也是你夏成安的死期！”

“你就是这样对朋友的？”

“这是我对朋友的‘爱的表现’。”

两人一边斗嘴一边转魔方。寒冬已至，白天更短了。他们回家的时候，路灯已经亮了起来。两条影子长长地铺在地上，莫小清看着，觉得很有意思。她愉快地踩起夏成安的影子来，呵呵地笑。夏成安觉得她幼稚，他哪里知道，莫小清已经很久没有跟别人一同走路了。

约定的时间到了，莫小瑜递给莫小清一个魔方，然后拿出闹钟：“看你是初学者，我就给你 15 分钟时间好了，如果能转好，我就让你跟爸爸去日本。”

“啪。”

她将转好 6 面的魔方摆在桌子上的时候，时间只过去了 12 分 45 秒。

莫小瑜挠挠脑袋：“好吧，我愿赌服输。不过，你能不能答应我一件事？”

“给你带一个日本产的高级悠悠球？”

“咦？”莫小瑜吓了一跳，“我家妹妹几时变得这么善解人意？”

“向来如此。”

“对了，其实，除了悠悠球……我还想要一个好魔方。”

“得寸进尺！”莫小清随手抓起一个枕头朝莫小瑜扔了过去。

7. 两个魔方

莫小清如愿去了日本。

回国后，她更努力地画画了，不过也分出了一些时间，跟几个同学成了朋友。

在她不知道的地方，一场魔方大赛正在进行，进入决赛的是两个少年，一个叫莫小瑜，一个叫夏成安。两个老对手见面，揶揄了对方之后，还不忘狠狠地拥抱一下。

开场之前，他们坐在比赛场地旁的椅子上聊天。

“你妹妹真讨厌啊，总是对我呼来喝去的。要不是因为你拜托我，我才不会教她转魔方。你都不知道她有多笨，总是手忙脚乱地沉不住气。”夏成安抱怨道。

“唉，她要是不笨，我也不会麻烦你来教她了。她如果去不了日本，肯定会哭3天的。”莫小瑜递给夏成安一个魔方，“对了，这是我特意让她从日本买回来的，给你，就当报答你的礼物。”

夏成安无奈地摇摇头：“你为了让她去日本，遭了多少罪啊。”

“我的想法不是早就告诉过你了吗？去日本是其次，我觉得她如果继续孤僻下去，肯定会出大问题。借着这次机会，让她学一下怎么和同学相处，这比较重要。”

夏成安啧啧叹道：“是了是了，你这个哥哥太没话说了。告诉你一个好消息吧，你妹妹已经比之前开朗了。至少，对我这个朋友，已经学会知恩图报了。”

夏成安从口袋里拿出一个魔方，莫小瑜一看，跟自己手上那个一模一样。

“那就用这两个魔方来比一场吧，老对手。”莫小瑜勾起嘴角。

“切，怕你？”

春天的微风吹着，云朵散开，白天变长了。路边开了3朵小花，摇摇摆摆，煞是可爱。

宁生，眼泪是不是又爬过你的眼角

■ 草根情感

宁生：

小屁孩儿时光里我们爱淋雨，在学校里的操场上淋得湿巴巴，身上和脸上都撒满了雨水。你说这样你才会觉得放心，别人都不会看到自己流泪。

七年来，很多夜里，我都会从梦里惊醒。看着窗外忽明忽灭的闪电，下雨声覆盖了整个夜空，湮没了漆黑的小路。听着屋外被风吹得哗啦啦作响的树叶声。而每次一下雨，我就会梦到你。你站在轨道边沿，唤我，你唤我一声，我便落一滴泪。一声一声，直到泪水爬满我整个脸庞。

七年来，你在我的记忆里，鲜活地陪我长大。即使在我想起你时，只记得你模糊的轮廓隐约的印象和残存的背影，可是只这些，就让我失去了忘记的力气。

以前，宁生一边笑，一边哭，一边长大。

现在，我一边哭，一边笑，一边怀念。

小宝

十岁那时的宁生，真的一点儿也不英俊。皮肤没有我白净，头发也没有我的那么黑，个子也比我小。可是他的笑容很温柔，很温暖，像春天暖阳普照青岛的海一样蔚蓝迷人。他微笑的一瞬间，我恍恍觉得好像全世界的阳光都落入了他的眼里，那么明亮漂亮。

我问过他："你怎么笑起来总是比我笑得好看？"

宁生："因为开心很难得，而开心的时候就会笑，所以每次笑我都把开心放到了笑容上。"

那么好看的笑容，宁生拥有，一辈子我想他也不会觉得孤独。

而宁生的右眼角，有一条又长又明显的纹路，从眼角直达他的刘海儿处。而平时宁生用头发遮住了那条纹路，我们都看不到。

后来才知道，宁生睡觉的姿势总是往右侧着身睡。而眼泪就从眼角直流到刘海儿，眼泪流多了，所以就出了一条纹路。

我不知道是不是真的，只是后来的后来才听说的。

一

其实，在来学校之前我就见过宁生了。

开学的那天，我坐在树荫下的台阶上等我老爸带我进学校。那时候还小，坏人多，不敢到处乱跑，所以我就坐着东张西望地等待着。

广场上川流不息的人潮一拨接着一拨，有男有女。随意摆放的长椅上有不少人停歇。年轻的女孩子穿着短裙，露出长腿，耳朵里塞着耳机，脸上的表情看不出悲喜。男子们帅气如阳……就这样一拨又一拨的人从我面前走过，而我不以为然。

这时，一个和我一样大的孩子从我面前走过，他就是宁生。

宁生背着一个小小的淡蓝色的旧书包，书包背后超人的图案已模糊不清，有的褪色得皱了起来。他穿着一双淡黄色的凉鞋，白格子的衬衫加黑裤，迈着轻快的步子跟在他老爸的身后。

他从我面前走过，一路走来我就看着他，他也看着我。当他走过我面前的时候，我才发现他的眼神里挂满了可怜，我不知道他是可怜我孤零零一个人坐在那里，还是他受委屈了可怜自己。我一直看着他，他也看着我，走过了我的面前后，他就一边走一边扭头来看我。

后来，我朝着他做了一个鬼脸，意思是告诉他：看什么看，是不是欠扁？过了一会儿，他也朝着我做了一个鬼脸，他把他的眼睛睁得老大的，然后就吐了吐他的舌头。

我笑了起来，因为他做鬼脸的样子真难看。

小时候我也是挺可爱的，看到不顺眼的人就会冲着他做各种各样的鬼脸。就像我隔壁家的小石，我打不过他，他比我大。所以每次都会躲在妈妈的身后，然后就冲着他做鬼脸……正因为这样，小石打我的时候会下手更重，每次都会把我打哭了。

所以，因为宁生老是盯着我看，所以我看宁生不顺眼。

而宁生说，他只敢对他敢欺负的人做鬼脸。别人欺负他，他就会哭。而他欺负别人，就是做出各种各样恐怖的鬼脸。

所以，后来的日子里，宁生不开心的时候就会冲着我做鬼脸。

其实一点儿也不恐怖，而是难看得要死，难看得不像样。

从那一次，我遇到了宁生后，我就能清楚地记住他的样子，我不知道后来他有没有记起我？

二

正式上课的那天，来到三年级05班。

真没想到我又看到了宁生，那一个对我做鬼脸的男孩儿。他就坐在我的前面。

当我一路盯着他走向我的座位时，宁生也看到了我。他两只晶莹剔透的眼睛随着我的身影移动。我走过他身边的时候，他轻轻翘动嘴角的弧度，明媚地对我笑了一下，很好看。从他的笑脸里我看不出他想欺负我，而是觉得在陌生中找到了很熟悉的感觉。

这是我第一次看到宁生对我笑。

后来。老师发了新书下来，叫我们都把自己的名字写在书本上，以免不见了。我把名字写完后，刚想趴下去睡觉，宁生就扭过头来，看了看我后问道："你叫什么名字?"

"你先说你叫什么名，我再说我的名给你听。"

"我先问所以你就要先回答。"

"你先问所以要你先说。"

……

终于，宁生不跟我争，他嘟了嘟嘴说：

"我叫宁生，宁是安宁的宁，生是生活的生。"

说完后，他就翻开他的语文书的第一页，高高地举到我的眼前。他的名字一笔一笔的用蓝色圆珠笔勾勒着，歪歪斜斜地。

后来我说："我是小宝，小是大小的小，宝是宝贝的宝。"

然后他问我："那你怎么不叫大宝?"

我摇了摇头对他说："那你怎么不叫宁死?"

宁生，不喜欢开玩笑，就因为我叫他宁死，他就几天不理我。见到我就把眼睛翻得白白的。

三

宁生很安静，不喜欢说话，内向。当你看到一大群人有说有笑的时候，宁生就一个人待在课桌看书。

有时候当大家逗他玩的时候，他就羞得脸和耳朵通红，狼狈得有点儿不知所措。

开学半个月过去了，有的人说都没有听到过宁生说话，也没有看到宁生笑过。

当有一天你与众不同的时候，你才会得到别人的关注。宁生，很多人都在谈论着宁生。他们说宁生是一个不会说话的小哑巴，他们说宁生胆小如鼠不敢说话……全班沸腾了，他们都在嘲笑着宁生。

每次宁生听到同学在背后说他坏话或者是给他起绰号的时候，他就假装没有听到。

宁生告诉我："他很害怕那些同学把他当成笑话一样说来说去。"

宁生说："他不是别人取笑的小丑。"

每次当别人说宁生的时候，我已经感觉不到他的眼泪流下，只是巨大的悲伤宛如海啸来袭。我看着他异常惊慌失措而又百般自责的表情，他嘴角有时微动像想说什么，却终究一个字都说不出口。

有一天体育课，体育老师说，想请一个同学帮他念一下体育课安全守则，叫我们大家推荐一个同学。

老师的话音未落，就听到班上很调皮的那几个同学说："叫小哑巴宁生上去念。"

老师听到后就说："哟，原来你们班还有一个小哑巴！"这时，全班同学都笑了起来，男的女的，笑声像汹涌的潮水扑向整个操场。

当大家都仰头大笑的时候，只有宁生低着头，红着脸。他站在我旁边，我看不到他滴下眼泪，也看不到他红了的眼眶。

我想，宁生一定很难过。

排队解散后，宁生一个人走到学校最大的那棵树下的石凳上坐着。那棵好大的榕树独自生长在学校的一角，周围没有小树，没有树和它抢阳光，也没有树陪它共风雨，孤零零的，很像宁生。

后来，我走了过去，宁生无辜又委屈地看着我。明亮的阳光在他的背后舒展成灿烂的一片，透过树梢，在他的肩上披上了一层金黄色。他干净的眼眸，洁白的牙齿，还有白色的衬衫，在那一瞬间定格。我觉得呼吸有点困难，仿佛一股巨大的海浪把我淹没。我在想，那么漂亮的一个男孩儿，是不是就该受到这样的创伤？

我什么也没说，也没有安慰他，就静静地坐在他的旁边，直到下课。

那天晚上，下了很多的雨，雷声湮没了整个县城，闪电照亮了天空，像被囚禁的野兽在天空嘶喊。那晚，是我来到那个学校的第一夜难眠，翻来覆

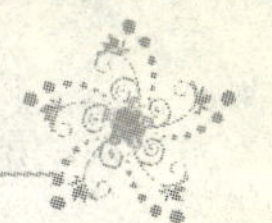

去怎么也睡不着。后来，我看到宁生也还没有睡着，我就跑过去想和宁生一起睡。

宁生睡觉的样子也很孤独，右侧着身子，把身子和脚缩成一团，像受了伤的精灵。那晚，我身子侧向左边，和宁生背靠着背睡，尽管背靠着背，似乎那么远，我依然能够听到他砰砰拨动的心跳，很匀称，很安宁。似乎又是那么遥远，因为我一点儿也没有感觉到他的体温。很快，闻着他的气味我就睡着了。

半夜的时候，我被宁生翻身的声音吵醒，原来，他都没有睡着过。后来我就装睡，我没有看到他哽咽的样子，却听到了很久的吸鼻子的声音。

现在我才懂得，一个人，心一软，鼻子一酸，欲哭无泪的时候，就会不停地抽咽着鼻子。

四

刚到一个新学校的时候，我们还不熟悉。所以刚开始在我们眼里，老师，就是我们学生的上帝。

那天，我们504宿舍很吵，老师说，在七楼上面就能听到我们宿舍吵闹的声音，像垃圾堆里面的苍蝇，老师两眼冒火很大声地骂着我们。

老师说多次警告不听，午休时间谁都不可以出宿舍，大小便也不可以出去。违反者重罚。

后来我们都安安静静地睡觉了。

午休起床的时候，就听到有同学说宁生在床上拉屎了。宁生的床边围着好多同学，有其他班的也有我们自己班的，总之听说了的都会跑来看热闹。

后来那个值班老师来了，他用手紧紧地捂住鼻子，然后笑嘻嘻地对宁生说："老师刚才是开玩笑的，你憋不住了你可以和老师说。"

说完后又笑嘻嘻地走了。

这时所有的同学都在笑。而这次，宁生脸没有红，而在他的眼神里，我看到了抱怨和恨。而脸红的，是那些在笑的同学，笑得脸都红了。

后来，宁生告诉我，他恨那些笑的人，非常非常的恨。

宁生告诉我，只有我和落落没有笑。

来到教室后，就连班上的女同学都用异样冰冷的眼光看着宁生。

我坐在宁生的后面，我看到他一动也不动地看书，我在想，如果宁生的心变得冰凉，还会不会原谅这些年少的无知和嘲讽。

后来，那天晚上又下了很大的雨，宁生站在操场上淋着雨，淋了很久。后来老师叫他，他才回宿舍。

我看到他的时候，他浑身湿漉漉的，刘海儿贴在脑门上，皮肤白得像日光灯一样，在漆黑的背景下似会发光。他的眼神犀利得可怕，一点儿也不像一个10岁少年的眼神，阴郁得像一把泛着寒光的兵刃。我很难过一个好好的人被伤害得支离破碎，我不知道是否所有孩子的少年时光都这样灰暗，还是只有宁生才是如此荒芜。然而，走在喧闹嘈杂的校园中，看着一张张表情丰富的面容从我身旁经过，我觉得，恐怕只有宁生过得如此辛苦。

宁生对我说，即使是大颗大颗的眼泪在雨里都不是温热的。

五

四年级，宁生11岁。

我追问了好久，他才告诉我他的生日，他是四月的，我是三月的。我比他先出生一个月，所以我常常逼着宁生叫我哥哥，而每次他都不叫，而是对我做鬼脸。因为宁生说过，他对欺负他的人做鬼脸。而每次做鬼脸我都觉得他做得好勉强，一点儿也没有第一次见到他时冲着我做鬼脸的感觉。

宁生比刚来的时候更沉默了。

宁生生日那天我问他，“怎么你老爸没有给你买蛋糕和礼物?”

宁生说，“他从来没有过礼物，唯一的玩具也是他妈在他五岁的时候，从外婆家带回来的一辆卡通玩具车。”

当他说到他妈的时候，他哭了起来。

后来我不知道怎么去安慰他，我就拉着他的衣角去到学校里的小卖部。然后我从裤袋里拿出了仅有的一块钱，买了一个巧克力的蛋黄派，五毛钱的那种蛋黄派不是巧克力的，宁生说他喜欢巧克力。

当我把蛋黄派给他的时候，他还推来推去不好意思拿，我说当我送给他的11岁生日礼物，他才收下了。

宁生手里拿着蛋黄派，我看着他，他就掰了一半给我。

宁生一边吃，一边流眼泪，我没有安慰他，看到宁生哭，我也哭了。

吃完了蛋黄派后，宁生擦干了眼泪，然后冲着我笑了笑。

这是宁生第二次对我笑。也是我看到宁生第二次笑。

尽管是泛黄的灯下，我依然能够清清楚楚地看到宁生嘴角扬起的弧度。看到宁生笑，我看到他就像一个没有过难过和不快乐的孩子，是我梦里所见的那种，只会画画和笑的单纯小孩儿。

六

不是每个孩子天生就是不想快乐的笑的。宁生也一样。

后来的后来，当我开始真正地去了解宁生的时候，我才知道宁生会哭也会笑。

宁生的家在小巷子里，窄窄的木楼梯上去就是。冬天的时候薄薄的墙壁似乎都会透风，整个房子像一个年迈的老人一样冻得咯吱咯吱响；夏天的时候又像一个密不透风的蒸笼，暗暗的。只有他和他的妹妹和他老爸三个人住。

宁生九岁的那一年，他的母亲去世了。

因为宁生的父亲整天游手好闲，不务正业，整天去赌，每晚喝得烂醉才回来。回到家后就骂×××，所以家里每天都吵架。

终于有天忍受不了。那天宁生的父亲吃了饭后又去赌，他母亲叫他不要去，却被狠狠地骂了一顿说，再烦他就把她装进猪笼里丢到河里去。就这样，宁生母亲对一切绝望了，她再也忍受不了这个男人。那晚想不开就吃了农药，因为抢救不及时所以死了。

那晚，宁生抱着她妹哭了一夜。眼睛都肿了。

七

那么可怜的宁生，每次看到他，都觉得他特别得让人心疼。

在宁生 13 岁生日那天，我又用我仅有的 15 块钱给宁生买了一盒很漂亮的巧克力。

我和宁生一边吃着黑色的巧克力一边走在平南大桥上。长长的大江蜿蜒地流淌，水面无比的平静，像没有漂浮的梦。微风吹过宁生的头发，轻轻地摇摆，很好看。

我问宁生，宁生你可不可以不忧伤。

宁生微微地点了点头。

宁生问我，这座阳光灿烂的大桥，你说一直往前走，不管是睁着眼睛还是闭上眼睛走，是不是走到尽头的那边就是天之涯？海之角？

我没有回答他，笑了笑。

也许没有天涯海角。

桥的一头是下渡，桥的另一头是县城。我和宁生两个个头还没有桥栏高的少年，一步一步地往桥的另一头走，落日像一个年迈的老人轻轻地挂在山的顶上，好像是在向我们微笑……

七年过去了。我多么想再见一见经年之后的宁生，亲口告诉他，在所有人物已非的景色里，在所有不被想起的快乐里。

我愿陪他走过天之涯，海之角。

八

后来的后来，我终于相信，宁生睡觉的姿势总是往右侧着身睡，而眼泪就从眼角直流到刘海儿，眼泪流多了，所以就出了一条纹路。

鹅黄色的温柔

■ 小毛皮

一

何芫芫坐在我对面，并不同我讲话，她忙得很。

她耳朵上戴着耳机，眼睛看窗外，嘴里嚼着口香糖，双脚做着无意识的踢踏，2/4 拍，偶尔改成 4/4 拍。16 岁的少女就有这本事，可以同一时间做好几件事，而且互不耽误。她做这好几件事不外是向我表达同一个意思：我好烦你。

我也烦她。

若不是因为她父亲，今天下午的这场见面根本就不会存在，我们都能过上更舒坦的两小时。但是何子维坐在我们身边，脸上挂着一个充满希冀、有点讨好的笑，对她和颜悦色，对我小心翼翼。于是我和她同时发现何子维有那么一点儿可怜。我们同是女人，我们同时感受到了自己心里散发出来的悲悯。

何子维 40 岁，奔半百了，是老了点儿，但是事业有成，心地善良，40 岁的人 20 岁的心脏，我还是选择了他。他现在是我的未婚夫，两个月以后，我将正式嫁给他。也就是说，再过两个月，我将成为对面这个少女的后妈。这是我第一次和何芫芫见面，见得很失败，她一个字儿没哼给我，也不正眼看我。我呢，出于成年人的礼貌和教养，问了几个诸如“平时喜欢看什么书?”“爱上网吗?”“喜欢哪个明星?”之类的无趣问题后，得不到回应，也就开始了长久的沉默。

二

我猜出何芫芫讨厌我的理由一定是：她认为我抢走了她爸对她的爱。这个年纪的少女，不恋父才不正常。而事实是，何子维爱他的女儿比他女儿爱他更多。在何子维的心里，有起码一半以上的空间是上着大锁，围着铁栅，标着“游客止步”而专门留给她女儿芫芫的。爱到忘形时，我说：“叫我宝贝儿!”老何愣了会儿，一本正经地解释：“宝贝儿只能称呼我女儿啊，请你理解。”

碰一鼻子灰后，我知道他的原则了。女儿占据的那一半天地就算八国联军也甭想侵占。我没法和何芫芫解释，更不能求她相信我没多贪他爸的爱，我要的只是属于我的那一份。

我和何子维是在同行业的一个嘉年华会上认识的。我们公司小，要派一个人去，算福利呢，为了公平起见，众人投票推选，结果我被选出。他们善良的小心思我懂，他们一致认为我这样一个二十九还未婚的女人是需要救济的，于是给了我一个参加派对、认识男人的机会，算是行善。

格子间对面的赵姐最坦诚，她说：“姑娘，那里有钱人多，你留心着点儿。你嫁有钱人，总比嫁小瘪三好，衬得上你。”

赵姐是在夸我还是在安慰我呢？我有点悲凉，何时起我都得去“留心”了？以前，这样的场合我是不屑去的，去也不屑打扮。但现在我还真为了这个“人人都要穿出喜感”的嘉年华会煞费了一点苦心。

主办方是本城服装业的巨擘，说话历来管用。怎么弄得有喜感呢？我买了一对 Cosplay 的猫耳朵，往头发上一别，差不多了，我应该可以达标了。

我想那晚我之所以认识了何子维，全赖这对猫耳朵的帮忙。那天，出人意料的是到场的嘉宾除了我没有一个人听话。他们一律是西装、铅笔裙、旗袍，要多严肃就多严肃。就我成了小丑，头上支棱着两只黑色的猫耳朵。

我求救地举目四望，希望找到一个和我一样穿了奇装异服的人。远远地，一个戴着圣诞老人的大白胡子和酒糟鼻的男人走了进来，他显然也被群众的不守约给弄蒙了，但他随即看到了我，于是，茫茫人海，我们两个怪人必须走到一起。

“猫小姐你好。”他倒是从容，打招呼自来熟。

“您，今天下凡啦?!”我也配合他的外貌，开个玩笑。

就这么着，我们把那些无趣的人逗笑了。我们互相看着，一刹那，从彼此滑稽的外表下看到了对方真诚的都有那么几分傻劲儿的眼睛。事后何子维总结：亲切感这种事容易导致一见钟情。

三

第二天，他按我给他的名片加了我的 MSN。在网上，他就叫做“下凡的

圣诞老人”。我也就改名叫“猫小姐”。圣诞老人只要一上线，就会向猫小姐发送一个笑脸。在城市的两端，我们通过网络长篇大论地开聊。他告诉我他离婚了，有一个女儿，女儿不算乖，但是他很爱她。我觉得他把这话讲得略早了些，我还没想听他的家事，他却接着又说，“我知道你有才能，在这行做得很好，我本来想挖你到我们公司来，可是现在不行了。”

“为什么啊?”

“你等会儿……”

他下线了。然后，一个小时以后，他开着他的那辆大吉普，出现在我的楼下。那天正值隆冬，下了一整天雪，我走下楼去，看他从结了一层雪壳儿的车里走出来，一步步走向我，仿佛古人的千山暮雪，只为和你相见，当面和你说一句话。我忽然浑身哆嗦，不好了，这就是爱情吗?

他对我表白了：我想和你发展恋爱关系，但在我们公司，我规定过，不许办公室恋爱。所以，只能委屈你做我的女朋友，别做我的设计师了。

他呼吸的白雾，有清凉的苦味，这是个过了很多年没有女人只有女儿的苦日子的老男人。人品好，有才能，最主要的是，他不是不懂感情。

我认为我拥有世界上最浪漫的男子告白：雪天，吉普车，一个小时的狂飙，冻冷的嘴唇，执着的真心的眼睛。

我不会因为何子维是一个有钱人就假撇清，专门找那些吃苦耐劳的穷光蛋去交往才显得我品格多高贵，我承认我爱他的同时也爱他的富有，这是他不可排除的一部分优势，我一点儿也不装蒜。

我对他点头。

四

后来他跟我讲到他妻子。

每一个成功的男人背后都有这么一个女子，曾经被爱过，默默付出过，把苦日子过得像模像样，却又像大多数中国夫妻一样，好日子一来，立马不是那么回事了，要么冷淡了，要么结怨了，没办法一起分享。他忙于公司的事务，她觉得受了冷落，开始委屈，抱怨，猜忌。当然不光是她的问题，他也不够好，他疏忽、粗心、大意，为了事业不得不去应酬，比如，在夜总会。

他没法解释那些接触不是出于真心而是出于迫不得已，因为她会马上顶回来：你迫不得已？难道有人逼你吗?

他们的婚姻在孩子上了高中后解体。

我见过他妻子的照片，芫芫很像她。圆脸蛋，眼角上挑，高鼻梁，其实是相当漂亮的女人。芫芫也漂亮，只是她见到我就情不自禁绷紧了小脸，嘴唇闭紧成一条直线，看上去和任何一个难搞的少女没什么两样。我该怎么缓解这个少女对我天生的敌对呢？这真是我心间的一块大石。

五

又下雪了。何子维去香港出差，而何芫芫的亲妈则和她的情人在国外旅游。16 岁的少女——在学校上晚辅导，下课时间是八点半，无人接送。今年的雪下得很恐怖，大概要把世界活埋了。路堵住，公司停工，我放假在家里，为了是不是要去一趟超市考虑再三。

我打电话给芫芫，她不接听，她恨我，我知道。世界上没有无缘无故的爱，却有无缘无故的恨。孩子恨后妈就是其中一种。可是我不恨她，我比她大，大人就要有大人样儿。我在想，这种大雪天，她回不了家，爱美的女孩子又总是穿得很少，我真担心她被冻死。作为这个城市里唯一和她有瓜葛的大人，我想我应该赶在她家那个不负责的保姆出场前保护她。于是我下楼，在没有打烊的商场里快速买了一件最厚的鹅黄色羽绒服，往她学校赶。

确实没法开车，这路只能靠步行。我跌跌撞撞走了我成年以后走得最长最艰辛的一段路，累出满后背的热汗，勉强到了校门口，学校却早关门了。

我只好回家。往回走我就不急了，慢慢晃吧。路上，看到有几个打雪仗的少年，一个男生抱住一个女孩儿，另一个就把雪球一团一团往她衣领子里塞，那劲头已经不是开玩笑，而是……而是亵渎、捉弄、侮辱。她整个后背露出来，胸罩的带子隐隐可见，看上去又寒冷又羞耻，而这个女孩儿不是别人，正是芫芫。

我团了个大大的雪球走过去，看准那个正往她嘴里塞雪球的男生就是一记闷击，然后反手一拳打开另一个抱住芫芫的男生。两个男孩儿被我吓了一跳，随即就来挑战我。“你是谁？好讨厌！你凭什么打我？”他们推我，我摔倒。

我努力爬起来，以他们推我的方式推回他们。“你们欺负一个女孩儿，算什么本事？”

“我们在玩哎，你少管。”

“谁允许你们这样和女孩儿玩？你们的妈妈这样教育你们尊重女孩子吗？”

少年残忍而冷漠的眼睛，没心没肺，看来讲道理是讲不清楚的。我决定和他们打一架，我也练过一点跆拳道不是吗？

两个少年摩拳擦掌准备接招，一个阴险地对另一个使眼色，看来我在劫难逃。是芫芫制止了他们。

“别碰她，她是我爸的女朋……”她没把这话说完，好像是觉得羞耻，又好像是觉得麻烦，她顿了一下接着说，“她是我新妈。”

六

事后我患了重感冒，不知昏睡了多久。电话响起的时候，我正万念俱灰地发高烧。接了电话我便糊里糊涂地哭了起来：“你女儿终于认我了，你知道吗？我很高兴。不过我很累，我太累了……”

那头没有说话，隔不久，挂断了。

我想我可能会不明不白地病死家里。要知道，世界上死于感冒的比死于战争的人还多呢。我强撑起身，穿衣下楼。一阵眩晕，我倒在家门口，不省人事。

等我醒来时，已经在医院里了。医生护士把我安顿得很好，白被子外面还盖着一件鹅黄色的羽绒服。

我忽然明白了，那电话不是何子维打的，那是何芫芫在探听我死了没有。

芫芫没有来过医院，但我知道她派了线人来查看过。两个男生中的一个在病房的门缝后面偷偷看我，我就对他大吼一声：“以后不许对芫芫动手动脚!”他“嗖”的一声跑掉了。

何子维还没有回来，但在香港抽空打了一个电话给我。他说：“出差期间，顺便给芫芫联系了一个寄宿学校，我想你要是和她合不来，就把她送到寄宿学校，一方面锻炼她，另一方面也省得你操心。”

所以说，男人爱后妇，这话不假。我呸了他一口，凶他说：“那芫芫不真成了‘小白菜儿，地里黄’啦!”

万万不能这么做，16 岁，心比纸还脆。不是年纪太小不能离家，而是这个“离家”，会令她觉得被放弃，被遗弃。我得让芫芫和他爸在一起，哦不，是和我们在一起，我得让她接受我。从那天医院醒来看到盖在被子上的羽绒服算起，我发现我喜欢上这个小姑娘，已经 12 天了。

她是个有颗温柔心的小铁皮人儿。我一定可以搞定她，我要疼爱她。

七

病好后，我在公司制版间里忙了一个星期。

我缝了一件小大衣。

用纯羊绒配拉风的银狐毛缝兜，牛角扣，宽直身，是少女们最认可的款式。我用娇嫩的鹅黄色羊绒。因为我发现芫芫最适合这颜色，她自己从不知道，这颜色使她看上去有多精神。

虽然芫芫的爸那么有钱还是做服装业的，但是芫芫穿得不伦不类。她自认为自己很老成，穿30岁人的衣服以为整天黑不溜秋特有品，特好。没娘的孩子需要一件小大衣，需要一件与爱有关的小大衣，我拿着礼物，去堵芫芫。

她从学校出来，俩男生还是哼哈二将式的一左一右跟着她。远远看去，她真像个小女神，那么精神，牛气，骄傲。她并不把男生们放在眼里，男生们越发缠着她，她昂着头走自己的路，这个样儿，也确实招人喜欢。谁没有这种光辉岁月呢？在16岁的时候，我那时也有一群跟班呢……

她看到我了。

有一秒钟的紧张，皱了皱眉。但是，我看到她还是发自内心地笑了。

我请他们仨去吃午饭，必胜客里，三个孩子堆沙拉堆得开心得不得了。然后我把礼物给芫芫，在两个男生面前，芫芫真是太有面子了。她脸上终于现出了少女特有的单纯笑容。我想，唉，你还是没有我老练呢，小女孩儿！

八

结婚那天芫芫到底是没有参加婚礼，但是她却给了我一个小惊喜。那就是在我们的新房里，我发现花瓶中那一大束傻里傻气的插花不见了，而是替换成了一束鹅黄色的康乃馨。那是同芫芫的羽绒服、大衣一样的鹅黄色。我看了看日历，再过一天就是母亲节，现在中国人都洋气了，西洋的节日一个不漏地跟风。这时节的康乃馨特别不好买，尤其是这种鹅黄色的。孩子得找多久，才能发现一个还有鹅黄色康乃馨的店，并且要找多少店才能凑够数量——99朵。

可能是一个店一个店攒的。

真的感动。

何子维说："你怎么啦，你怎么哭啦？"

我说："可能是我终于嫁出去了，我激动。"

何子维看了我半天说："真有出息啊你。"

浮生一剑

莘莘薄言不我与

■ 邢姑娘

1. 与卿再世相逢日，玉树临风一少年

茱萸山坐落在天极国的中东部。顾名思义，因山下多生茱萸，故而得其名。此处风景宜人，鸟语花香，四季分明。

以绝世医术而名震江湖的陈家堡便落于茱萸山山麓。

陈家历代行医。陈朝吟是陈家堡第六代传人，继承并延深了陈家五代人凝聚的高超医术，医术可谓高深莫测。

陈朝吟医术、品行在江湖上都受人敬仰，与娇妻尔唯怜的感情更是羡煞仙人，他虽家财万贯但终身却只娶了尔唯怜一人。婚后不久陈夫人便产下一位千金，陈朝吟爱不释手取名为陈薄一。许是名字取出了问题，自此一发不可收拾，陈夫人继连又产下了五子，皆是女娃。陈朝吟无奈，只能依次取名为薄一，薄二，薄三……

陈家医术代代传承下来，但只传男不传女。

当薄六出生的时候，陈夫人心中难安，便哀劝陈朝吟纳妾，都被他毫不犹豫地回绝了。陈朝吟不肯纳妾，一切都是为了她。想来，陈家六代行医，救人无数，医术若就此失传实在是她之过也。每日思及至此，尔唯怜既幸福又忐忑。便常去京都觉禅寺上香，在家吃斋念佛。久而久之，心中结郁，生命也渐渐枯萎，只能用药物维持才得以勉强度日。

本以为求子无望的时候，陈家的第七个孩子呱呱坠地。老七出生便会睁眼，肤白平坦，发乌唇红。稳婆提着他的脚丫子“啪啪”打了几下，哭声响亮却绵柔。躺在牙床上的陈夫人眼观其貌耳闻其声，心道，坏了，没准又是个丫头片子。不曾想小东西远远地便把一泡尿撒到了锦被上。

是个男娃娃！

把他抱到怀里，陈夫人便似灯枯油尽一般，撇下嗷嗷待哺的小娇娃撒手人寰。陈朝吟没有按照以往的取名方式给他取名为薄七。他们夫妻二人曾许诺彼此一生一世不离不弃。而今，伊人殁，留他独活。

此时，山间茉莒棽棽。故而，给他取名为薄言，陈薄言。

薄言一十有三，陈朝吟还没有教过他任何医术。他认为陈夫人的死都是他害的，生来克母，所以对他不亲近也不疏远。陈朝吟推翻了祖训，将医术传给了六个女儿。唯独这个本该得到真传的儿子，被他拒之门外。

没有父亲的垂青，却意外地得到六个姐姐的疼爱有加，把学到的医术偷偷地传授给他。大概是和六个姐姐相处太多，所以薄言生性温和善良，大方内敛，偶尔也会有些任性。相貌与六个姐姐相比更是有过之而无不及。

和薄言关系最好的就是六姐薄六，长得也是姐妹六个中最为出众的一个，但与薄言相比却似稍逊三分。为此薄言没少被几个姐姐善意地奚落，每次他都只是摇头，但笑不语。

一晃又两年，因为六个姐姐的倾囊相授，且各人的领悟不同，薄言取其所长，所以医术比六个姐姐都要强上几分。

这日，他如往常一般去山上采药，待要下山之时老天却下起倾盆大雨。一时间下山不及，他就钻进了最近的一个山洞。顺手在洞口捡了些干柴用来升火，火光升起，借着微弱的光他看到不远处有个身着白衣的男子硬挺挺地躺着。

那人身上如同开满了朵朵绚烂的暗红色蔷薇，薄言壮着胆子，仔细看了看，哪里是什么蔷薇，根本就是血，在洁白的衣袍上将要干涸。胸口和肩头似乎还在流淌着，在这安静的山洞里，看起来如此的诡异。

薄言自幼习文，无半分防身之术。看到这个人伤得如此严重，定是与人有深仇大恨，江湖恩怨能避则避。薄言提起竹筐也不顾洞外倾盆大雨，一头扎了出去。一步一滑地沿着泥泞的山路往山下走去，走到半山腰的时候又觉得不妥。见死不救岂是医者所为，那人伤的如此之重，于情于理他都不能弃之不顾。思量再三，冒着被杀害的危险，他又返了回去。

薄言看了看他的伤势，不重，但是不及时治疗的话也会危及生命。此时白衣男子因身上多处刀伤，正在昏迷之中，因为失血过多，身体也在渐渐地变凉。薄言拿出随身带的金疮药撒在伤口上，从外袍上撕下几缕布条缠住他受伤的胳膊，但是很快锦缎就被鲜血浸透。止血的话，锦缎不如棉布，况且自己的衣服还湿着。他看看自己又看看地上的男子，毫不犹豫地将他的衣袍撕开，因伤口较多，所以，当把所有的伤口都包扎完之后。薄言已将他的长袍撕成了超短裙，长裤撕成了中分裤。

终于处理完所有的伤口，薄言轻舒了一口气，这才仔细地看了看白衣男子的长相。肤色被跳跃的火苗映着，微微有些泛红。剑眉入鬓，眉骨微微高耸，鼻翼俊美，下巴微翘。嘴角似是有意又似是无意地带着一丝笑意。虽然

他闭着双眼，但是，嘴角的这丝笑意便已昭告了他的眼睛，定是带着邪魅。薄言心里这么想着，手已经不由自主地抚向了他的睫羽，像是浸了水一般漆黑粗壮，浓密翘长，如同两把小刷子，若他睁开眼睛，一定把他的手心扫得痒痒的，想到这，薄言心头一热。

不由得收回手，薄言的视线落到他的胸前，包扎的棉布虽有浸透的迹象，但血已经明显地止住了。替他整理好衣衫，瞄到他赤裸的小腿，想了想便把自己的外袍脱下来烤干给他盖在身上。做完这些，薄言自语，“力已尽此，看你自己的造化了”。

白衣男子似是听到了他的话，从喉间发出嘶哑的声音，极其微弱。薄言将耳朵贴到他的唇边，费劲地听到他说：“水，水……”

看样子自己的治疗起了作用，薄言很高兴。取了钵盂在洞口接了水，扶起他慢慢地放到他的嘴边。

喝了几口之后，眼皮下的眼珠似乎转了转，片刻之后眼皮就被翅膀一样的睫毛缓缓地掀了起来。他动了动嘴，好像要说点什么。薄言看着他的眼睛，果然和他想的一样，邪魅，非常的邪魅。在这种情况下漆黑的眸子里居然还能透着光，薄言心头一颤。下意识地就站了起来，臂弯里的头也因为这猝不及防地动作而重重地摔到石头上。刚刚恢复的意识和还未说出口的话都因这重重的一摔而烟消云散。望着再次昏迷的白衣男子，薄言再也顾不得许多，拿上竹筐就奔向了洞外，竟有一种落荒而逃的感觉。

回到陈家堡的时候已经是傍晚。

因为陈家堡占地广域，而他又住在稍微有些偏僻的流云阁，和几个姐姐的住所有段距离。平日里父亲很少在家，经常云游施医，几个姐姐也不能常常来他这里，所以就算是他三五日不在家一般也不会被发现。

陈家堡依山而建，流云阁又建在堡中最高处，与其他人的住处相隔甚远是其一，从别处来流云阁还要经过一条小溪，过了河，才能往流云阁走。他有些孤僻，所以把河上的桥拆了，想过河只能用船。这样一来，很多原本想要来他这里的人都因为这个缘故不来了。

他倒是乐得自在，落了个清净。为了出入方便，他在自己的院落里又开了一个小门。陈朝吟不说什么便也没有人管他，多年来倒是活得无比逍遥。

待薄言行弱冠之礼那日，陈朝吟在外地游医，并不在家中，家里诸多事宜他也不予管理，都交给了薄一和管家。薄言本来也无心管理，交给谁对他来说都一样。大姐薄一给未婚的几个妹妹依次许了夫家，唯薄六招了上门女婿，仅剩薄言一个人的婚事，成了所有姐姐们心中的一块心病。

方圆百里的大家闺秀竟没有一个入得了眼，上门提亲的人将那小河的桥

踏断了几次，终于还是变成了一叶扁舟。薄言不愿意，谁也勉强不了他。

时已入冬，刚刚飘过一场鹅毛大雪，整个苿莒山银装素裹，美不胜收。薄言搬了梯子放到梅树下，准备扫些梅花花心上的落雪用来煮茶。钵盂眼看就要装满，但是枝头那最娇艳的一枝却是怎么都扫不到。尽管已经踮起脚尖，却还是差那么一点点，多次努力未果，就在他准备放弃的时候，眼前却突然闪过一道白影。

脚下一个趔趄，便从梯子上跌落了下去。

那么高！薄言结结实实地摔了一个大马趴，慢慢地坐起来却看到腊梅枝头轻轻地立着一个人，手中拿着一支娇艳的腊梅，嘴角噙笑望着他。可不就是刚刚那道身影么？害他平白无故的就摔这么大一跤，明明有这么好的轻功却眼睁睁地看着他从上面摔下来，分明就是故意看他笑话，想到这儿薄言心头便生出几分恼怒。

“哪来的小贼？如此胆大？”声音也不由得带着几分怒火。

那白衣人倒也不气，嘿嘿一笑，轻飘飘地从枝头落了下来。脚尖轻轻点地便带着一阵凉风飘到了薄言面前。

慢慢地靠近，目光落在他的脸上，缓缓地伸出手，眼看就要触到他的脸庞。薄言条件反射地抬臂将他的手拨开。白衣男子避开他的手，腕间一转，将手里的梅花插到了他的发髻上，嘴角噙笑叹息道：“我还当你长大了或许会好点儿，不曾想居然还是如此的笨。”

薄言抬起头仔细地看着他的脸，古铜色的皮肤，邪魅的眼睛，含着坏笑的嘴角，独特的下巴……记忆重合。薄言惊得倒退一步：“怎么是你？”

没给他后退空隙，白衣人揽住他的后背，手上稍微用力，便将他扑倒在雪地上。薄言恼羞成怒狠狠地推了一把未果，怒目而视，恨恨地道：“小贼！”

白衣人双手支在他的头两侧，听到这句话嘴角一勾：“这样叫倒是别致，不过，如果你叫我朴公子，我想我会更喜欢……”

他还记得他，这也不枉他在他房顶上守了他五年之久。江湖如此动荡不安，这傻瓜不会真的以为自己手无缚鸡之力地住在这人烟稀少的地方这么多年能毫发未损吧？

薄言看着他的眼睛，觉得自己的魂要被那潭黑如墨池的眼睛吸了进去。正要再次反抗，白衣人却站了起来。在自己面前伸出了手，见他一脸坦诚，薄言犹豫再三还是伸出了手。刚站直身子，双臂便被锁住，人也被拉进了一个宽实的怀里。头顶的声音深沉：“你怎能如此这般不争气……”下一句在心里说，竟敢越长越美！

下一刹，薄言只觉得左脸一热，耳朵已经被人咬住，感觉他的牙齿在微微用力，有点疼，有点麻。

薄言脸上一红，怒不可遏。他活了二十年第一次与人相距如此之近，居然还是被人轻薄，更过分的是，还是被一个男人轻薄。

正要发作，顿觉双臂一松，白衣人已经站在距他数丈之外的房檐下。一改不羁形象，彬彬有礼地自我介绍道："在下姓刘，名卉篩，字，朴。承世人不嫌称一声朴爷，当然，你叫我公子就行了……"前一句还说得一本正经，落到最后一句时魅惑的笑已经爬到了眼底。

见他一会儿兵一会儿礼，薄言微微有些不知所措。呆了半晌，弯腰拿起盛着落雪的钵盂起身往屋里走："赶紧滚，在我叫人之前！"

听他这话刘卉篩先是一愣，随后像是得到宝贝似的哈哈大笑两声，弹了弹肩头的雪泥，跟在薄言身后往屋里走去。也不要人招呼，径自熟络地往薄言卧房的旁室走去："你着人将这屋子收拾出来，屋里的桌椅换一下，尤其是那把太师椅，我最是不喜欢。还有那个纱幔，怎么会有如此难看的颜色。哦，对了，被褥一定要是蚕丝做里子，其他的用着不舒服……"

也不管薄言有没有在听，刘卉篩又走到正堂，指着后墙前的雕花梨木桌子皱眉道："这个桌子怎么还在这？赶紧换了……"

对着这个屋子里的所有摆设好一阵指手画脚，刘卉篩终于稍露倦意，坐到那个他最讨厌的太师椅上端起杯子，优雅地抿了一口。回头冲薄言笑。

从头到尾，薄言一个字都没有说，现在终于有插嘴的机会："这是我家！"言下之意就是你有什么资格说东道西、指手画脚？我又凭什么要听你的？

刘卉篩眼底的笑意更浓："若非你家，我便求也不住！"言下之意更胜，我住的就是你家。

薄言觉得他就是个疯子，不予理会便是。找出前几日用来存雪的罐子，准备把刚扫的雪倒进去。

"你用这个陶罐不如用那个瓷罐，用瓷罐味道不变……"

薄言放下手中的罐子，赌气地坐着不再动弹，好像自己做什么他都知道，越想越生气，索性不动了。看你能干坐着不走不成？

貌似这招正中下怀，给了他更好的条件，刘卉篩拉了个矮凳子搁在腿下撑着，一只手撑着脑袋慵懒地含笑望着他，神情好不自在。

过了半炷香的时间，两个人依旧保持着同样的姿势。薄言受不了了："我不想知道你是什么人，也不想知道你为何来找我。但是，你若没有什么重要的事情就赶紧离开吧！"

刘卉篎嘿嘿一笑，长腿微曲，跨步走到薄言面前。薄言顿时脊背一僵，紧紧地靠着椅背，咽了口唾沫，有点紧张：“你要做什么？”

见他如此慌张，刘卉篎心里微微有些不快，抬起手，最终还是轻轻地落在了他的头顶，温柔地摸了摸他的脑袋，长叹道：“薄言啊薄言，你怎的如此薄情……”

薄言一愣，不知他何出此言，转瞬那白色的衣角便在眼前消失。随即松了口气，只道终于摆脱了这神经病的纠缠，可以消停了！

不曾想刚过两天，日上三竿之时，不知为何门外嘈杂一片，他不喜地冲书童道：“长贵，你出去看看，外面发生了什么事情？”

一会儿，长贵慌慌张张地从门外走了进来，薄言皱眉温斥：“何事如此惊慌？”

“少堡主，是小小姐和各位大小姐来了……”

“来便来，慌个甚？”

“是，随行的还有个陌生人！”

薄言心头立刻就跳出一种不祥的预感，合上手中的书典：“陌生人？”问完这话人已经迈出了书房，往门口走去。

远远地就看到浩浩荡荡一行人走了过来，那一袭白衣在人群中甚为惹眼。看他冲自己不动声色地眨眨眼睛，薄言有种气血不足的感觉，他怎么又来了？居然还来得如此光明正大。这是把他放到了明处，想拒绝都没有退路。

他逼他，想到这薄言心中不由得生恨。早知道这样当初便不救他，让他在山洞里淌血淌死算了。但是他到底是为了什么呢？居然还有本事说服了这六个姐姐一同前来？

薄言心里重重疑云不得解，准备静观其变。

“小七啊，来，见过刘先生！”薄一冲他招招手道。

薄言假模假样地作个揖，刘卉篎也回揖一下，背对众人，眼睛肆无忌惮地盯着他的脸笑。薄言心中不爽，暗暗冷哼一声，刘卉篎只当是没有听到。

一行人跟在薄一身后往他的卧房旁室走去，竟当真如他前几日里要求的一样对下人做了一番安排。薄言和刘卉篎跟在众人身后，垂手而立，对身边这人的讨厌之情毫不掩饰。刘卉篎不气反笑，悄悄地捏了捏他的小手指，似是安抚，薄言并不领情，恨恨地抽回。

薄六从前边挤回来：“刘先生，七弟就劳烦你照看了，若有得罪之处还望你能多多包涵！”

刘卉篎深施一礼：“实不敢当，朴定当竭尽所能，不负重托。”

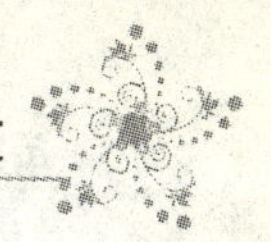

一番寒暄，众人离去，薄言不再掩饰："你到底要干什么？"

刘卉籥一扬眉，坏笑道："六姐不是已经说了，让我照看你！"

"不需要！"

"那你去跟你大姐二姐三姐四姐五姐六姐说去，她们若是同意，我立马就走。"

他既然这样说，肯定是把她们一个个都收买了，薄言心中憋了一肚子火，无处发泄。只能看着他干瞪眼，他把眼珠子都瞪疼了，刘卉籥依旧一副自在样。

2. 一往情深深几许

这屋里院里满是他的气息，刘卉籥慵懒地靠在座椅上，就算是他闭上眼睛也能清晰地感觉到那人就在身旁，若有若无的草香味在鼻翼下流淌。

就是这个味道，五年前在山洞里救他时他身上就是这个味道，如今一晃五年过去了，这个味道没有丝毫的改变，这里一切的一切都让他觉得心安，仿佛江湖上的追杀和人世间的恩怨都再也与他无关。

江湖本就是一个是是非非无穷尽的地方。

早就传言说陈家堡之所以这么多年在江湖上立于不败之地是因为祖上传下来的宝贝。但是具体是什么东西大家都不知道，只晓得是价值连城。鉴于只是传言，故而大部分江湖人士都半信半疑。偶尔会有好奇贪财之辈前来夜探，均空手而归。

陈薄言自出生就被老父亲冷落的消息在江湖上也是人尽皆知，所以也不打他的主意。陈朝吟虽然不怎么疼爱这个孩子，但是也不忍心看到他受到伤害。刘卉籥就是在传言最盛的时候被陈朝吟请来保护他的，只是这件事只有他们两个人知道。

当然，此事在他被救之后。

他本是逍遥自在的浪子，从不受常规所束缚。陈薄言救他他心存感激，但是在救人的过程中把他的衣衫撕扯的无法蔽体，以致差点儿使他名节不保。报恩的心便淡了很多，偏巧陈朝吟就在这个时候找到了他，他想，也许，这就是命数。

按照和陈朝吟的约定，他应该暗中保护陈薄言到他年至十八岁便可拿了银子消失。起初的一年，倒也轻松，很少有人会把注意力放到流云阁。但随着薄言越长越大，暗中来探访的人也越来越多，不过都被他一一驱尽。时间越来越久，从原本只是按照义务守着他，变成了不由自主地想要守着他，每

日里悄悄地看着他舞文弄墨，上山采药，溪涧戏玩，那份泰然脱俗的从容劲儿竟似是扎了根一般刻进了他的心田。

似是一天见不到他就心里发慌，当他意识到这件事的时候不由得吓了一跳。那时候薄言已经十九，他也二十有一，本该拿了银子就离开的，但是却莫名的多守了一年，想来如此下去着实荒唐可笑。便收拾细软云游山川美眷之间，浪浪荡荡过了三百日，心里那抹思念和眷恋却是怎的也挥之不去，每日忍受相思之苦却也难熬。

游历万里疆土，无数山川，怎奈没有他的地方竟无半分颜色和乐趣。

他从来不是委屈自己的人，想要什么不想要什么自己向来都是一清二楚。

如今对他这般想念，便是想要了。

理清自己的态度，刘卉簃片刻都没有犹豫，策马加鞭回到了茉莒山。顾不得休息便来到陈家堡，刚跃上墙头就看到他在梅间扫雪。眉宇间竟连一丝的成熟都未增添，一时间心里不知是悲是喜，只觉得心脏似是要跳出胸腔一般。

就是梅间这抹身影，想得他，好苦！

往日已逝，再看眼前与自己赌气的那人，心里既幸福又满足，脸上遂满堆笑意："朴爷我自知相貌英俊，被你这般盯着看上三天三夜倒也不畏。只是，这么坐着也不是个办法，不如，我们……运动一下！"

一听这话，薄言立刻也来了精神，从鼻子里发出一声冷哼："我也正有此意！"话音刚落手已提起身旁的茶几，奋力朝刘卉簃砸了过去。

刘卉簃不闪也不避，捻起盘中的一粒瓜子轻轻弹出，茶几在他眼前被击得粉碎："说你薄情你倒是配合！我说的运动，可不是这个运动……"薄言只觉得眼前一晃，刘卉簃已经站在了对面，并揽住了他的腰。

"小贼，你要做什么?"薄言盛怒道。

"做运动!"刘卉簃贴着他的耳朵小声地说。

薄言顿时只觉得脚下一空，人已被带着飞了起来，他还没来得及反应，刘卉簃就带着他落到了院子里："即日起，你就跟着我学习防身之术。不必如大小姐所言喊我刘先生，叫我一声朴公子便好。"

薄言生来对舞刀弄剑不感兴趣，更何况人已到了弱冠之年，学起来也不是那么容易的事。所以将十八般兵器嫌弃了个遍，刘卉簃终于放弃了原本想要将他打造成文武全才的想法，不会武功还有他，但是，轻功不可不学，打不过就要跑，如果连跑都跑不了就麻烦了。

时光飞逝，两人打打闹闹，转眼又是一年冬日。薄言的轻功依然不景

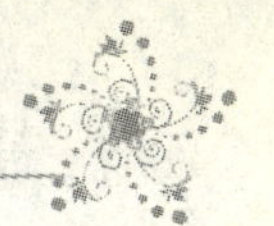

气，最高才能窜出个把丈，顶多能翻个墙，跃个小溪。刘卉箹见他这般不成器只恨得咬牙切齿却无可奈何。

薄言似是就看中了他的这个无可奈何，在他面前便肆无忌惮，脾气也大。但是见到其他人便谦谦有礼，温和大度。这让刘卉箹好不苦闷，却又乐在其中，对他也是包容宠爱，随之任之。

本以为日子可以这样平缓地滑过，直到他的六姐夫，也就是薄六的丈夫郭临简揭回了一道皇榜，一切便再难平静。

皇上最宠爱的桑婕妤病入膏肓，皇上举国张榜，寻求良医，只要能治好桑婕妤的病，便赏赐良田千顷，封官居太医院之首。

郭临简妄自一个人揭下皇榜，薄六小姐十分的生气，薄言不懂医术这件事人尽皆知，父亲虽不知所向但她也怕被父亲发现她们六个偷偷传授他医术的事情，只能亲自入宫为桑婕妤治病。她的医术虽不及父亲，但是平常的疑难杂症却不在话下。

薄六在宫中为桑婕妤治病待了将近一个月，日日陪伴床前，半步不离。眼看着病情一天天转好，她便告假回了陈家堡，过了不到三日。这天晚饭时分，护院突然气喘吁吁地跑来报道，说桑婕妤病情突然恶化，有人谗言说是薄六从中做了手脚，才匆匆畏罪潜逃。现在官府已经派了大批人马前来抓人。

消息传到流云阁的时候薄言正在和刘卉箹下棋，听到这件事不由得大怒，只差破口大骂这个昏君。

正要前去理论，却被刘卉箹阻止："皇帝老儿昏庸无比，这个时候他们怎么可能会听你的解释，我看你还是带众人先行躲避，我先在这里阻上一会儿，给你争取更多的时间。只要你们能安全地出山，我定保你六姐无恙。"

"不行，一旦我们躲避，就坐实了谣言，无罪也变成了有罪。"

"你怎如此混账，留得青山在，不怕没柴烧。只要到时候救活了桑婕妤，一切问题均可迎刃而解……"

听刘卉箹一番深究细讲倒也有几分道理，薄言一咬牙命众人随他一起从流云阁的小门逃了出去，正要走的时候突然想起刘卉箹说的话，他不走？

安排了薄六，薄言匆匆地折回流云阁，果然见他正在摧毁河上的小船，远远地看去，薄言突然觉得他的身影看起来如此的落寞。

这个样子是他从来没有见过的，他也会有落寞的时候么？

薄言突然心中一痛，相处这么久自己竟然从来没有好好地关心过他，许是平日里被他宠得了。

这本与他无关，如今他怎么能弃他一个人在这里替他担罪？想到这薄言大步地向他走去，站在他的背后，张张嘴想叫他的名字，却发现一个字都说不出来。

听到动静，刘卉篩回过头，看到是他不禁皱起了眉头。这个动作让薄言心中一惊，以前只要看到他，他都会毫不掩饰地笑。这紧锁的眉头让他很不安，明白了事情的严重性，更加确定了自己留下来与他并肩作战的念头。

刘卉篩怒火冲冲地走到他面前："不是让你走么？怎的又回来了？"

薄言望着他俊朗的脸，一时间觉得心底无限坦然："我想和你一起！"

听到这句话刘卉篩眼睛散出无限光彩，有幸福，也有哀伤："薄言啊薄言，我宁愿你薄情！"刘卉篩掩去眼中的情绪，转过身厉声道："走！"

"我不，我说了要和你一起，绝不食言。"薄言坚持道。

"走！"

"我不！"

刘卉篩跃上屋顶，看到隐隐约约的火把，不再与他僵持。大步跨到薄言面前，勾起他的下巴，深深地吻了下去，辗转吮吸，仅片刻便放开他，耳语道："薄言，活下去。"

话音刚落便一掌将他打晕。

3. 红颜暗与流年换

时间越来越是紧迫，刘卉篩深深地望着怀中的俊颜，心中顿时生出千般留恋，万般不舍。这是他深爱的薄言啊，只是这个时候却不得不离开他，不知这一别要到何时才能相见。明明知道想要一生一世根本就是痴人说梦，但是如往常那般我教你学，明目张胆地做一辈子小爱徒却不无可能。

仅仅如此，他已然知足。

对他的爱，本就已被世人所不齿，自己可以堕落，却不忍连累他。

罢罢罢，此生不得相守，唯盼来世生，生得一双佳人，以解他此世相思之苦。

扯下腰间的佩环，放到薄言内襟，狠下心来抱起他使劲一跃飞身到三丈开外，依旧恨不得脚下生风。他的轻功虽好，无奈负重前行，不免慢了些，还好薄六他们走的不是太远。将薄言交予薄六，来不及过多交代，便飞身回去。他不能让官兵进入陈家堡，否则他们已经落跑的事情就败露了。

轻功全部施展开来，还好，在官兵没有到达之前及时赶到了陈家堡正门外。他呼了口气，稍作调息。

且说茾莒县令钱步武带重兵赶到陈家堡正门，只见门前立一白衣男子，

虽背向众人，却隐隐约约透露出一股摄人心魄的威严之气。忍不住停了下来，身旁的衙役已然大声喝道："前站何人？知县大人到，还不速速开门！"

听闻此言，刘卉簃不禁从鼻子里哼笑，也不着急回答，只是转过身去，捋了捋头上的飘带，向前稳稳地跨了一步，继而将手中的折扇"呼啦"一下展开。

映着火把，那知县微微眯起眼睛，盯着他手中的折扇细细端详一番，眼中瞳孔蓦地放大，扑通一声跪倒地上，叩首颤声道："叩见朴王殿下，不知殿下大驾光临，卑职罪该万死！多有冒犯，请殿下恕罪！"

身后众兵齐齐叩拜，刚刚放话那人更是全身颤抖如筛糠一般。

刘卉簃合起扇子，敛去微笑："钱大人好生威风！"

"卑职知错！"钱步武再拜。

"起来吧，本王倦了，今夜便去你府中下榻，不知钱大人可有异议？"

"求之不得！"钱步武的额头紧紧贴着地面，额头微微有些出汗。

"既然如此，还不赶紧前方带路！"刘卉簃声音微微有些不悦，众人更是恐慌。

钱步武颤颤巍巍地站起来，谨慎地说道："启禀殿下，卑职奉命前来捉拿钦犯陈薄六，可否让师爷带路，殿下屈尊先回衙门，卑职稍后便……"

"嗯？"刘卉簃没有说话，从鼻子里发出一声冷哼，面露不悦之色。仅此，钱步武及所有的衙役齐刷刷地再次跪下，"殿下息怒，卑职这便带路！"

然后唤衙役牵来一匹马，刘卉簃对这马儿稍作打量，虽然不是千里良驹，却也算得上是难寻，若是跑起来到县衙不过也就一炷香的时间，他一个知县竟有如此宝坐，其腐乱可想而知，不由得摆摆手，"今日不骑马，步行便可。"

只听说朴王的性格乖张令人琢磨不透，如今看来果然不假。他是当今的五皇子，大皇子荒淫无度，已被废黜，二皇子虽然比较务实，可惜早薨，三皇子和四皇子聪明智慧不足，只有他，不但雄才大略、聪颖过人，而且是心地善良的南国公主所生，眼下是皇帝心中不二的太子人选。

因朴王生性动荡，南国公主已香消玉殒，他更不愿禁锢在这金丝笼中，在立封大典前夕连夜出宫，从此杳无音信。皇上心中不舍，封了消息，明言只道是五皇子谦虚廉爱，出关学艺去了。

早在五年前皇上便已经向各级官府下达密令，暗中寻找朴王殿下，他手中的宝扇也绘了小样发给各处，不然他也不可能一眼便认出。

此人却是无论如何都得罪不得。钱步武擦了擦额前的细汗，便让刘卉簃先行，紧跟其后，时不时地指路。

赶到县衙，戌时已过，刘卉篍细细地算了时间，这一路大概走了有一个时辰，如果不出意外的话薄言他们应该已经到了安全的地方，不免松了口气。

“钱大人，陈家堡的事你就不用插手了，具体情况本王已然知晓，详情已经报与父皇，你便只安心地管理衙中事宜即可。”睡前放心不下，刘卉篍对钱步武又做了一番交代。

这番话中纰漏众多，他也无心掩饰，自己这五年里被官追被贼杀，原因不外乎与皇位有关。他无心登上大宝，否则当初也不会逃将出来。五年了，他从未与官府正面交锋，如今为了心上之人却不得不主动现身，此次回朝，恐怕是再也推脱不得。他若登基，两个人便真的没有一丝希望。

想到这，不禁心中苦闷，看来他们此生无缘，左右都不得相守。转念又觉得心中宽慰，如果自己登基，定能护他周全，总好过让他跟自己一起过着提心吊胆的日子好过千倍。

再次回宫，看到宫中繁华依旧，便明白这根本就是一个圈套，不过是为了逼他回来，想必是早就查清了他的行踪，明白擒他不住，才出此计，就算是郭临简不揭皇榜，祸事也会降到陈家堡，所谓树大易招风，如果不是因为自己，薄言大概还逍遥自在。

思及至此，便心中生恨，却不得不为。

这大良国的江山宝座，在他心里及不上薄言一笑，他心不在此，逼迫也是无用。

当初他离宫的事情朝野上下人尽皆知，但皆知道这件事是皇帝心中的忌讳故而从未有人议论过。他流浪多年，耳濡目染，虽然宫中的一切都铭记于心，但身上沾染了不少的江湖气息，他却乐衷于此。皇帝爱她的母妃，爱屋及乌，对他自然疼爱有加。流言蜚语一概不予理会，执意早早地立了他的太子之位。

转眼又是一年冬天，薄六的事情在他立封之前便已经平息下来，他已是名副其实的太子殿下，身居东宫，昔日的朴王府虽然还在却改了名号。

这日去御花园中赏花，见墙边腊梅怒放，不由得停下脚步，仿佛花下站了一眉清目秀的少年郎。

4. 一生一世一双人，白首永不离

心底最脆弱的地方尖锐地疼了起来，眼前恍恍惚惚看到一青衫少年站在梅间扫雪地样子，眉宇间不由得浮现一丝笑意。定了定神，花间空空荡荡，

哪有什么青衫少年。顿时兴趣全无，心烦意乱地回了东宫。

他早过了弱冠之年，自立了太子之后朝中便有众人上奏选妃之事，很多大臣都想借此机会将自家的千金送入宫中。

选妃之事已一拖再拖，每每想到此事都要忍不住一阵大发雷霆，此刻想起，更是烦躁不堪，扔了手中的毛笔，缓缓地走到窗前，看着满天繁星，心中又浮现那一抹青衫，鼻尖似乎萦绕了一股淡淡的香草气息。

薄言！

刘卉篽心下一紧，再也控制不住自己的情绪。简单的换了行装拿着银两，便跃出宫墙，快马加鞭往茉莒山赶去。

还是一样的山，一样的墙，刘卉篽勒住缰绳，静静地望着陈家堡。

皇帝一道旨意，不但平反了薄六的罪名，还赐了妙手回春四个字，经此宣扬，陈家堡更是名声大噪。只是，一年来他从来没有听到过有关薄言的任何消息，自己立封的事情昭告天下，他大概也是知道的。

也没有下马，足尖轻点马背，飞身跃过墙头便来到了流云阁。亥时已经过了，书房的灯还亮着，他还没睡？刘卉篽心下小鹿乱撞，微微有些紧张，分开了这么久，不知道他是不是也念着自己，到底是心犯何虑此时还不入寝。

见书童守在门口，瞌睡连连，不禁好笑，伸手点了他的睡穴，走了两步，怕他着凉了薄言因此不悦，便又解下自己的披风搭在了他的身上，这才轻轻地走了进去。

书案前坐一青衫少年，剑眉斜飞，眉头微蹙，似是有万千理不清的思绪，那模样煞是好看，刘卉篽不禁心中一动，想死他了！

正欲上前，却听到薄言头也不抬道：“长贵，磨墨！”

把他当小厮了！刘卉篽无声地勾起一抹笑意，走过去认真地替他磨墨。只见他压好宣纸提起毛笔豪迈地挥洒起来：

行行重行行，与君生别离。
相去万余里，各在天一涯；
道路阻且长，会面安可知！
胡马依北风，越鸟巢南枝。
相去日已远，衣带日已缓；
浮云蔽白日，游子不顾返。
思君令人老，岁月忽已晚。
弃捐勿复道，努力加餐饭！

这番话的意思是他同自己一般也在思念着彼此么？手中磨墨的动作不禁慢了下来，深情地唤了一声：“薄言”便从他身后圈住了他。

听到这个声音薄言身体猛然一僵，吓得没了动作。

刘卉鄃转过他身体，双手按在他的肩膀按捺不住激动：“来，让我好好瞧瞧你！”

一成不变的白衣，丝毫不变的笑容，薄言看的心酸不止，只可惜他已经不是当年那个玩世不恭的朴公子，如今在他面前的是高高在上的太子殿下。怒意立刻爬上心头，薄言挡开他的双手，撩起前襟，深深地拜了下去：“草民拜见太子殿下！”

从来没有想过会有如此一幕，刘卉鄃险些站立不稳，随后便弯腰扶他：“你何出此言？”

眼见着手刚碰到他的肩头，薄言不禁又俯低了身子：“草民不敢！”

刘卉鄃不禁苦笑：“你明知我情非得已，却还要这般对我。若不是为了见你一面我又何须冒死出宫，不曾想你竟是如此态度……”

薄言依旧是叩拜的姿势伏在地上，刘卉鄃看的心酸，想扶他起来又想到之前一幕，只好蹲下身来与他同等高度，勾起他的下巴迫使他看着自己：“你当真一丝都不想我？”

闻此，薄言眼中一暗，再次低下头：“草民不敢！”话虽如此，声音却丝毫没有惧意，甚至没有一丝的情绪，不知是喜是怒。

这话彻底地惹恼了刘卉鄃，咬牙切齿地叫了一声陈薄言，手已抓住了他的胸前的衣襟，微微用力将他提了起来，手掐着他的脖子恨恨地说道：“你真会伤我的心，你知道么？我恨不得现在就掐死你，你怎能跪的如此理所应当，你怎能如此漫不经心，怎能如此无视我的感情凭什么？”

薄言有一腔的愤怒和不满，忍着从来不曾表露，如今被他一番询问，像是一口蓄势已久的火山，瞬间爆发开来，他用力推开刘卉鄃，双目血红，愤怒使他的声音微微有些颤抖：“你现在回来是来质问我么？我才要问问你是凭什么？凭什么突然出现在我的生命里？凭什么又突然消失？醒来的时候不见你，我以为你被朝廷抓了起来，四处为你奔波，夜夜心惊胆战。我真是傻，你是高高在上的太子呢？何须我一介草民为你……”

说到这里，薄言已经有些无法控制自己的声音，他舒了口气，好一会儿才缓缓地说：“不管怎么说，谢谢你当初的救命之恩，陈某愿来世再报，今生不愿与你再有任何瓜葛。你走吧！”

好一句来生再报，刘卉鄃也已经气得青筋暴起，说话也没了轻重：“从来没有一个人敢如此跟我说话，你这般糟蹋我的真心，是不是因为你知道我

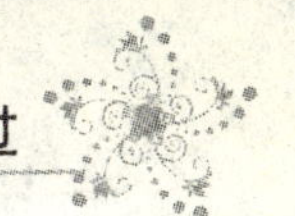

喜欢你，所以才敢如此地肆无忌惮？信不信我抄了陈家堡，治你一个大不敬之罪！觉悟吧，想摆脱我？这辈子都休想！”

说完这些话，他狠狠地甩了甩衣袖，赌气地走了出去。

薄言还发呆地站着，脑子里全是他的那句话“是不是因为你知道我喜欢你，所以才敢如此地肆无忌惮……”

是这样么？自己从来都没有发过脾气，今天是怎么了？难道是在责怪他不声不响地消失了一年？明明是盼着他来，如今来了，为何要如此一番大吵大闹？他当初离开，全是为了自己，此时他身为太子，宫中想抓他把柄的人数不胜数，此番出宫，危险不言而喻。

想到这里薄言冷静了下来，赶紧奔向门外，哪里还有人影，不禁颓败无比。正要转身回屋，却被人拦腰抱住，还没反应过来，人已经离地数丈，鼻尖一股淡淡的龙涎香。

原来，刘卉篽怒不可遏地从书房出来，却被扑面而来的寒气打了个清醒，当真是被薄言气昏了头脑，才会如此冲动。自己辛辛苦苦出来岂是为了跟他吵架？他定是念着自己才会有这么大的怨气，怎么就不能忍耐些许？可是此刻回屋却是拉不下脸，只好悻悻地坐在梅花枝头，等待适宜的时机再进去。

正一筹莫展之时，见薄言匆匆忙忙地追出来，心中不禁大喜。

掠着他飞身到陈家堡外，吹了一个响亮的口哨，马儿便“哒哒”地跑了过来。跃上马轻轻一夹马腹，马儿便飞奔起来，这个时候突然后悔没有将大氅从长贵身上拿下来，为了保暖，只能抱紧了怀里的薄言。

“去哪？”薄言也不反抗，侧首问他。

刘卉篽盯紧他的眉眼，突然生出一生一世的感觉，不由得松了缰绳，搂紧薄言的腰身，对准他的嘴深情地吻了上去，良久，松开他，“只要你愿意，天涯海角！”

薄言的神色又暗了下去：“话虽如此，太子之位当如何推辞？”

刘卉篽露出为难之色：“我此番做出如此大逆不道之事，上天虽不怨我，父皇定饶我不过，你若跟着我，定有受不完的苦楚，遭不完的罪！事已至此，你可愿意随我？”

薄言看着他的脸，犹豫半晌，他岂能为一己之私而陷他于不仁不义之地：“若真如此，我定不情愿！”刘卉篽一下急了起来：“你怎的突然反悔？”

“我何时许诺与你？”

“人都跟我出来了，这难道不是默许？”

薄言思忖片刻，认真道：“我何德何能承你不弃，为我抛弃万里江山，背负一世骂名，如此东躲西藏地苍凉度日！”

原来是担心这个？刘卉篌心下了然，这是为他好呢，不禁放宽了心，却依旧故作为难状：“若不能与你相守，我要这万里江山又有何用？”

“你为我如此，我怕是余生不得安宁了！”

刘卉篌皱眉道：“为了你能安心度过此生，我还是调头回宫为好！”

薄言立刻按住缰绳，诚言道：“罢了，若能与你相守，不得安宁也罢！”

见他一脸的忧郁之色，刘卉篌不禁爱不释手，在他脸颊上又狠狠地亲了一口，忍不住朗声大笑：“薄言啊薄言，你当真好骗，我已禀明父皇，辞了太子之位，老六比我更适合这个位子，而且他仁爱廉明，心系天下百姓，定能做个好国君……”

“原来你刚刚在诳我？”薄言瞬间大怒。

“一半一半……”刘卉篌指尖微动，已点了他的穴道，“马儿跑这么快，你若反抗，指不定就伤了哪儿，还是安分地坐着为好。日后，且靠行医施药，便可养活你我二人，不如我们去我母妃的故乡，那里没人认识我们，可做一对神仙眷侣，言儿，你说呢？”

他这哪里是询问，根本就是自说自话，薄言被他点了穴，一句话也说不出来。点穴怕伤了他是假，便于自己得手是真。

“言儿，许久不见，你让我想的好苦，我摸摸你长结实了没有，如何？”薄言盛怒，不得言语。

“不说话我就当你是允许了……”刘卉篌早就按捺不住话没说完，他已经开始对薄言上下其手。

空留薄言满腔怒火无处发泄，终于忍到他轻薄完毕，刚一解开穴道，便听闻一声杀猪般的惨叫。

哎呀呀，可怜的薄言，具体被虐成什么样子，观客们自行发挥想象……

江湖上多了一个绝世无双的神医，身边跟了一个风华绝代的美男子，传说二人形影不离。

自此，两人过着神仙般的幸福生活！

浮华尽

■ 此梦琉璃

初见依然，美人浮香，如醉梦幻，眉目流光。

他是淮南王，他手掌兵权就连天子对他亦得礼让三分。这世上没有什么是他得不到的，只要他想，他亦可覆手称帝。

宴会上他初次见到那个名唤依然的女子，他知道自己是深深的醉了。当她一舞，怀玉流香。惊艳四座，艳压群芳。当她的双眸对上他时，他只觉自己心中一颤，随即泛起了丝丝涟漪。

当她笑语嫣然唤他王爷，替他拂去肩上落花时他便决定要得到她。之后他才知道，她是皇上最爱的女子，可即便如此他亦要将她占为已有。

后来他便去向皇上要了她，皇上虽有不满之意却也无法，唯有点头应允。

她进淮王府时正是阳春三月，府里桃花开的正旺，微风拂过带来阵阵花香。那天她着一袭红衣立在桃花树下，风吹落了满树繁花。她随风起舞，衣衫摇摆间似误落凡尘的仙子。他站在远处眺望，他知道她是不愿的，因为她爱皇上。青梅竹马，呵，委实可笑，即便他是天子又如何，还不是败给了自己的权势。他是这么想的，可是他却忘了她的心不属于他。

他对她很好，只要她问他要，他甚至可以把命给她，他是魔障了吗？他问自己。

得知她喜爱雪莲，他便派人快马加鞭去西域雪山采了来。当他把雪莲赠予她时，她却蹙紧了眉头，她道："莲花虽美却极易凋零。枯败的花，已无了往日的神采，还是埋了罢。"

后来他又得知她喜爱柳州沧澜跳的咏梅雪，他便请了来教她。可她却叹："舞姿再美，无人观赏学了亦是白学。"

"岂会是白学，你可以跳给我看。"他道。可她却是苦笑。

不知不觉她来府里已有月余，她说她想出去走走，他允了。他说："我陪你。"

"不用。"她道。而他亦不强求。

华门外人声鼎沸。她一人穿梭于各色的小摊前，抚弄着精致的小玩意儿，却也只观不买。进了蓦然轩她本只是随意逛逛却被一只簪子吸引了目光，却还是放下。步出了门。

回到府中已是深夜，进了苑门他早已在那等她，旁边放着一堆物什。一看之下竟是她在街上看过的所有东西，包括那只芙蓉簪。他为她戴上鬓发道："既然喜欢为何不买？"

"不过一件死物，要与不要都无所谓。"她说。他随即笑笑。

次月，敌军犯境。他率军迎敌，这一去便是半年。他奋力杀敌只为早日结束这场战役好早日回去见她。当他凯旋而归，一进府门便急匆匆地去青檀苑看她。本以为她看到他至少也会莞尔一笑，可引来的却是她眼底深深的厌恶。

后来 他听下人说，他不在的这段日子，皇上来过府里几次，每次都会遣退众人只与依然留于苑内。他听后大怒，他第一次动手打了她，他要她告诉他，她与皇上并无不苟。可她却冷笑着说："有又如何，我的心里从未有过你。"

那晚，他留宿于青檀苑。他强要了她。以前她不愿他亦不强求。而今一切都已不可重来了。可当他看到床帏上那一抹绯红，他的心乱了。

她哭得狼狈……

自此许久她都不与他说话，尽管他对她百般呵护亦换不来她的一个表情。

那日，她对他说她想去安阳。他大喜，立即备马与她一同南下。一路上他与她观花看马，闻香施茶，她终嬉笑颜开。他更乐。

这一游玩便又是半年，当他再次回到淮阳，一切全已物是人非。昔日镶金镀银的淮王府此时已人去楼空。昨日辉煌已成往事。他像是突然明白了什么，可为时已晚。

四面八方涌来的士兵把他围得水泄不通，皇帝从人群中缓步踱出。他像是第一次活过来般，头高昂，目不斜视地盯着昔日淮南王。"拿下"随着他一声令下。四周拥上了许多侍卫。

他下意识地将她护在身后，却觉后背一痛。他难以置信地看着她将那匕首刺入了他的身体。更可笑的是那把匕首还是当初他送与她防身的。

"将淮南王打入死牢，择日问斩。"

原来这一切都是皇上的阴谋，自打在宴会上见到她起就注定了这一切。说是让他陪她南下，实则是为了将他引走，好让皇上削剥他朝中的权力。他万万没想到她竟会是皇上放在他身边最大的棋子。

他望着她并无他话只是吟了一首诗，之后便看向皇帝说了句"善待依

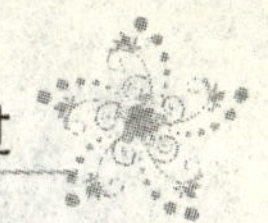

然”随即从一士兵手中夺过大刀，众人未料到他有此举，都争先恐后的把皇帝保护起来，可那把刀却是插入了他自己的胸膛。那瞬间他突然明白了一个道理，这世间还有靠权力得不到的东西，那便是爱情。

淮南王死了，可在场众人却无一人高兴。也许是不相信昔日战神如此容易的就死去了。

皇帝的目光中亦有惊讶，他……真的爱上依然了。即使如此狼狈的死去，这个天下终于完全的属于他了吗?

望着那具尸体，依然难以相信。她，真的杀了他了吗？可是为什么，心会如此的痛。

后来皇帝让人将淮南王草草掩埋并对外宣称淮南王重病于昨夜亥时暴毙。此消息一出立即在全城引起了骚动。他们都不相信淮南王是真的死了。

月色朦胧，花香醉人。依然立于中庭望着夜空，禁不住泪如雨下。突然觉得肩头一重，原是皇帝怕她着凉特意拿来外袍将她披上。

“朕打算明天便诏告天下，封你为然妃，你意下如何?”他说。

“依然已非完璧之身，怕是侍候不了皇上了。”她抬手抹去眼泪望着皇帝一片坦然。

“朕不在乎。”

“我累了，而今依然只想好好活着过平凡的生活，望陛下成全。”

“依然，你……唉，随你罢。”依然不知道是怎么走出皇宫的，也不知道是怎么走到淮南王府的。只是望着那空空的府门，只觉昔日辉煌似乎还犹如昨日一般。

那镀金的淮南王府牌匾此时已布满灰尘，摇摇欲坠似随时都会掉下来般。

来到青檀苑，那日桃花树下，记得当时她就在这里起舞，他就站在苑外看她。还有赠她芙蓉簪那日，他就站在这里。其实她知道那天他一直跟着她，她走过每一个摊子看的每一件物什他都会花钱买下。不管她喜不喜欢只因她都留意过。就连那日刺他的匕首亦是他赠她的。

记得他赠她雪莲，请柳州沧澜教她跳舞时，感动不是没有，只是当时她心里还有皇上，她不能负他，所以她说了违心的话。

他出征那半年皇上来过府里好几次，他要她助他铲除淮南王，她犹豫了。

当他得知她与皇上私下见面时他怒了，他动手打了她，他要她告诉他她与皇上并无不苟，可她却说有又如何，我从来没爱过你。她知道她不可能爱他的，所以在他侵占她后她同意了皇上的要求。她骗他一同南下，为了好让

皇上剥夺他的权力。

安阳半年相处，她发现她其实并没有自己想象中的恨他。半年转瞬即逝，她说她想回去了。半年已足够将他连根拔起了。返程途中她也反复思量，她这么做到底是对是错。可她还是秉承了与皇上的协商将匕首送入了他的体内，本应该是心脏的，可她自己也不知道为什么会刺他的后背，也许是后背不足以致命罢了。

当他看清是她时，他的眼中闪过转瞬即逝的哀痛。他不恨她，他给她吟的那首诗告诉她的。

她突然觉得她像个白痴。

他夺过侍卫的刀，本以为他会反抗，可他却只对皇上说了四个字，善待依然。

闻言，她只觉五雷轰顶，骄傲如斯，他怎能容忍他人背叛。

他终是死了，自戕于众人面前。

众人都道昔日位高于顶的淮南王竟如此容易的就死了。

可却也只有她知道，那是他留给自己最后的尊严。

也是到那最后一刹她才知道自己是真的爱上他了。

素手扬起拔下发中的玉簪，白玉通透无一丝杂质。簪子整体成波浪状，只是在簪尾雕刻了数朵芙蓉，这是她那日在蓦然轩看见的簪子，他替她买回来了。而今人已去，楼已空。唯留她一人。

爱情毛茸茸

■ 箫风残竹

我出生在距今一百五十多万年前的国度。

我出生的时候，映入眼帘的，是一个毛茸茸的世界。

不知道是不是我的父母是近亲交配的原因，我刚出生时，右脚就萎缩成几乎只剩一条脚骨，就连单脚站立也没办法。

唯一让我自豪一点的，是我身上竟然没什么毛发，光滑而黝黑的皮肤在阳光下闪着耀眼的光泽。

然而，这点让我引以为傲的特点，却让我受尽了屈辱。

在我大约十岁那年，我终于体会到什么叫排斥。

原来，我的族类们竟把我视同怪物。每天，猿人们狩猎归来无事做时，就把我当靶子练习。

当然了，那个时候并没有弓箭这种东西，但却有石头。

每天，我遍体鳞伤地回到母亲身边，她总会紧紧地抱着我，望着远方发呆。

除了母亲，我想有个人我是必须提到的，如果她也算是个人类的话。

她看起来比我大，也是我们族群中的人。

每一次我被那群野蛮猿人固定在泥地里当靶子的时候，我总能看到她。

她习惯坐在大大的石头上晒太阳。

我第一次对她有印象，是在十一岁那年。

十一岁那年，她很欣赏我被石头扔中时的痛苦样子，有时甚至还会张开大嘴桀桀怪笑，那时我恨她。

十二岁那年，我的身体在不停地磨炼中反而更加强壮。她依然喜欢看我被折磨的样子，只是没有再笑，有时候眼里竟会流露出一种现在的人们叫做忧伤的东西，那时，我开始没那么恨她。

十三岁那年，我已经不认为被扔石头是一种磨难，反而把它当成了一件工作。

当然了，是没有双休日的工作。

十三岁那年的某一天，我的双腿又被深深地埋在地里，那些可恶的、老的、小的、年轻的、快死的猿人们又开始向我扔石头。

有一个可能是新来的，准头那叫一个差，一扔竟然扔中我的眼睛，一时间，腥红的血遮住了我的眼帘。

透过血帘，我看到了原本坐在大石头上晒太阳的她竟突然发狂地对那些老的、小的、年轻的、快死的猿人们乱踢乱抓乱咬，混乱的场面维持没多久，那些老的、小的、年轻的、快死的猿人一哄而散。

那个时候的猿人并没有名字，甚至连说话也只能靠些简单的音调变化和手势来传达。

因为她全身除了脸和手掌心，几乎都长满了长长的好看的毛，我姑且叫她毛茸茸吧。

毛茸茸把那些猿人赶跑后，动作敏捷地奔进树林里。

当她再次来到我跟前的时候，手里多了一把黑乎乎的淤泥。

不由分说，毛茸茸突然把手里的淤泥往我受伤的眼睛上乱涂乱抹。

我原本赤痛难忍的伤口竟感觉到一种清凉，疼痛感也没那么强烈了。

原来，那是猿人们受伤后所用的最原始的止血止痛方法。

我还来不及吱呀几句以示谢意，毛茸茸已伏下身子，胡乱地扒着埋着我双腿的泥块，然后她用满是污泥的手一把拉住我的手臂，呼啦一下把我给扯出了泥坑。

我被拉出泥坑后，毛茸茸并没有松手，看了我一眼，怪叫着焦虑地拉着我漫无目的地向外跑。

我无法理解她到底想干什么，但很快地我就知道了。

我们没跑出多远，身后已追上来十几个年轻猿人，石块、干树木棍什么的直往我和毛茸茸身上招呼。

原来，我们被族群抛弃了。

我身体虽强壮，奈何右腿行动不便，纵是有毛茸茸拽拉着我跑，最后仍是被那群年轻猿人追上。

数不清的石头落在我背上，我龇着牙痛苦地低哼着。

眼看是逃不出那群野蛮猿人的追猎了，毛茸茸突然停住了脚步，张开强壮的双臂，紧紧地把我抱着扑倒在地上。

猿人们追上来，呜啦怪叫着用石头、用粗大的木棒猛往毛茸茸身上又扔又砸又打的。

我想毛茸茸一定很痛，她忍着没有哼一声，大嘴里的涎液却不停地流到我的头上。

那一刻，我心里有着一种说不出的难受感觉。

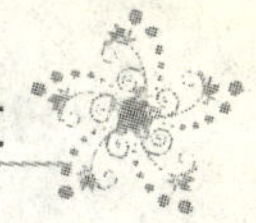

我奋力想挣开毛茸茸的怀抱，奈何她实在是抱得太紧太紧，再加上之前我所受的伤，竟然一时无法挣脱。

就这样，毛茸茸承受着所有的伤害，直到，流在我头上的唾液变成了鲜红的血。

不知道过了多久，太阳就快下山了。毛茸茸已不再是抱，而是趴在我身上一动不动。

那群野蛮猿人也不知道什么时候走了。

我艰难地推开毛茸茸的身体，她高大的身子软绵绵地倒向了一边。

毛茸茸的身上，几乎已没有一块完整的地方。

我抓狂地紧紧抱着毛茸茸的身子歇斯底里地吼叫着，我不知道，她是不是还活着。

一股弱弱的，带着丝丝暖意的气流吹过我头顶，我抬头一看，毛茸茸竟睁大着双眼痛苦而温柔地看着我。

原来，她没死。

我欣喜若狂地把她扶起来，一拐一拐地，走进森林里。

夜，就快来临。如果在夜幕降临之前找不到地方躲起来，我们一定会被冻死。

我一拐一拐地，半背半扶着毛茸茸，在森林里找地方休息。希望能躲过这寒冷的夜。

在一个草都长得比我高的靠山崖的地方，我把奄奄一息的毛茸茸放了下来。然后，又走了出去。

我必须去找些潮湿的淤泥给毛茸茸疗伤。

或者是老天总算是善心发现，很快地就让我找到了腐草和湿泥混合在一起的淤泥潭。

我捧了一大捧，回到毛茸茸的身边，小心地给她涂抹上。然后又扯了些干草干树叶推盖到她身上。

深深地看了毛茸茸一眼，轻轻地拥抱了她一下。然后，在我准备走开的时候，毛茸茸却紧紧地拉着我的手不愿放开。

我必须还得去找些吃的呀，否则就算不被冻死也会被饿死。

我打着手势夹杂着叽里呱啦的原始语言向毛茸茸简单地描述我必须得去做的事，毛茸茸终于恋恋不舍地放开了我的手。

安顿好毛茸茸，我长呼一口气，急急地走了出去。

太阳已下山，天寒地冻并且天也黑了下来，这时候要打些什么小动物都是件极其困难的事。

我身上没有厚厚的毛发保护，我已被冻得直发抖。

守了许久，始终不见有猎物经过。我突然想起了族群里或者还有没吃完的野兽残骸。

我偷偷摸摸地潜回族群群居的地方，还好，他们都已睡着了。

我四处寻找着，用灵敏的鼻子努力地闻索着，希望能闻到些血腥味。

上天真的是善心发现了，在离族群不远的地方，竟有一副野兽的骨架，而且上面还有没有刮干净的剩肉。

我找了一块比较尖的石头，小心地刮着骨架上不多的残余腐肉。

就在我刮得差不多的时候，我又发现了不远的地方竟有一个几乎完整的兽腿，那一定是那些猿人们吃不完的，准备留到天亮再吃的肉。

我开心得差点大叫起来，把兽腿往肩上一扛，一拐一拐地往回走。

走了没多远，我突然听到一阵嘈杂声，糟了，被发现了。

我赶紧钻进矮树林里藏起来。

果然，没一会儿工夫，杂乱的脚步声夹着愤怒的怪叫声，我透过树叶缝看到了那群猿人。

不知道过了多久，周围又恢复了平静。这时我才发现，我已几乎被冻僵。

回到毛茸茸身边的时候，毛茸茸紧闭着双眼，已经快不行了。

我大力地摇着毛茸茸，直到把她给摇醒。

我从偷来的野兽腿上撕下些肉，塞进毛茸茸的嘴里。

毛茸茸咬了两下却又吐了出来，双目哀怨地看着我。

我心里那股难受的感觉又涌了上来，我知道毛茸茸一定撑不到天亮了。

我扔了野兽腿，紧紧地拉着毛茸茸的手，身体剧烈地颤抖着。

一是我很害怕毛茸茸会离我而去，二是因我没毛发的保护，被冻得直发抖。

毛茸茸眼里忽然流下了两行液体，挣扎着坐了起来，然后紧紧地抱着我躺下，用她那毛茸茸的毛和身体为我取暖。

在毛茸茸的怀里，我的心平静了下来。

我多希望，我们能一起去迎接太阳的到来。

可是，我知道这已几乎成了不可能的事。

因为，温暖在一点点地流失，毛茸茸的身体在慢慢地变冷。

当我挣扎着爬起来的时候，毛茸茸的眼睛，直望着天空，永远，也不会再闭上。

我没有哭，我不知道什么叫做哭。我只知道，我脸上很冷，很冷。

两行清凉液体，已凝成霜。

我把毛茸茸扶好坐好，轻轻地搂着她，靠在冰冷的山崖下树干上，透过树叶，望着天上那几颗闪闪缩缩的星星。

我一定会陪着你，一起迎接太阳的到来！

漫漫长夜，并没有把我给冻死，却把我冻僵。

僵得没办法挪动一步。

太阳升起来的时候，猿人们也寻来了。

我看到它们手里拿着尖锐的石器。

我看到了它们，扛着削尖的木棍。

然后，我看到了，带着干涸血迹的木棍，尖锐得有点刺眼的棍尖。

快速地，如流星般，向我射来……

人面桃花相映红

■ 霜漫天

三月，正是桃花浪漫的时节，随风飘起的花瓣跌落在桃花溪的水中，打着旋，一隐一现的，东流去了！

手中持着一竿仅是用一根青竹，再系了些韧性好的丝线，在近线头处挂了个铜钱，铜钱再下面一点是一个挂了蚯蚓的鱼钩，便是这样，顾长风便把水中的一条条肥大的鳜鱼慢慢地钓了上来！

“小顾，快点啊，我已经没有鱼可以卖了！”伴随着甜美的声音，身后飘来如桃花一般芬芳的香味。

顾长风一笑，捉住了伸往鱼篓中的手说道：“没有鱼了，那便别卖了，我总觉得让他们吃你这双巧手做出来的鱼，那可真是暴殄天物了！”

“你说不卖便不卖了吗？快些钓吧，一年到头，只有这几天的鳜鱼最肥美了！”从顾长风的手中抽脱了自己的手，小桃拿了鱼朝他笑笑。穿过了桃林，朝林畔的小店走去。

看着小桃那随意束起的秀发，一身粗布旧衣的背影，顾长风摇摇头笑了。他笑自己，本是自由的风，无拘无束的风，却因为月前见到这桃花林中的小桃之时，在一瞬间，体会到了那句“人面桃花相映红”诗中的意境而觉得自己累了，想要就此留在这里而停下了飘忽的脚步。

小桃是个好女孩儿，顾长风相信自己的判断和感觉是不会错的。确实是这样的，顾长风的判断和感觉从来没有错过。从他十六岁走入江湖到现在，便是靠着自己敏锐的感觉和精准的判断，他一人一剑挑了黄河十六寨、杀了祁连六鬼、战败了霸刀、捣灭了乱花楼。最终为自己赢得了素衣神剑的名号。可这些，在年少时他所梦寐以求的东西在得到了以后，他却忽然觉得一切都没有意思了。回首过去的十年，他觉得自己很累，很孤单。埋葬了手中的剑，在漂泊中，遇见了小桃，他便停下了自己的脚步。这一停，便从零星点点的桃花到了现在！

那熟悉的香味再一次地飘来，虽然小桃走得很轻，很轻，但还是无法瞒过顾长风的耳朵，他装作不知道。直到小桃蒙住了他的眼睛之时，他才抓住了她的手说道：“怎么，鱼又用完了吗？不过，用完了也没有法子的，我这

一条也没有钓上的！”

靠在了顾长风的背上，小桃解开了束住头发的手帕，头发垂在顾长风的脸上、脖颈上，弄的顾长风痒痒的，小桃甜美的声音永远让顾长风心醉着：“我知道啊，所以，刚刚的那两条鳜鱼我卖了比平常高一倍的价。而且，我对来吃鱼的人说了，从明天开始，每一天我只卖十条鱼，每条鱼五两银子！”

“那可是比扬州烟花三月楼的还贵的。不过，你做的鱼，这样的价也便宜了！”顾长风说了这么一句，小桃调皮地问他：“为什么，你总是这样说呢，小顾，我觉得你好像很不喜欢让别人吃我做的东西？”

“因为，我喜欢你，所以，我只想让你做东西给我一个人吃！”说着，顾长风拉过了小桃坐到了自己的身边，把鱼竿插在了河岸上，他喃喃着：“小桃，我喜欢你！”

“我知道，小顾，我也一样！”身边，漫天的桃花瓣飞舞着，小桃的青丝也随着花瓣飞舞着。靠在了顾长风的肩上，小桃羞涩地说道：“小顾，虽然我不知道你从哪来，也不知道你要到哪去，更加不知道你会不会一直在我的身边，可从我看见你的第一眼开始，我便知道，你就是我等待的那一个人！”

“我是幸运的！”手指轻轻地穿过小桃的秀发，顾长风喜欢着这样的感觉，喜欢小桃的秀发在自己的指尖滑落的感觉。只是，顾长风不知道，今天的小桃为什么会比平常胆大了许多，往日的她，只是让自己拉起她的手。也许是自己的真情打动了她吧？顾长风是这样想的。

两个人就这样依偎着，看着太阳一点点的偏西了，早上只吃了一碗面的顾长风肚子咕咕地叫了。小桃笑了，离开了顾长风的肩膀，站起身来，把手伸向了顾长风说道：“该回去了，不然，婆婆该说我了！”

“好的！”顾长风想要握住小桃的手，可却不知道为什么，手臂上一点儿力气也没有，怎么抬不起来了？看到了顾长风眼中闪过的迷惑和他无力举起的手臂，小桃惊问：“小顾，你怎么了？”

“我没力气了！”顾长风摇摇头，看着着急的她宽慰道：“没关系的，可能是坐太久，麻木了，一会儿就好了！”

“那样啊，我来给你揉揉！”小桃握住了顾长风的手，揉捏着，手指从手臂上慢慢地滑到了他的手腕上，碰到了他的脉门，轻轻地一按，她的脸上现出了不知道是难过还是快乐的表情，那表情很复杂，像是打翻了的五味瓶一样。他们的身后，一个满脸橘皮皱纹的老婆婆从桃花林中走了出来，她边走边说道：“顾长风，这桃花障的毒还能够入你的法眼吧！”

“婆婆！”小桃低头喊了一声。在顾长风耳边说了声对不起后站了起来，一滴晶莹剔透的泪水从她的眼中落下，滴在了顾长风的手心中。看着手心中的眼泪，顾长风说道："凭一颗晶莹的泪，将流不完的伤悲，伤不尽的心碎，在人间化成飞灰，又有谁信手拈来谈笑，又有谁会在我的故事里流下眼泪？小桃，谢谢你，在我的故事之中流下了眼泪！"

"我……"小桃不知道该怎么说，看着身边的顾长风，她不知道自己该怎么办。她，是乱花楼的少主，乱花楼是被顾长风毁了的。自己在心中便是以要杀了他为信念，和婆婆在一起，在这隐忍了三年。就因为她相信，终有一天，顾长风会像风一样的吹过这里的。她也相信，不论他是无拘无束的风还是别的什么风，他会在这里停下他的脚步的。她的判断对了，顾长风真的来了，也停下了，每一天都和自己在一起，从他留下的那一天起，她便为他施下了桃花障的毒。今天，一切都该有一个结局了，可她的心却在剧烈的痛着。

"少主，三年了，是该为我乱花楼报仇雪恨的时候了！"从身上拿出一个青花小瓷瓶，放到了小桃手中。婆婆问道："顾长风，你知道这里面的是什么吗？"

看着瓷瓶上水墨丹青绘就的仕女图，看向了小桃，顾长风脸上洋溢着幸福的甜蜜道："倾城之泪，一滴销魂蚀骨，这也是快乐！"

"你快乐吗？"紧握着青花瓷瓶，小桃问顾长风。

"是的，我很快乐，从来到这儿的第一天起，我便是快乐的！"小桃看到了，说这话的时间，顾长风的眸子像天上的星星一般的清亮。她相信他说的话，因为，从他来的那一天开始，自己也便是快乐的。

"当年，要是我在楼中就好了，那样，便不会有今天的这一幕了，你后悔了吗？后悔遇见了我吗？"小桃打开了青花瓷瓶，一股浓烈的桃花香味扑鼻而来。

顾长风摇摇头，说道："从一开始，便已经注定了今日的结局。我从不后悔遇见你，也不后悔为你停留在这儿。小桃，从见到你的第一眼开始，我就告诉自己，你是我顾长风的妻子！"

"我会的，我会是你的妻子。小顾，来世，我一定……"说着，小桃突然举起了青花瓷小瓶，一滴桃红色的水滴瞬间凝结在了瓶口又重重的从瓶口上坠落。

"不要，少主！"婆婆没有想到会是这样，小桃竟然会要自己饮下倾城之泪，难道爱情的魔力真的这样大吗？大的可以放弃了自己的生命，放弃了仇恨！

便是在那倾城之泪落下的一瞬间，一直坐在地上的顾长风忽然动了，小桃和婆婆都不知道，他是怎么做到的，他分明已经是中了桃花障的毒了。那

一滴坠落的倾城之泪落在了他的指尖上，颤巍巍的，真力一荡，把这倾城之泪化作了桃红色的雾气随风而逝。顾长风把小桃揽入怀中说道：“傻丫头，你以为你死了我便能独活吗？”

“除了如此，我不知道还能怎么样，谁让我爱上了你呢？”小桃真不知道如何，自己死了，那未尝是最好的选择！“哎！”这时，婆婆长叹了口气，拾起了掉在地上的青花瓷小瓶，转过身子，朝桃林深处走去，身后留下她的话语：“问世间情为何物，直叫人生死相许，情关难过，小桃，我终于明白了，你娘为什么会在临终前对我说，让你做一个普通人，去过普通人的生活。顾长风，好好待她吧！”

风又起了，天空再次下起了花瓣雨，靠在顾长风胸前，小桃说道：“这一次你会后悔吗？”

在小桃额头上轻轻一吻，和她携手看着漫天的花瓣雨，顾长风说道：“人面桃花相映红，从初见你的那一刻我便知道你是我要找的人！”

愿望，巫女和天使

■ 王紫玄

绿云仲里有一座阁楼，里面住着因犯错被斩了翅膀的天使和一个巫女。

天使每天看着伤痕哭，巫女则一直摆弄水晶球，不语。

天使不停地抱怨命运、抱怨贫穷，巫女只是听着，不动声色。

一日，巫女钉了一个招牌：为任何人实现任何愿望。天使撇撇嘴："没有人会信的，你以为会有傻瓜来找你吗？"

巫女看着牌子，缓缓道："也许。"

艾里克是个疯子，他总是重复着同样的生活。起早去买彩票，然后盯着彩票傻乐，幻想这是明天大奖的数字，接着等待，失望，悲痛。三瓶啤酒下肚，慨叹命运的不公，昏昏睡去。

不过，今天有了一点点不一样。他坐在路边打开第一瓶啤酒时，百无聊赖地四处看，而偏巧，他看到了巫女的招牌。

愿望，这个词开始在他心里升腾，膨胀，小火煮沸，热气喷出时他一把扣上了锅盖。冷静，冷静，愿望，他的愿望是什么呢？富有，没错，以及尊严。

他无比期盼自己的彩票能够中奖，这样那些醉汉就不会再嘲笑他总是痴心妄想了。虽然此刻的艾里克也是醉汉，正因为如此，他才想证明自己和那些人不一样。

他叩了叩阁楼的木门，打开门迎接他的是穿着破烂袍子的巫女。

"你能为我实现愿望吗？"艾里克问得很迟疑。

"当然，只要你相信我。"

"可是你……"艾里克瞟了瞟巫女，"如果你那么神，为什么不帮你自己呢？"

"我其实是一个巫女，我身上被施了符咒，只能为他人施法。"

"巫女？我是在做梦吗？不行，巫术都是邪恶的，我还是走吧。"

"你也可以找她，她是下凡的天使。"巫女信手一指。

"你是天使？太好了。"艾里克兴奋极了，"你一定可以帮我的，对不对？"

“是的，我可以……”

“太好了，你告诉我明天的彩票大奖数字吧？”艾里克急切地说。

“我的翅膀被斩断了，已无法施法。不过我可以为你祈祷，如果上帝原谅我的话，他会帮你的。”

“你这个说梦话的疯女人！”艾里克转身要走，可他的脑海里又浮现出那些醉汉嘲笑的嘴脸。他很想实现愿望，可他又害怕巫术的力量。

“我走了。”艾里克的脑子乱极了，颤抖地走下了阁楼。

“你看。”天使笑了，“他也不是傻瓜。”

“你错了，他会回来的。”巫女看着水晶球说。

艾里克回到了破旧的家，妻子已经做好了土豆饼，为艾里克的餐盘里加了一片薄薄的火腿。

三个孩子开始吵闹，也要吃火腿，妻子喝住他们，继而小心翼翼地问：“亲爱的，今天找到工作了吗？”

艾里克突然觉得土豆饼硬极了，吃不下去，他只好下了餐桌，走出去闲逛。

他心里有很多疑问，为什么？为什么邻居里恩有工作？为什么我有这么多孩子要养？为什么我的老板因为我迟到而解雇了我？这不公平！为什么他们有钱人可以为所欲为？

心里有个声音告诉他，因为他们有钱，仅此而已。

如果那巫女说的是真的，如果……想到这里，他飞快地跑向绿云仲阁楼，好在，灯还亮着。

他几乎是冲进去的。

“巫女，你帮帮我吧，只要能成功，你让我做什么都行。”

“我要你把得到的奖金的百分之一给我。”

“好，我同意。”

于是，巫女给了艾里克一个黑色的信封。

“这信封里是中奖的号码，你不能在路上拆开它，只能到达彩票站再看。还有，在这条路上，无论你看见什么听到什么都不可以回头，否则，这信封里面的东西就会变成空白的纸。”

“我知道了。”艾里克郑重地接过信封，飞奔出去。

艾里克看了看表，已经很晚了，街上一辆车也没有。风越来越冷了，艾里克一边快步走着，一边紧握那信封，不知道是风吹还是什么，他隐约觉得信封在动。

“把钱拿出来，不然一刀杀了你！”

“求你，不要杀我，我真的没有钱。”一个女人可怜地哀求着。

艾里克谨记巫女的话，头也不回地绕了过去。他的脑中一片空白，他似乎听见了那歹徒将刀子插入女人腹中以及女人的尖叫，又似乎没听到，他不敢多想，向前跑去。

再向前，他路过了一个建筑工地，附近有几个孩子快乐地叫嚷着，好像在玩球类的游戏。

不知是哪个孩子一脚踢偏了，球滚到施工地边上。艾里克笑笑，想把球踢回去，但想到不能回头的警告，他就立刻走开了。

等到孩子们跑过来找球时，艾里克已经走到拐角处的杂货店了。

突然间，后面传来一声巨响。孩子们大哭起来，慌乱地说：“血，血，砸死人了，砸死人了。”

艾里克的手出了汗，但他一狠心，还是向前走了，会有人来处理的，他想。

艾里克有些饿，他刚踏入杂货店，就碰到了里恩，里恩在买香烟，他背着一个黑色的皮包在身后。

艾里克看了看里恩的皮包，又摸了摸自己口袋中的硬币，苦笑。他打算离开这家店了，没什么可吃的了。

就在里恩专注地挑香烟的时候，一只手深入了他的皮包，拿走了一个厚厚的钱包。

小偷！艾里克很想告诉里恩，但当他想到里恩平日里的冷淡模样，就头也不回地走掉了。

艾里克已经快到目的地了，这时他看到一股浓烟，大概是附近什么东西着了，继而走了几步，他有些不放心，万一是谁家着火了，人命关天啊。

他想回头看看，可手里的信封似乎懂他的心思，动了动，他似乎又坚定起来，紧紧握住它，向彩票站走去。

终于，他到了。

打开黑色信封，里面并没有什么活物，只有一张白纸，上面写着红色的数字：135709。

因为带的钱不多，他只能照着买了一注，塞进口袋。回去的路上，冷汗直冒。

当晚，奇怪极了，家里没有一个人，邻居家也没有人，他忐忑地等待着。

他想，也许里恩去找钱了，呵呵，这个傻瓜。

至于家人不在，也许巫术就是这样的，要他一个人等待结果。但愿今晚

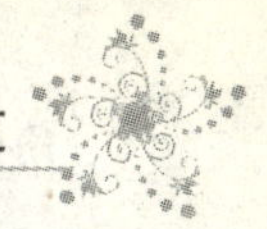

别出什么差错，别的他不想管了。

夜，漆黑而漫长，艾里克几乎一夜未睡。第二天，他第一时间打开了电视，确认中奖无误后，他兴奋地差点喊出来。

想起了和巫女的约定，他决定去履行诺言。他戴上帽子，用大衣把自己裹得密不透风，可不能让人认出我，否则他们会来借钱的，他想。

装扮完毕后，他去领钱。之后来到阁楼，千恩万谢地把约定的钱如数给了巫女。天使在一旁惊呼着。

“再见了，艾里克，愿你有了这么多钱可以幸福。”巫女面无表情地说。

“当然了。哈哈哈，我怎么会不幸福呢？哈哈。再会，我尊敬的巫师。”

艾里克回到家后，慵懒地躺在床上。这时，他惊异地发现那个黑色信封在蠕动，他定了定神，把手伸过去，信封不动了，他打开信封，发现里面多了一张黑色的纸。

仿佛有字，冲着阳光，他看到：

你中奖的每一个数字都与你息息相关。

1：代表被劫匪杀害的女子，她是你的妻子梅尔。

3：代表在建筑工地玩耍不幸被重物砸中身亡的是你的三个孩子。

570：代表被小偷偷走的钱数，那是里恩准备好的钱，你的妻子原本打算去借这笔钱。

9：代表被火灾侵袭的房间的门牌号，那是你母亲的家。

你选择了许愿，我施法让你成功。135709，是我们的合作而不是上帝的赐予。毕竟，艾里克，世上没有免费的午餐。

最后，祝愿你幸福，拥有4000万美元的富翁。

艾里克瘫坐在地，那张黑色的纸也在空中消散了。

现在他终于体会到了，那种除了钱，一无所有的贫穷感。

巫女用那钱的一小部分装修了阁楼，置办了新衣。

“为什么，你如此作恶，上天却不惩罚你呢？”天使困惑不已。

“人们总是在抱怨上天的不公，于是我来了，不过我是来送公平的，不是来送和平与希望的。”巫女笑笑。

“为什么上帝不宽恕我呢？我是一个多么虔诚的天使。”

“你犯了什么错？”

“我是主管恢复人们良知的天使，我一直做得很公正仁慈，直到有一天，一个杀人狂魔在屠杀街道上的行人，警察已经包围了他，可他还抓着一个人质不放。我担心他伤害人质，就施法恢复了他的良知，他变善了，他放下了武器，放开了人质，可他依旧被逮捕执行枪决了。因为我，一个善良的灵魂死去了，所以，我犯了错，也就落到折翼落泊的境地。”

“世界上是没有绝对的善良和公正的，这是一个人类和上帝都无法解决的难题，由此看来，你也很无辜。”

“是啊，所以我没有了施法的能力，只能如此惶惶度日。”

“你可以做普通人啊，找一份工作，在人间过活。”

“可是我曾经是天使啊，我怎么可以轻贱自己去做工？而且我没法做人，我不像人类。”

“其实你已经很像人类了。”巫女吃着黄油面包，不再说话了。

阁楼上越来越热闹了，每天都有新的生意。

织梦师

■ 悠云微澜

一

今年的雨水比往年多。

雨水带来厄运，人的苦难多了，我就有生意做。

很多人爱做梦，但并不是每个人都可以做美梦，也不是每个人都可以让人做噩梦。

不过，我都可以。我是一个织梦师。我叫 Shirley。

他进来时，我正端着一杯威士忌，馥郁的香气萦绕在我鲜红指甲的四周，像罂粟在沉寂。

他说："我想织一个美梦。"他的语气有些紧张，散乱的头发，还算英俊的脸写满了无奈。

我并没有立即站起来，游离的眼神穿过鲜红罂粟，到达他的眼里，问道："你确定吗？"

我抿了一口酒，没有等他回答，继续说道："这世界没有一劳永逸的好事，凡事都需要付出代价，美梦更是如此。"

他说："我有非常非常多的钱，你应该在一些地方见过我，比如荧幕或报纸……"

我压抑住我的轻蔑，不紧不慢地说："我知道，否则你不会走进我的织梦坊。"

"你知道的，每一个走进织梦坊的人在美梦实现之时，都会以自身拥有的一样东西作为交换。"

"而且选择权在我，你想好了吗？"我又喝了一口威士忌，唇舌醇香弥漫。

他说："我明白，不然我怎么会来？你随便要什么，只要帮我织一个美梦。"

我放下酒杯，低头边逐个抚摸右手的红指甲，边把唇凑到他耳边窃窃私语。

他一下子远离我的唇，神色惊骇，说不出话来。我轻蔑地笑笑说：“这不正合你意吗?”

“不是……你……你!”他有些气急败坏，我却笑得很开心。回道：“对极了，我就是疯子。”

他走时，门帘上的风铃突然叮当叮当响起来，其实外面并没有风。

我又剧烈地咳嗽了，吐出了一口鲜血，与我雪白的连衣裙倒是红白相映。

我的日子应该不多了。但是，我听见自己说：Shirley，你不可以死，你要一直等。

我不知道可以等到什么，但是，我知道他肯定还会来。

欲望总是会使人心甘情愿的。

二

这个世界，本来就是一个梦。

说这句话时我已坐在了一间酒吧里，刚刚掐灭了要燃尽的烟。

阿 Ken 把调好的一杯“血色玛丽”推到我面前，我端起来注视着鲜红的液体有片刻的恍惚。

一个男子的影像在酒杯里晃动。

酒吧靠窗坐着一个寂寞的男子。棕黄的长发，修长的脸，眼睛很大，嘴唇很厚。

他正在吸烟，袅绕的烟雾喷在脸庞上，彰显出隔世的落寞，突然击中了我。

在“爵士酒吧”我不止一次看见过这个男人。

“这个男人有故事。”我慢慢抿了一口“血色玛丽”，像是对阿 Ken 又像是对我自己说。

“哦？有故事的男人才有味道嘛。”阿 Ken 瞟了一眼我酒杯中那个男人的倒影，嬉皮笑脸地说道。

估计在酒吧待久了的人，多多少少有点疑心病。我起身走出了酒吧。

这个城市是属于午夜的。

我并没有喝下那杯酒，向来我只是喜欢它的色彩与质地。走前，我对着酒吧靠窗的位置瞥了一眼。

我的手机不出所料地响了起来。

这时我已经坐在了我的织梦坊里。

我打开接听键。“织梦师，我还是想见你。我想，我们之间是可以商量的。”

“好。”我一个多余的字都没说。

他又出现在了织梦坊。“你都想好了?”我望着晃动的风铃，纤长的手指随着叮当声敲打着桌面。

他咽了一口唾沫，说：“是的。”他额头有汗水滴落。屋内并不热，冷气总是让人忘记季节。

一周后，程楠的夫人从十五楼跳坠地而死，尸身四分五裂，一只手不翼而飞。

经法医鉴定死于抑郁症。

一周后，他娶了一个小他二十岁的女子。

爱情，从来都是虚假的事，总是一个代替另一个。

阿 Ken 调侃我：“Shirley，你织梦的技巧又精进了。”

“彼此彼此，你调酒的技术也非常人所及。”我晃动着一杯“林宝坚尼”，火焰一样的色彩在杯子里翻滚。

我的身子开始滚烫，酒味太浓，我闻着都有些醉了。

“为什么要帮他?”

“阿 Ken，你错了。不是帮他，是解脱他的夫人。”

我把血红的指甲凑近鼻子，闭上眼睛，深深吸了一口气，睁开眼，问道：“你不觉得今天我指甲的味道很特别吗?”

阿 Ken 拉过我的手，仔细看了会儿，说：“颜色愈加艳丽了，又多了一味。”

“你总是最懂我。”突然间我伤感了起来。

“为什么你还是忘不了他? 你一定会遇见他吗?”

我端起柜台上的“林宝坚尼”，一下泼在了阿 Ken 的头上，一滴一滴的酒寂寞地跌落，很多双眼睛看着我们。

他抹了一把脸，耸了耸肩，笑着说：“Shirley，也就你有勇气泼我。”

说着他伸出舌头舔了一下滑到口嘴边的酒珠，道：“真好喝，不过味道比你的指甲味儿差点儿。”

夜深时，我问自己，我是不是错了?

一阵夜风吹来，风铃叮当叮当地又响了起来。

夜，是这样长。

三

我的织梦坊开或者闭是我一个人的事。

打开门时，又进来了一个客人。我继续低头涂指甲。直到血红。

风铃轻轻地叮当叮当响起来，清悦的声音像山上的云朵轻盈飞翔。

他就是酒吧里的那个落寞的男人，这是一个很有城府的人。

凡是走进织梦坊的人必定遇到了麻烦。他却如此漫不经心，足见他很会隐藏心事。

我又改变主意了。

我猛然抬头嫣然一笑，阳光落进了他的眼里，他脸上开了一朵花。

织梦坊是一座没有窗户的屋子，进来的人就看不见外面的世界。

他的个子很高，皮肤微黄，眼睛深陷，手指修长苍白，脸上还浮现着几分率真。

我有些怀疑自己的判断力了。

“我叫 Burgess。我想织一个梦。你能帮我吗？”他说话的声音很轻，我看着他，点了点头。

“上个月，我的妻子走了。我们是一起在孤儿院长大的，后来，她为我吃了很多苦。但是，她死了。”

我笑了笑，问道：“她去了哪里？”

“我能不回答吗？”他有些为难地问我。

“当然。那么，现在你告诉我，你要织一个什么样的梦？还有，织梦坊的规矩你是否明了？”

“我知道。我想织一个美丽的未来，我想让我的妻子幸福。”

“嗯，会的。”我不忍打破他的梦想，“或许她只是远行了。”

“那么现在你说说，你有什么值得与我交换的。”

“我的未来和我的灵魂。”他毫不犹豫地回答道。

我犹豫了很久，终于说道：“好吧，我暂且答应你。你可以留下了，灵魂、未来。”

其实，他不知道，我意念之间的事只需意念即可完成。

织梦坊永远洁净无尘。

四

午夜，爵士酒吧

夜色迷离。太多孤独的灵魂在游走。

Burgess 站在离我不远的地方。

“Shirley，你什么时候雇了一个保镖？你信不信，我吹一口气，就可以让他送命。”

“阿 Ken，放过他吧。”

“你越来越仁慈了，这不是什么好的兆头。”

“我没觉得。我对他感兴趣，仅此而已。”

“你什么时候对男人也感兴趣了？难道你……”

阿 Ken 突然打住了，我鬼魅地笑了笑，说：“你知道就好。”

说完这句话，我起身向门口走去，Burgess 迎了上来，为我披上白色风衣，他很温情，假若……

我叹了口气，摇了摇头。

“你们之间关系不错。他对你很依恋，这点，不易觉察，但我已看到。”他说话总是淡淡的。

“你不高兴？Burgess，不要企图知道太多。人的快乐在于无知。”

“你快乐吗？我为什么从来看不见你快乐？”

“拥有得越多就越不快乐。”

车子在飞驰，我的思绪也在飞驰。我闭上眼，再也没说话。

Burgess 来织梦坊很久了。

每晚，我们相拥而眠。我怕冷，他身上有我喜欢的温度。

除此，并无其他。他也很懂得分寸，从不逾矩。

陆陆续续又来过几个客人，不过是要织一些平常的梦罢了。

夜里，Burgess 睡着了后，我会光着脚走到另一个房间熬指甲油。

市面上大多是取硝化纤维素，少量的油性溶剂、樟脑和钛白粉，不但色彩易退，还有一股刺鼻的味道。

每个人都应该有一款适合自己的指甲油，就像生命赋予每个人不同的容貌。

最美的指甲油应该是天然的。我试着把指甲花、赭石和鲜血融合在一起，但总是达不到我预想的程度。

也难怪，很久没接到有特色的客人来织梦坊了。

东方天幕发白时，我又光着脚走进卧室。我爬上大大的床，Burgess 顺手抱紧了我，他的怀抱很暖和。

我，有些贪恋。

五

还是爵士酒吧。夜已很深。

我向靠窗的位置看过去，Burgess 的脸色很憔悴，正对着酒杯自言自语。

我并没有走过去，反而漫不经心地从口袋里取出指甲油涂了起来。

血红的指甲在灯光的反射下更加艳丽了。

一股味道在酒吧里蔓延。这是织梦坊的味道。

“阿 Ken，我走了。”我懒懒道。

酒吧里的人依然在买醉。

人就是如此，得到越多，失去越多。

织梦坊。

门被推开，风铃像受了惊吓的魂儿叮当叮当响。是他，程楠。

“织梦师，你一定要帮帮我。否则我会死的。”

“这次你拿什么与我交换？”我没有抬头，边说边冷眼欣赏我的指甲，鲜红一片，像生命一样，我喜欢这色彩。

“我近来老是梦见有人向我索命，夜里低低沉沉的声音要挟我，我无法入睡，可是我很困。”

“你的新夫人呢？有她陪着，你应该睡得很香。”

“她，哎，也许是太年轻了。她总是睡得很沉，我推醒她，她很快又睡着了。”

“我可以帮你，但是到时候你得交出一样你拥有的东西。”

他急不可耐地点了点头。

我把他带到暗室。

暗室里有一个炉子。炉火烧得正旺，锅里的东西正在沸腾。指甲花和赭石已经熬得差不多了。

他跺着脚不住地擦脸上的汗水，突然踩到了什么，低头一看，惊呼出声。

我瞥了他一眼，冷冷地说：“你慌什么？不过是一只手罢了——而且又

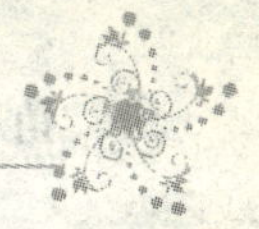

不是她的。”

那是我昨夜丢弃的，那只手上有凛冽的疤痕，我嫌它丑。

想到这里，我看了看他的手，修长有力，是不错的手。他似乎窥见了我的想法，迅速把手藏到了背后。

吃晚饭时，我把手伸到 Burgess 鼻子底下，笑吟吟地说：“你闻闻，是不是味道很独特?”

“嗯，像苍劲松树的味道。”

一周后，这个城市到处贴着寻人启事，因为他们的富豪失踪了。

白日，爵士酒吧。

“Shirley，Burgess 待在你身边很久了吧。你没发现他的手很特别吗?”

“越是特别，越要长久些。哈，阿 Ken，你的手也很漂亮啊。”

“你！别打我主意!”阿 Ken 往后退了几步，倚在墙壁上目不转睛地看着我。

“眼神明亮，脸色红润，偶尔走神……Shirley，你该不会是爱上 Burgess 了吧？……”

我拿起柜台上的一本书砸过去，“去你的，别胡说!”

走时，Burgess 照例为我披上风衣，拉着我的手走向轿车。

身后，阿 Ken 火辣辣的眼神恨不得吞了 Burgess。

我笑着看了看蓝天，云朵很白，但是不像山上的天空洁净。

夕阳酡红，像一团团的木槿花。

七

夜里，Burgess 抱着我，他的怀抱比往日暖和。

因为，这一天我实现了他的美梦。

他低头吻我的额头，喃喃道：“谢谢你，Shirley，她终于复活了，我答应了她要照顾她一辈子，明天我就走了。”

“我要回去好好照顾她。我也会在兑现我的诺言后，再回到你的身边，把我的灵魂献给你。我们，就这一次，好吗?”

我闭上眼，笑了，我知道我的脸一定像盛开的木槿花。

他吻着我的眉毛，眼睛，面颊，启开我的红唇，一股清香沁入心底。

他的手开始解我的衣服。这么长时间，我们都是和衣而睡，相敬如宾。

我的身子越来越烫，一滴泪自眼睫滑落。

"对不起，Burgess。假若你不提走，我们之间会是不同的……"

次日，我坐在爵士酒吧里。

阿 Ken 往我身后探寻，什么都没找到。他一副了然的神态。

我笑了笑，伸出手，说："闻闻我的指甲，是不是你喜欢的味道？"

他凑近闻了闻，道："又多了一味，像山上的木槿花。"

我自衣袋里掏出指甲油，大声说："有谁愿意涂指甲油的？"

"Shirley，你疯了？"阿 Ken 迷惑不解地看着我。

我咯咯笑了，说："阿 Ken，我很清醒。"

很多人围了过来，我极有耐心地一个一个为他们涂抹，男的，女的。

涂了指甲油的男女闻着木槿花的味道，不由惊叹："啊，是天使的味道，有天使的色彩。"

他们兴奋地拥抱，轻吻，很多人立即坠入了爱河。

全部涂抹完了，我拉起阿 Ken 的手，他立即缩回了手。急道："我不需要涂指甲油。"

我哈哈笑了，说："阿 Ken，这是我给人们织的最后一个梦，他们会梦见一个至上的天堂。"

八

那一年，木槿花开了满山。

我吐了很多很多鲜血。已无药可治。

在 Burgess 要走的那晚，我杀了他。

他的灵魂在锅炉里灰飞烟灭。

尽管我一直固执地相信，那是我的一味药。

人，总是贪的。

得不到的，就让它消失。

情爱，抑或贪恋，都随了风走，入了梦去。

只是——

Burgess 死后，我已没再活过。

启　事

本书编选时参阅了部分报刊和著作，我们未能与部分作品的作者取得联系，在此深表歉意。请各位作者见到本书后及时与我们联系，并提供相关作品著作权证明以及本人身份证复印件，以便按国家相关规定支付稿酬及赠送样书。

地址：湖南省长沙市天心区芙蓉南路和庄 A 栋 3118 室

邮箱：bjljwh@ 126. com